世界科幻大师丛书
主编：姚海军

星域怨仇

Ⅰ 诺亚方舟

[日]梶尾真治 著 阿凯 贾雨桐 译

四川科学技术出版社

VENDETTA PLANET Noah's Ark
Copyright © 2015 by Shinji Kajio
This book is published by arrangement with Hayakawa Publishing Corporation
Simplified Chinese edition copyright: 2021 SCIENCE FICTION WORLD
All rights reserved.

图书在版编目（CIP）数据

怨仇星域Ⅰ：诺亚方舟 /［日］梶尾真治 著；阿 凯 贾雨桐 译
—— 成都：四川科学技术出版社，2021.5
（世界科幻大师丛书 / 姚海军主编）
ISBN 978-7-5727-0078-1

Ⅰ.①怨… Ⅱ.①梶… ②阿… ③贾… Ⅲ.①幻想小说—日本—现代 Ⅳ.① I313.45

中国版本图书馆 CIP 数据核字（2021）第 040445 号

图进字：21-2021-80

世界科幻大师丛书
怨仇星域Ⅰ：诺亚方舟

出 品 人	程佳月
丛书主编	姚海军
著　　者	［日］梶尾真治
译　　者	阿 凯 贾雨桐
责任编辑	宋 齐 姚海军
特邀编辑	李闻怡
封面绘画	秋 原
封面设计	施 洋
版面设计	施 洋
责任出版	欧晓春
出版发行	四川科学技术出版社
	四川省成都市槐树街2号 出版大厦　邮政编码：610031
成品尺寸	140mm×203mm
印　　张	12
字　　数	240 千
插　　页	2
印　　刷	成都博瑞印务有限公司
版　　次	2021 年 5 月成都第一版
印　　次	2021 年 5 月成都第一次印刷
定　　价	52.00 元

ISBN 978-7-5727-0078-1

■ 版权所有　侵权必究 ■

■本书如有缺页、破损、装订错误，请寄回印刷厂调换。
厂址：成都锦江工业园区三色路38号　邮编：610063

目录

怨讐星域 I ノアズ・アーク

001 / 应许之地

045 / 罪恶之丘

087 / 狩猎蛇鲨

131 / 诺亚方舟

173 / 安乐剂

211 / 伊甸守卫

249 / 誓约之时

285 / "恶鬼"遇见"食人魔"

329 / 闭塞时代

379 / 后 记

应许之地

意识应该在瞬间就恢复了,但记忆还有些残缺。

完全没办法理清思路,去想自己是谁,在干什么。整个人都有些不安稳。

因为他知道自己正在坠落。

几秒钟之后,全身就受到强烈的撞击,他感到自己被弹了开去。

他以为自己要翻滚一段时间才会停下,却马上就狠狠摔出去,再次陷入昏迷。

野草和土地的触感让他发现自己还活着。

他横躺在地上，浑身发麻，暂时无法动弹。头上沾满了沙子，手指碰到了野草。他睁开双眼，眼前一片蒙眬，只能看到些许模糊的轮廓。

好像有什么东西在靠近，应该是人吧，但他没法确定。

他只知道对方在用听不懂的语言叫他，自己的嘴里，也发出了意义不明的呻吟。

这时，他突然记起了自己的名字。

——田边正广……正广，自己的名字是……正广。

但正广无法对呼唤自己的声音做出任何反应。他只记起了自己的名字，记忆依旧残缺，难以好好思考。

一只柔软温暖的手放在了正广的身上。正广能看到眼前高大的身影，但他拼尽全力，才勉强挤出一句："你是谁？"

眼前的人影说着正广不懂的语言，那只手也从他身上移开了。随后，这个人影将正广留在原地，离开了。

正广感觉自己的身体正在慢慢恢复，除了手脚，身体其他部位的麻痹感已经退去。

眼前模糊的景象逐渐清晰。

原本俯卧着的正广翻了个身，出现在他眼前的是一片异世界的景象。

是白天。

不过天空有些泛橙。

他似乎在森林中的广场上。只有这附近，树木比较稀少。

树木也和正广所知道的有着细微区别。这不是地球上的景象。

我到了啊。

正广的直觉告诉自己，他急着想要起身。

此刻，脑海中浮现出了父母和哥哥的身影。他们在哪儿？原本应该在一起的啊。

四周空无一人。

正广的身体又疯狂疼痛起来。看来想要站起来，还得花些时候。

正广在地球上曾听说过一颗距离地球一百七十光年的行星。

应该就是这个星球吧。

呼吸似乎没什么问题。身体格外沉重，大概是因为这个星球的重力比地球上大许多吧。

气温有点儿热。正广心想，地球以外居然存在这么一颗行星，它的环境让人类几乎感觉不到任何异样，堪称奇迹。

再过会儿，等稍微好受些了，就得去找父母和哥哥。正广心想。他们会在哪儿呢……应该在离我不远的地方吧。

正广听到了人声。

六个人朝他走来，有男有女，还有白人和黑人。他们好像说着英语，但正广听不懂。

黑人指着正广大叫。其他几个人也都凑了过来。正广知道他们不是敌人，因为这些人脸上浮现出了担心的表情。

其中一个体态微胖的男人上前来和正广说话。他用的是一种音调略高且声调十分陌生的语言，正广只得一个劲儿摇头说"我听不懂"。

那人身边站着一个男子，眼睛细长、身材结实，留着络腮胡，说道："哦，是从日本来的啊……"其他五个人仿佛领会了一般，纷纷点头笑起来。

络腮胡裸着上半身，握着正广的手说道："我也是从日本来的。欢迎来到'应许之地'。"

其他人似乎都听不懂日语，只是来回打量络腮胡和正广。络腮胡双手拍打胸脯，表示自己会给正广带路。其他五人便逐个留下些话，离开了。

男子询问正广："你身体状况怎么样了？"

"手指和脚趾还有点儿麻。"

"再过会儿就会好的。我那时候也一样。你记忆恢复了吗？"

"还没完全恢复。"

男子听到这个回答，嘀咕着"难免要花点儿时间啊"，然后蹲下来道："是德肖恩·波帝埃发现你倒在那儿了，就是刚才那个黑人。他担心你听不懂他说的话，所以把我们叫了过来。大家都是比手势交流的。刚开始和你说话的是个中国人，因为约翰一开始以为你是个中国人。我也是以防万一才跟过来看看。你叫什么名字？"

"田边正广。"

男子点着头，说："我叫草村俊。按照地球时间计算，我是大约两个月前到这儿的，不过这个时间也不精确。大家都叫我阿俊。"

阿俊又问正广是否站得起来。正广这下站了起来，此时，浑身的麻痹感已经完全退去。

"从这里步行到我们聚落只需要十分钟。怎么样，能走吗？对了，你要加入我们聚落吗？"见正广点头同意，阿俊露出了微笑，"明智。大家都是从零开始，还是互帮互助比较好。"

"那个，我是和家人一起过来的……"

听到这话，阿俊陷入了短暂的沉默。

"'跳跃'的时候，你们全家都在一起吗？"

"是的。"

阿俊似乎不知道该怎么接话似的，眨巴了几下眼睛，然后指着正广身后的大树说道："你往上看看。是不是有一根树枝断了，形状还很奇怪？"

经阿俊这么一说，正广才注意到，他们头顶上方二十米处，确实有一根很粗的树枝断了。

"我推测，你在'跳跃'之后出现在了空中。碰巧又落在了那根树枝上，反弹之后才落地……"

"……"

"所以你只受了那么点儿轻伤。你真的很幸运啊。"

说到这儿，阿俊噘着嘴沉默了一阵。正广没有勇气去想这沉默代表什么。

"你知道这儿离地球有多远吗？足足一百七十光年……无论如何精确地固定坐标，这样'跳跃'过来也不可能完全没有误差。哪怕是在同样的环境下同时'跳跃'过来。

"跟我同时'跳跃'的大约有一千五百人。但来到这个星球之后，我只遇到了其中一人，这样小的概率，和我们在地球了解到的完全不同。不过，这个星球挺大的，应该也有些一块儿来但还没遇上的人，毕竟也没办法和他们取得联系。我觉得吧，'跳跃'成功的概率，跟精子中能让卵子受精的比例差不多。"

听了这话，正广觉得阿俊是在让他打消寻找家人的念头。

他们走的小道很难称得上是路。但正广眼前这个叫作阿俊的男人，却毫不在乎地径直往前走着。小道左侧是森林。森林里的植被密度相当高，都是些枝干虬结粗壮的树木，交错丛生。而这些树木的表面，菱形红叶的枝蔓如同树木的血管一般，爬满了枝干。正广探视着森林深处，明明是白天，那里却是一望无际的黑暗。

黑暗之中仿佛藏着什么可怕的东西似的，让人本能地不敢踏足。

而森林的另一侧则一直传来如关门一般嘎吱嘎吱的声响。那声响不止一处，在一个方向传来声音之后，从不同的方向接二连三地传来了如同回应般的嘎吱声。

"那是什么声音？"正广问道。

"是陆蟹。"

"陆蟹?"

"对,是这种星球的生物。生活在陆地上的螃蟹。大概有三米长。虽然是肉食动物,也不用太害怕。就算突然出现在你面前,它们也只会横着走路。"

"就是这个陆蟹在叫吗?"

"对,确切说来也不是叫。那是雌性陆蟹用腿摩擦外壳的声音,它们在呼唤雄性。"

"它们会跑出来吗?"

"现在还不会。太阳下山后它们才会出来。它们现在只是把自己的位置告诉雄性。陆蟹只能横着前进,速度也比地球上的螃蟹慢得多。即便如此,还是有人死在陆蟹嘴里,所以得小心点儿。"

"它们还是比较危险的?"

"晚上别随便在外面瞎晃就行,那时候遇害的情况最多。其次是大家一起捕捉陆蟹的时候。"

"你们还捉陆蟹?"

"是啊,毕竟要生存下去。食物也得大家一起找。陆蟹是我们的食物之一,毕竟它们是宝贵的蛋白质来源。"

右手边的树丛中能看到一座石山。嘎吱声好像集中在那个方向。

"你看着很年轻啊,几岁了?"阿俊突然问正广。

"二十一岁。"

"这样啊。果然年纪越轻生存率越高啊。是学生吗?"

"是的。"

话题到这里就结束了。阿俊沉默一阵后突然又道:"你看那边的岩壁……反正你早晚都会知道的,现在就告诉你吧。运气差的还会遇上这种情况,那是和我一起'跳跃'过来的人。"

正广望过去,不敢相信自己眼前的景象。右手边的石山斜面上有一块凸起的地方,岩壁表面长满了厚厚的苔藓,一具上半身的骸骨从那里突出来,几米开外的岩石里则是腿骨。

"'跳跃'的抵达地点是不定的,你根本不知道自己会出现在哪儿。传送机没有这么精确。我运气比较好,恰巧落在了前面的河边。而他,被传送到了岩石中。他在岩石里活了两天……我根本束手无策。直到咽气那刻,他都在诉说痛苦,诅咒世界……他原本是国家公务员,知道所有内幕。直到最后,他都是清醒的。我一直陪在他身边,直到他咽气。他至死都在怨恨、诅咒抛弃我们,独自逃跑的人。"阿俊停下脚步,对着岩石中的骸骨合了下掌。正广也跟着他合了下掌。

又走了不到五分钟,他们就到达了目的地。聚落所在地是个小山丘。正广一抬头,看到了数十人。所有人都几乎是半裸状态,正在劳动。他们正搬运圆木,建造家园。

"就是这儿了。"阿俊抬头,自豪地说道,"刚到这儿时,什么都不想做。大概是因为孤身一人吧。但大家都还有求生欲，只要遇到一个同伴，求生欲就会渐渐增强。同伴们相遇后，即便言语不通，也能通过比画手势交流，不断扩大群体。只有彼此合作才会有产出。在这个过程中，出现了几个简单的共通词语。我们称呼'我'为'Me'、'你'为'You'。'陆蟹'是我起的名字呢。都是些简单好记的词。"

正广跟着阿俊爬上小山丘。这儿有条小道盘旋而上，直至山丘顶部，是人工铺设的。

阿俊丢下一句"你在这儿等会儿"之后，就跑进了一个拱顶帐篷似的地方，上面的罩子是用树叶做的。没过多久，帐篷里走出三个男人。

他们都裸着上半身，一个是胖胖的白人，一个是大眼珠的健壮黑人，还有一个则是表情难以捉摸的东亚人。这三个人的年纪大概都在三十五到四十岁。

"他们是聚落的首领。把你的名字告诉他们。"阿俊说道。

的确，三个人看起来都有首领的架势。

"我叫田边正广，正广。"

三人露出了笑容，纷纷重复着"正广"这个名字。

"让。"白人男子用手拍拍自己的胸口介绍道。接着是黑人"保罗"和东亚人"杨"。他们说的应该都是自己的名字。之后，三个人分别和正广握了握手。握手时，三个人都称呼正广为"My family（我的家人)"。

三人催促正广登上他们用圆木搭建的高塔。正广回头看了看阿俊,阿俊点点头,告诉正广:"照他们说的做吧。"

三人爬上高塔,正广紧随其后。高塔顶端设置了一块宽敞的平台。保罗用某种生物的骨头敲打起垂吊在那儿的木板。他一边摇摆一边张开双腿抖动。嘴里用正广听不懂的语言说着快节奏的话。

正广一低头,看到数十名男女停下手里的活,往高塔下方聚集。不光是视线所及之处,就连巨岩堆积的地方,也爬出来不少人。这情形就像是原始时期的山顶洞人。要是站得更远些看,可能又跟蚁群似的。

这些人的数量之多,已经能称之为一群人了。他们低声私语着,嘈杂声传进正广耳里,就像是飞虫扑打翅膀的低音,时高时低。

保罗敲打一结束,从高塔下方涌来的嘈杂声便戛然而止。

让来到平台中央,张开双手,高声喊道:"Our family(我们的家人)!"

那声音响彻山谷,"family"的回声不断。

之后,让又说了几个词,这才结束。接着,是杨上前,说了一样的话。正广只听明白了他们最后说的"正广"。

杨、让还有保罗跟正广比画着,示意他上前和所有人打招呼。

于是,正广来到前面。高塔下的几百双眼睛注视着他,一片安静。

正广用力清了清嗓子，喊道："Me！正广。"

四周依然鸦雀无声。正广一个音一个音地再次喊道："正！广！"

突然，底下有人重复了一遍他的名字。这声"正广"仿佛起了个头，其他人也跟着一起有节奏地喊起了正广的名字。大概有七成的人朝正广挥手，正广也马上举起双手，回应般地挥舞起来。

听到其他人高喊自己的名字，正广终于有了一种自己被这个团体认可的真实感。

让和杨朝正广点点头，说了一句"OK"。大概是在告诉他现在可以下高塔了。

保罗再次敲打起木板。这次和刚才不同，节奏悠缓。正广向下望去，发现大家各自散开。这次应该是解散的节奏吧。

阿俊还在高塔下方等着正广。

让和阿俊说了几句话后，阿俊就拍着正广的肩，回答道："OK！"然后对正广说："我好像成了你的引导员。请多关照啦！"阿俊露出洁白的牙齿笑道，"不过，在这个世界，我似乎也难以给你什么好的建议。你就当我是早你几个月的前辈吧。"

之后几个小时，正广来到聚落中，开始帮阿俊干活。

"太阳落下那个山丘之前，我们都要干活。刚来到这个星球上的人一般会有些受惊，你再休息会儿也没事。"

正广回答说没必要。即便不去想突然到了陌生环境，不去想找不到家人这些事，阴霾也笼罩在他心头挥之不去。他明白，只有让自己动起来，这些负面情绪才不至于愈发膨胀。

直到太阳落下那个山丘为止，正广都在帮阿俊干活。这天阿俊的任务是准备晚上用的柴火，还要负责将圆木绑在一起。

不远处摆放着三个钢桶，下面正用火烤着。钢桶上冒出了阵阵热气。女人们将不知道是什么的食物接二连三地放入桶中。

"你在惊讶什么呀？她们是在准备今天的晚饭。"阿俊对正广说道。

"不……不是。我是惊讶这里居然有钢桶。"

"对啊，虽然数量很少，但实验初期还是传送了一些过来。不过，电气产品现在没法用，因为没有电，而且传送时导致产品产生了一些电路异常。简单的工具还能用，这些东西在这儿可珍贵得很。反正火还是有的。"

"火……是要钻木取火吗？"

阿俊摇了摇头，把手伸进裤兜里，掏出一个东西："不，我们用这个，省着用。是我来的时候带过来的。为了防止意外，原本不该带着这个一起传送的，但一不小心就带了过来。"

这是一只塑料打火机。

"取火的时候我们会把那个钢桶的火引过来。这个打火机一般很少用，除非遇到紧急情况。也有几个人和我一样，不小心带了过来。但还是要谨慎地使用。我当时是放在上衣口袋里忘记取出来了。听说有些人在'跳跃'时重新合成的那一瞬间，打火机和肉体融合之后破裂了。相对来说,我还算幸运的了。"

很快,太阳就落下山丘。没过多久,便是满天繁星。正广仰望着眼前这从未见过的光景,被深深地震撼了。在地球上,他未曾见过如此星光璀璨的夜空。不知怎么的,正广落下了泪水。这是他来这颗星球之后第一次落泪。

"正广,点火喽。"阿俊叫着正广。人们也都停下了手里的活,来到阿俊和正广绑好的圆木周围。但正广只能看到他们的身影,看不清他们的表情。

阿俊拿着几根小枝丫靠近钢桶下的火,点着后将火引向圆木,生起篝火。大概是木材比较干吧,火苗眼看着便越来越大,照亮了四周。枝丫炸开的声音,响彻一方。

与此同时,附近传来了一阵咚咚咚的单调的响声。

"那是开饭的信号。"

的确,钢桶前渐渐聚集起不少人。男女老少,什么肤色的人种都有。

持续传来的这个单调的声响,似乎就是开饭的信号。敲打钢桶的,是一个头发花白有些发胖的北欧老妇人。

人们排着队,晚餐被装到了各自手里的容器里。

"阿俊。我们猜你这会儿走不开,就帮你把晚饭拿过来了。还有这位……叫正广吧?你的那份我也拿过来了。"

正广正坐在阿俊身边,听到声音后连忙抬起头。眼前站着两个男人和三个女人。

其中一个女人将装了食物的容器递给正广。

"谢谢。"正广连忙道谢。

其中一个男人笑道:"哎哟,是个出色的日本汉子嘛!"

他们五个似乎都是日本人。

"今天阿俊负责生火,所以我们都来这儿了。"另一个男人说道。

另一个女人对正广说:"吃饭的时候我们会像这样聚在一起。说说日语会让人觉得亲切很多。"

正广打量四周,发现吃饭的时候真的都是同个国家的人坐在一起。

这五个人也和阿俊、正广围成圈坐了下来。两个男人的胡子都长得有些长了。而三个女人上半身都近乎全裸,不过胸部还是用棕榈似的纤维缠了起来。

"我是阿秀。"

"我是阿诚。"

"夕美。"

"我叫小缘。"

"我是阿满。"

正广挨着对他们打了招呼,但他并没有自信立刻记住他们的名字。

"这个聚落的日本人全在这儿了。今天又多了一个身强力壮的成员啦。"眼睛细长的阿秀笑着说道。

"吃饭的时候就说说日语呗，毕竟平常压力也很大。"一边说着话，一边将食物递给正广的，正是名叫夕美的女人。她眼睛大大的，年龄在三十五到四十岁之间。

名叫小缘的女人，似乎有些阴沉。虽然和大家坐在一起，但没有加入大家的对话，一直微微低着头，脸上鲜有笑容。正广猜测她的年纪大概和自己相仿。

"好了，开吃吧开吃吧。我开动啦！"阿俊说完之后，大家就都开动了。此时，正广才有机会仔细观察自己的食物。半圆形的容器，似乎是被一分为二的某种植物的果实。容器里装了食材丰富的汤。汤匙是用树枝夹着两片贝壳制成的。

"这颗星球也有海洋吗？"正广问道。

"有啊，有河流有海洋，唯一没有的只有文明。"阿满回答道，"我今天刚去海岸边找了食物。还被一个当过船员的希腊色鬼搭讪了，可够我受的。"

所有人都笑了。

"就是那个手臂上文着裸体刺青的肌肉男吗？"

"对，就是他。"

正广用勺子从果实做的木碗中舀出一勺汤来，放进嘴里。是咸的，并不难吃。好像是贝类或螃蟹之类的东西。正广心想，这应该是陆蟹吧，然后还有其他什么东西的果实。天太黑了正广看不清楚，但吃进嘴里感觉有些黏稠,像是芋头。

"正广你在地球上是做什么工作的?"夕美问道。

"我是学生。晚上在便利店里打工。"

"这样啊。那你'跳跃'的时候是和家里人一起的吗?"

"是的。"

阿秀责备夕美不该问这个问题,毕竟问了这个问题后大家都会想到不开心的事。夕美嘟着嘴说了一句"这我当然知道啦"。

此时,小缘落下了豆大的眼泪,身体也微微颤抖了起来。

"你看看……搞得小缘这么难受。"

"对不起啊,小缘。"

"毕竟小缘来这儿才五天。"

小缘终于开口说话了:"没关系的。"

不过她也就说了这么一句。正广明白她的感受。小缘和自己一样,刚刚经历了和最爱之人的生离死别。唯一的救赎,就是来到这个异世界的还有其他人。除此之外,看不到任何希望。

全国共设有三处传送装置,其中一处建在阿苏市[①]的草千里草原上。正广是在高中毕业那年知道了这件事。

当时有个广为流传的都市传说——艾迪森总统还活着。正广

[①] 阿苏市位于日本九州熊本县东北部。市内有日本著名活火山——阿苏山。阿苏山的北麓有千里一片大草原,即"草千里"。

也听说过这个传说。这在美国非常有名。

三年前,时任总统艾迪森在佛罗里达州进行演讲时被暗杀。之后举行了国葬,由当时的副总统戴帕接任总统至今。从那时起,美国爆出了不少重要人物下落不明的消息。包括科学家和技术人员,他们都是艾迪森的有力支持者。

起初,媒体争相报道这些消息,但没过多久,这个话题就不再吸引眼球了。

都市传说"艾迪森总统还活着"的内容大意为:艾迪森总统在上任不久后便得知,地球会因为太阳耀斑膨胀而遭遇毁灭。从那时起,总统就开始建造已经可行的世代飞船①,计划逃离地球。但是没有人知道目的地是哪儿,只知道是太阳系以外的某颗星球。为了不在全球引发恐慌,总统不得已只好上演一出在演讲时"遭遇暗杀"的好戏。国葬之后,他带领三万人,一起逃离地球。最近每年出现的各种异常天气、地质灾害,就像是世界末日的预兆一般。

正广听到这些时,并没有多少实感。他总觉得这些事和自己毫不相干。那几年里,确实每年都出现了异常天气和地质灾害。"气象观测史上初次"已经成了常见的形容词。暖冬、暴雪、酷暑席卷全球。紫外线增强,地震也相当频繁。

正广并没有因为地球的这些变化而觉得日子有多难过。夏天,

---

① 一种以低于光速的速度穿越星际的飞船。由于这样旅行消耗时间较长,考虑到人类的寿命,可能会有数代甚至数十代人在飞船内繁衍生息。

他只会觉得"今年夏天好热啊",或者听别人号召"水资源匮乏,要节约用水"之类的。在初春时听到蝉鸣声,他也只是觉得有点儿奇怪,并不会多想。倒是他母亲经常感叹蔬菜价格一涨再涨,每天的伙食开销已经不容小觑。而正广对这些并不关心。

就在那个时候,传送装置已经进入实用阶段这个话题开始出现在了媒体上。

传送装置是一种能让物质"跳跃"的装置。它能将A地的物质分解掉,再传送到B地重构。

美国一所工科大学的四名学生,首次让这一理论得以实现。

"星际旅行系列电视剧里也刻画过从太空船'跳跃'到行星表面的场景吧?我们就是想实现这个技术……用的方法吗?那我们倒没有考虑那么多……对,我们确实觉得这项技术会掀起一场物流革命,会彻底颠覆传统的物流……原理很简单。我们希望能用较低的价格将这项技术提供给需要的企业。我们原本就不是为了赚钱才研究这项技术的。"

传送装置的实验视频被媒体用各种形式不断报道。视频里播放的是当时四人小组组长伊恩·亚当斯接受采访时的回答。

传送装置正如他接受采访时所说的,低价而公平地提供给了全世界所有需要这项技术的企业。而这些企业,在得到这项技术没多久后,就以惊人的速度开始着手改良开发。该技术的性能也在短时间内不断提高。正广从新闻中得知已经实现了让物质从北美"跳跃"

到印度后成功重构的消息。

各国的股价也是从那时开始缓慢下跌，但程度并不严重，也没有形成话题。在太阳耀斑膨胀的预言公开之后，股价则开始暴跌。世界各国政府同时发布了在五年以内会发生太阳耀斑膨胀的预言。

大部分人不明白政府口中所谓的太阳耀斑膨胀是怎么一回事，也不知道那之后会导致怎样的情况。

于是，媒体持续报道了几项较为具体的耀斑膨胀模拟实验。

当人们看到太阳因为内部的异常燃烧而释放出来的光焰逐渐扩散，最终到达木星的电脑制成视频后，深刻意识到人类已经无处可逃。因为地球本身会变成一颗大火球。

几乎在同一时期，各国政府都向国民宣布了救济方案。

那就是建设传送设施。在尽量确保安全的前提下，将国民传送到新的环境中去。

当然，政府当时并未详细说明，只是宣称日后会公布详情。

与此同时，堪称机密的信息也开始泄露，并迅速上了头条。

人们甚为吃惊。

曾被奉为都市传说的艾迪森总统生存说终于坐实，以艾迪森总统为首，全球有超过三万人被选中，在几年前乘上世代飞船逃离了地球，出发前往距离地球一百七十光年的星域。

被选中的包括艾迪森总统的家族，以及暗中慎重选拔出来的学者、技术人员及其家人。

泄露情报的，是曾参与过"诺亚方舟计划"的临退休美国政府高官。据说，直至最后，他都坚信自己能够登船。

他公布了整个计划的细节，甚至包括三万多名乘员的名单。

虽然这位原政府高官鲁恩巴克表示全人类都有权利知道"诺亚方舟计划"中哪些人逃离了地球，但人们觉得，他公开这些信息并非出于大义，而是因为怨恨那些本该带他一起离开却将他留在地球的人罢了。当然，真相已经无从得知了。在鲁恩巴克向媒体公布这些信息约一个月后，他横死的尸体就被人发现。也不知道是因为他泄露了计划，还是仅仅被一般群众动用私刑处死了。

自此之后，所有媒体开始对公开的"诺亚方舟计划"细节进行各种各样的验证。调查非常细致，但最终没能得出这一计划是虚构的结论。世界各地都确认了登上"诺亚方舟号"的三万余人几乎是同一时期失踪的。

同时，他们的目的地显示为一颗名叫"应许之地"的行星，这颗行星与恒星之间的距离也通过公式得到了证实。

舆论开始谴责以艾迪森总统为首，利用"诺亚方舟计划"逃离地球的三万余人，谴责这些仿佛自己被上帝选中并舍弃了世人的逃亡者。

此后，世界各国的预算全都投入了传送设施的研究中。经济彻底崩溃。留在地球上的人们之所以还能努力维持最基本的秩序，只是因为他们把最后的希望寄托在了传送装置能成功研发出来的渺小可能性上罢了。

从那时起，正广也对未来有了模糊的构想，他觉得自己早晚会离开地球，去一颗不知名的星球生活。

日本三处传送设施都建在国立公园内的法案以破竹之势迅速通过了。大概是官方认为情况紧迫，已经没有时间能浪费在回收私有土地上了吧。

这天吃晚饭时，父亲说道："我今天递交了辞呈。"

正广不敢相信自己的耳朵。父亲的这句话直接关系着自己的生活。虽然他的零花钱都是自己打工赚来的，但学费还是父母替自己交的。

正广看向母亲。母亲应该已经听父亲说过这件事了，微微点着头。

"我明天也会提交辞呈。"哥哥低着头，拿筷子夹着菜说道。哥哥上班还不到一年。"工作根本做不下去。客户都不下单了，上礼拜又走了两个前辈。"

哥哥在一家很小的做广告牌的公司上班。听到哥哥的话，父亲也只是回了一句"这样啊"。

"我会工作到下个月。"父亲说，"下个月辞职的人肯定会更多，那时候就更不好意思提交辞呈了。退休工资下个月就会汇到我账户。"

"到了那个时候，有钱也没什么用了吧？"

"也对。"

父母和哥哥干巴巴地笑道。父亲是贸易公司经销店的部长。

"前东京总公司说距离太阳耀斑膨胀还有五年时间,应该会找到救济的方法。也希望经销店能继续好好加油。你们怎么看?虽然公司里的同事嘴上不说,但心里根本不相信这些。"

正广心想:原来要说这个啊……最近各种猜测满天飞。其中最常听到的,就是"不管什么时候耀斑膨胀都不奇怪,有可能是今天,或者就是明天"的言论。父亲口中的"前"公司的推测,也一样没有任何根据。

不过,一家人吃着饭说着这样的话题,终于让正广认识到,世界末日真的就要来临了。

父亲也尽他所能收集了不少信息。

"我们这一带,就只能去草千里的传送设施了。"

"市民中心好像开设了申请传送的专门窗口。"

"申请传送时如果想获得优先权,似乎需要我们提交一份放弃财产的证明。大概是有什么缘由吧。"

"中国台湾、朝鲜的部分地区和韩国釜山周边区域好像都要用草千里的传送设施。各地通过的申请人数和使用方式,应该挺不同的吧。"

不怎么用电脑的父亲经常在吃饭时说着这样的话。

而媒体大多都在关注传送设施的性能和进展。

吃饭的时候母亲低声说道:"一早就偷偷逃离地球的究竟是怎样的人?应该是些不值得相信的人吧?"

哥哥和父亲都缄口不言。但那之后,常常能看到对世代飞船"诺亚方舟号"乘员的评价。也确认当时有数十名日本人乘上飞船一起逃走了。

有报道称其中一名生物学方面的技术人员是"利己主义者,性格偏执",而一位工学博士则被认识他的人评价为"不通情理,能平静地做出冷酷判断"。

至于艾迪森总统,他在美国已经被烙上了"史上最糟总统"的烙印。他身边的人,不管真假,都被爆出很多丑闻。其关联企业也都在暴乱中被焚毁了。

当时,全世界共通的恨意都集中在那些乘坐"诺亚方舟号"逃离地球的人身上。

也有传言说各国传送装置的性能有些微妙的差异。日本的传送装置精度很高;中国的在传送时会出现里外互换的状况;而印度的则是容易将传送物互相融合——据说传送十条狗,所有狗"都会粘在一起,就像一整个肉块似的,到处都是头,还会有好几处地方是裂开的,最终只能维持几分钟的生命"。

当然,官方报道中宣称这些说法毫无依据。

日本和美国、法国一样,事态并没有发展到暴动的程度,但停业的企业在逐步增多。社会物资的流通也不再平衡,有些生活必需品越来越难购买了,排长队去采购这些生活必需品已经成为常态。人们的脸上很难再看到笑容,抑郁症患者的数量也以惊人之势飞速增长。毫无目的的冲动杀人案件则是多到令人麻木,新闻只会用几行字一笔带过。

对耀斑膨胀预测产生实感,是在那年夏天连续五天最高气温超过五十摄氏度的时候。第三天开始,恐慌的群众拥向正在建造的传送设施。当然,由于设施尚未建成,来到设施所在地的人也只能远远看着它。这些人燃烧"诺亚方舟号"的纸制模型,还疯狂高歌。而气温一恢复正常,这些人就自发解散了。

传送设施完工与使用的日程安排几乎是同时被报道的,与此同时,政府也公布了传送的目的地就是"诺亚方舟号"的目的地——那颗以一串数字命名的闻所未闻的行星。

这颗星球被人们不约而同地称为"应许之地",而官方称之为"新·地球"。"应许之地"是"诺亚方舟计划"中被反复使用的行星的固定名称,"新·地球"则是各国政府协商确定的名称。

——要抢在"诺亚方舟号"之前抵达。

不知道这是谁提起的,现在已经成了流行语。

这句话究竟意味着什么,所有人都能隐约察觉到。

它意味着要让那些乘坐"诺亚方舟号",舍弃人类逃之夭夭的人在抵达"应许之地"时就接受审判。这句流行语被制成海报,还配上了插图:几支巨型的长枪扎在破坏殆尽的"诺亚方舟号"上,上面倒着正翻着白眼吐血的艾迪森总统。

当正广看到政府分发给每个家庭的公报时，切实感觉到人类已经没有选择的余地了。

政府公报开头的内容是劝告全国人民移民避难，以逃离全球灾难。公报里强调的内容如下：

· 虽然要移民去其他星系，但其环境和地球并无二致。刚开始的生活或许会非常不便，但只要拥有开拓者的自觉并互相配合，就能在短时间内恢复文明。

· 传送设施装置群的精度、性能与传送时的安全性都非常高。

· 尊重每个人的意愿，不会强制实施移民。有移民意愿的人，可前往各市、町、村的窗口申请移民，申请后政府会指定移民的具体时间。另外，若全家均有意愿申请移民，可以家庭为单位共同申请。

· 移民时，为防止发生传送事故，不得携带任何家具或器具等本人以外的东西。

· 现阶段的技术还无法实现从移民地行星"新·地球"返回地球。传送设施将于四月一日启用。每次可传送一千五百人，每三十分钟可进行一次传送。目标在一年半内完成全部移民的传送。

这些和正广听到的消息差不多。不过，从公报中不难推测，太阳耀斑膨胀的概率会在传送设施启用的一年半以后剧增。

有关传送设施，正广还听到一些其他传言：人类掌握了传送技术是个彻头彻尾的谎言。传送设施不过是为了不让人类陷入恐慌的巨大安乐死设施。

不过正广觉得不会如此,毕竟已经有得到政府许可的安乐死设施了。

晚饭时,父亲说道:"我们家差不多也该确定一个方向了。我呢,觉得应该尽早提交传送申请。听说因为人很多,即使申请窗口开了之后马上提交申请,也要在几个月之后才能进行传送。"

"还是尽早申请比较好吧。"哥哥头也不抬地说道。

"现在外面有各种各样的说法。有人觉得早点儿过去的话可以确保占据较好的地盘,还有提到'新天地土地所有权'的。也有人觉得晚点儿过去的话,就可以从打头阵的人那里得到一定程度的技术和知识。总之,全世界各个人种都会聚集在那里,所以究竟会发生什么也不好说。"

"孩子他爸,你已经决定了吧?"母亲说。

"对,我想尽早过去。你同意吗?"

"我没关系的。我们全家人一起去吧。"

"好。那你们哥俩儿呢?有没有什么想做的事或者记挂的人之类的?"

哥哥没有马上回答,而是沉默地继续吃着饭。过了一会儿,他有些激动地说:"我……我可能不和你们一起去了……我有个正在交往的人,想和她一起去。"

正广还是头一回听说哥哥正在和人交往。父母好像也是一样。一时间，四个人都沉默了。

"那个姑娘是哪里人？怎么没介绍给妈妈呢？"母亲突然大声问道。但父亲吐出一句"别说了"，她就不再问了。

"正广呢？"

正广并没有关系亲密的女朋友。他脑海里浮现了几个朋友的身影，但他们肯定有自己的选择。同学的话有不少人回老家去了，都已经很久没有再见面了。

"我会和爸妈一起去的。"

三天后的晚餐时，哥哥突然说："我也和爸妈一起去。"

正广和父母都有些吃惊。

"怎么了？"母亲问道。

"我不太想说。总之她劈腿了，说不和我一起去。"哥哥的眼里泛出了泪水。

母亲难掩心头之喜，但还是忍住了笑意。

最终父亲在开始申请的当天下午提交了全家的传送申请。传送预定的时间在十月上旬。

此时，货币已经几乎失去其价值，生活必需品主要通过物物交换来实现。还诞生了一些不成文的规定，比如快要移民的人会把自己家的生活必需品和粮食留给邻居和认识的人。

申请已经截止，但下定决心移民的人还不到全国人口的七成。

这意味着，仍然有三成以上的人选择留在地球。

正广不知道那些放弃前往应许之地，选择留在地球的是怎样的人。不知道他们是担心无法适应地球以外的环境，所以从一开始就放弃了，还是因为确信地球一定不会毁灭。这三成多的人里，因为信息的混乱，说不定有些人根本不了解目前事态的真实状况。

按照父亲的提议，全家人九月中旬一起去露营了。自孩提时代以来，这还是第一次。家人一起在露营场附近的露天温泉泡澡，一起眺望日落西山的美景。之后，还围着篝火享用了昂贵食材做的晚餐。

"虽然外界传言很多，但那边究竟是怎样一颗星球没人知道。好好把眼前地球的美景记在脑海里吧。等你们以后有了孩子，可要好好说给他们听啊！"夕阳的光辉映照在父亲的脸上，父亲感慨地说道。

此时，母亲突然说："对了，我们家后面的堀商店……"

距离正广他们家只有一条街的地方有一家叫作堀商店的小商店，售卖烟酒饮料。

"那家店的婆婆说她不移民。"

那个老婆婆正广从小就认识。他小时候常去那家店买烤红薯和刨冰吃。不过那家店最近已经不卖这些东西了，老婆婆整天都坐在自动售货机边上。她应该有八十五六岁了吧。

"那家的老爷爷好像卧病不起，一直躺在家里，老婆婆说希望能和老爷爷一起死去。"

"这样啊。"

"我想在我们走之前,把家里用不上的东西都给堀商店的老婆婆,怎么样?"

"我无所谓,都行吧。"

"好,那就这么办吧。谢谢你,孩子他爸。不过,堀商店的老婆婆能说出希望和丈夫一起死去这样的话,至少还是挺幸福的。"

第二天,一家四口开始爬山。大家一整天都走在霜叶渐红的山道上,想要努力把这些记忆留在脑中。

父亲的口头禅是"加油!"。整段山路上,每次休息结束继续前进之前,都能听到他说这句话。

正广他们家的传送时间是十月七日凌晨三点半。全家人必须在凌晨一点到达指定的集合点,并乘上大巴。母亲保管着全家四人的传送卡,卡上还印着指定大巴的记号。

母亲把传送卡放在了佛坛前。

最后一次晚餐的开饭时间是晚上七点。注意事项单上写着传送前五小时停止进食。这个时间吃饭完全来得及。餐桌上摆放着的菜肴,是正广记忆中多年未见的豪华料理。如此多的菜品,甚至让正广感叹,母亲是怎么弄到这些食材的。连平日情绪不怎么外露的哥哥都忍不住赞叹了一句"真厉害"。

而且这些全是母亲亲手做的菜。

"在这顿饭上买食材花的钱,要是省着点,够我们一家四口吃上一整年呢。"母亲如此说道。

父亲拿白肉生鱼片蘸了蘸自己磨的芥末,点头道:"即使去了那儿,估计也吃不到这些菜了……也不知道要吃什么过活。这应该是在地球上的最后一顿饭了,好好享受吧。"

这顿饭让正广尝到了最好吃的东西,其中有些佳肴的美味甚至是正广快要遗忘的。但胃里只能装下那么点儿菜,所以每种菜正广都只尝了点儿。

父母宝贝地从餐桌下拿出一瓶珍藏许久的红酒来,好像是存放在红酒保管所里有些年份的酒。

"原本想找个纪念日开了它的,不过今天也许就是最合适的日子,所以我把它取了出来。你们也喝吗?"

父亲拔了红酒瓶上的软木塞,把红酒倒进醒酒器里让酒液与空气充分接触之后,再给每个人倒上,一起碰了个杯。

其实正广根本品不出这酒好不好喝。

不到九点,晚餐就结束了,母亲收拾了一下。之后,一家人和平常一样,玩电脑的玩电脑,看电视的看电视。

零点时分,随着父亲一句"叫好的出租车快来了吧",全家人就开始换衣服。准备好之后全家人来到佛坛前拜了一拜,就走出了家门。

出租车到达之前,父亲一直感慨良多地看着这个家。这栋房子在半年前刚还清贷款。正广也能体会父亲此刻的感慨。

送他们去指定集合点的出租车司机说道:"你们是今天传送吗?祝你们好运啊!"

父亲问司机:"司机师傅您不移民吗?"

"我……没有申请。我胆小,我老婆也胆小。"司机如此回答道,"新的星球上也不知道会有什么。说不定恶臭难耐,而且也没有人去过不是吗?感觉会很可怕……啊,不好意思,您别听我瞎说,我多嘴了。

"话说在'跳跃'的时候啊……哦是这样的,我之前载过一个传送设施那边的技术人员。我问那个人'跳跃'到底安不安全。结果他支支吾吾了一会儿,还是没回答我。所以我就有些害怕了。

"又过了一会儿,这个技术人员开口了。他说,在传送设施中,要尽量站在靠中间的位置进行'跳跃'。他没有详细解释原因。也不知道能不能帮到你们。"

其实司机的这些话帮不上任何忙,因为"跳跃"的位置是无法自由选择的。传送卡附的光盘也是这样说明的。

指定的集合点在市中心的巴士站,出示传送卡之后,就可以对应卡上的记号乘上指定的大巴。一共有六辆大巴。

大巴上一半的座位已经坐了人。虽说坐了这么些人,车内却没什么闲聊的声音,只有大巴播放的古典乐——贝多芬的《田园》。正广透过车窗往外望去,能看到正要乘车的人和留下的人正用手帕掩着泪水点头告别。

"五分钟后大巴即将发车。请需要搭乘大巴前往传送设施的乘客抓紧时间上车。"车站广播开始了播报。

一对年迈的夫妻突然说了一句"我们还是要下车",就马上下车了。对大巴司机来说,这大概也不是什么新鲜事吧。所以也没说什么话去挽留他们。

一个多小时后,大巴就抵达目的地草千里了。这儿已经停了几十辆接送传送时间不同的乘客的大巴了。再往前,能看到有好几个球场大小的拱形设施。

所有设施在放出如闪光灯般的耀眼光芒之后,暗淡了下来。

"刚才传送了一组人过去吧。"父亲有些呆滞地说道。

"请大家在大巴里稍候片刻。等前一组人进入设施后,再引导大家下车。"

在大巴中等待了一个多小时后,正广突然听到母亲小声嘀咕说"好美"。母亲正抬头朝窗外望去,她用手擦了擦起雾的玻璃窗,天上的满月便清晰起来。草原上,结了穗的芒草如绒毯一般延绵不绝,一望无际。

第二次闪光之后,大巴开始前进,在拱形设施前停了下来。

父亲喊了一声"喂",哥哥和正广回过头,看到父亲从座位上站了起来,伸出右手:"大家把手伸出来。"

母亲把手叠在父亲的手上,哥哥又把手叠在母亲手上,最上面的是正广的手。

之后,父亲低声说道:"加油!"

大家把手收回去之后,父亲咕哝了一句"这样就好了"。

"我们已经抵达目的地了,之后请听从引导员的指示前进。"

一家人下了大巴,根据传送卡上的记号进入了对应的入口。正广想,孩提时代全家一起去的主题游乐园入口处,也没有眼前这般规模。

每个人的左手都被盖上了一个数字印章。之后,不得带入设施内的私人物品都被没收了。

相较其外观,传送设施的内部还挺小的。因为设施的大部分区域都是传送所必需的机械。

正广一家在传送室里的位置靠近角落,和出租车司机所说的"中间的位置"相去甚远,正广不禁对这次"跳跃"有些担心。

一千五百人按照指示以一定的间隔呈阵点状排列着。正广前面是哥哥,再往前是父母。

没有任何说明,灯光就关闭了。接着开始倒数计时。倒数了十个数之后,正广眼前变成白茫茫一片,在意识快要消失之前,他突然明白了,这就是所谓的"跳跃"。

阿俊突然站了起来,开始侧耳细听。之后,他看了所有人一眼,说:"快逃到洞里去!"

夕美也站了起来,"是真的,大家快逃吧。"

"怎么了?"正广刚问出口,高塔方向就传来了敲打骨头的声音。这不是集合时的节奏。这种敲打几乎没有停顿,就像是在拉响警报似的。

"它来了。碗就端着吧,去洞里吃!"阿俊大喊道。

"是……陆蟹吗?"

"不是,是一种叫影卡的动物。它们是成群结队地来的。"

周围的人也慌慌张张往岩洞里跑,连火也顾不上熄灭。

阿秀和阿诚先跑了起来,之后紧紧跟着的是正广和小缘。

所有人都跑进了岩洞。

"要是它们数量少的话,倒也没必要逃这儿来,但我也听到它们扇动翅膀的声音了。"

正广刚才没有听到那声音,但不过一会儿,也能听到一阵低沉的声音。

"那声音就像是在唱卡拉 OK 时,腹部回响的低音一样,那东西因此有了这个名字。给它起名的是个美国人。"

处于低音音域的飞翔声中,显然混着拍打翅膀般的声音。

"第一次遇到影卡的时候,有十二人遇害。"

从岩洞中往外看去,正广发现篝火周围有许多小黑影在飞速盘旋。万幸的是,所有人都去避难了。

"这就好比是在避雨,我们只能等雨停。"阿诚若有所悟一般和正广说道。就在此刻,有什么东西咻的一声飞进了岩洞。小缘一声惨叫。

岩壁上传来了扑哧扑哧的声音。

阿秀一边喊着"它飞进来了",一边条件反射性地拿木板把飞进来的东西击落在地。

借着摇曳的火光,大家看到跌落在地、一动不动的是一种奇形怪状的小动物。乌黑的躯干上长着约四十厘米的黑色羽翼。头上有两根突起的物体,没有像眼睛的部位。在两根突起的物体下方,横着一张有脑袋三倍大、牙齿外露的嘴。不像鸟类,也不像蝙蝠,而是像长着翅膀的角蝰①。

众人本以为这只影卡昏了过去,谁知它却突然又动了起来。它拼命用一侧的翅膀拍打着地面转着圈。阿秀又拿木板拍了它一下,这下它终于不再动弹了。

"它的肉还是挺好吃的,和猪肉的味道有点儿像。"阿秀喘着粗气说道,"但是,只要它在天上飞,就能用牙齿一瞬间把人的肉撕扯下来。简直就是能上天的食人鱼。"

之前还从没有影卡飞进洞里来过。

"经常发生这种事吗?"正广问道。

"我们已经快十天没遇上过影卡了。它们的攻击应该是有一定

---

① 蛇类,双眼位置有一对竖立的刺状角鳞。

规律的,但具体是什么规律,我也不太清楚。"阿俊边将影卡的头和翅膀扯下来,边回答道,"它们只会在日落之后出来活动。这颗星球上,还有更危险的东西。"

"是指陆蟹吗?"

"不,不是陆蟹。我还没遇到过,但听说有'比人类大好几倍'和'会把人包裹起来融化掉'的生物。这些生物都还没有名字。当然,还有很多其他生物。"

正广根本不敢想象这颗星球上还有这样的生物。之前听说这儿的环境和地球很像,但现在看来,怎么说都不太像了。

大约在三十分钟之后,洞外影卡拍打翅膀的声音和腹部回响的低音都消失了。影卡群大概是飞去其他地方了吧。阿俊手中的影卡,早已被剥了皮,成了一团粉色的肉块。

外面传来了人声。因为影卡已经飞走了,所以好像有几个人就从岩洞里爬了出去。正广忍不住朝洞外看去。

"正广,现在最好别出去。"背后传来了阿俊的声音。

"好。但是为什么?"

"这群影卡今天飞走得特别早。我猜测它们可能不是想来袭击我们,而是被什么东西追着,逃来了这儿。"

"原来如此。"

"初到陌生的环境,要想活下去,最重要的就是学会胆小。莽撞一次就有可能失去唯一的生命。毕竟我们在这颗星球上没有任何经验可言。"

阿诚点着头："阿俊都这么说了，那就有可能是这样的。"

"晚上……要睡在这里吗？"

"对。岩洞里面堆着一些干枯了的树叶。大家会一起睡在那里头。"

"我明天要干什么？"

"我明天的任务是采集口粮。你跟着我就行。小缘现在也是在跟着阿满去海边找食物。你俩都需要逐步学习如何生存下去。"阿俊对正广说道。

"我一直有种被欺骗了的感觉。"阿诚这时自言自语道，"地球说不定根本就不会毁灭。我们这些人只不过是成了人口爆炸的牺牲品，被骗来这儿了。地球怎么可能就这么毁灭掉啊。因为政府发布的消息，我们才'跳跃'来这儿的。其实地球说不定还是老样子。而我们却被骗来这儿过着这种每天都有生命危险、人不人鬼不鬼的日子。"

刚才一直不说话的阿秀开口了："不，政府公布的消息应该不假。我以前是记者，所以看到过不少更详细的数据。明年太阳耀斑膨胀的概率为百分之三十左右，四年后概率则会高达百分之九十。不只是官方公布的这些数据，连我经常走动的民间调查机构独立调查的数据也是如此。不过你要让我证明，现在在这儿也没法证明。要是过个一百多年之后能确定太阳系的位置，说不定就能证明了吧……但现在根本没有其他办法。"

"难道我们不该去相信这一切吗？毕竟我们现在都在这儿了。这是我们的新地球，是应许之地……至少我是相信这一切的。虽然现在一片荒凉，但我相信经过几代人的努力之后，这儿就会变成地球。这点我可以保证。"阿秀自信地说道。

"但为什么我们要当最初这代人？语言不通，其他人干的事也莫名其妙。其他人种脑子里在想什么我们也完全不知道。等聚落扩大时，肯定会发生更多的矛盾。阿拉伯人和以色列人都在同一个聚落里。现在或许还能和平相处，但以后就未必了，毕竟民族和信仰都不同。"阿诚摇着头说道。

"我认为这儿是有可能变为地球的。"阿秀小声回答道，"我们现在正在体验最为理想的原始共产制。所有成员为了聚落而劳作，劳作所得全部均等地分给所有成员。语言也只要满足最基本的交流就足够了。大家都有一个共识，那就是必须通力互助才能生存下去。相反，就无法在这片土地上生存。毕竟这儿的敌人太多了。但这一制度，恐怕只能维持到一定阶段，一旦聚落中出现文明且物资富裕了，之后会演化成怎样的社会形态，我也不知道。到了那时候，每个人心中的宗教观和伦理观就会复活。不过，在那之前应该还没问题。"

"到那时候会变成怎样啊？"

"我也不知道。虽然我不知道，但我觉得大家需要有一个共通的认识,而且是和现有的宗教完全不同,另一个维度的认识。"

"比方说?"

阿诚提出这个问题之后,阿秀插起双手抱在胸前,仰望天空,踌躇道:"恨意啊。来到这儿的人都失去了家人,且不得不在完全陌生的环境中拼死生存下去。另一方面,美国总统一行人却抛弃人类,坐着世代飞船逃离了地球。这点,这里的人都心知肚明。这点说不定能成为大家共通的认识吧——无论如何都要活着,向那群抛弃了自己的人复仇。"

"对啊,至少不能原谅那群人。"夕美咬牙切齿道。阿满也点头表示赞同。

突然,洞外传来了一阵惨叫声。

所有人都跳起来往洞外望。

洞外的人正四下窜逃,还不能确定究竟发生了什么事。

又是一声惨叫。是男人的声音。只见一条细长滑腻的像鞭子般的东西,将男子的身体缠了起来。下一瞬间,微弱的惨叫升上夜空,最终消失在了黑暗中。

"果然被阿俊说中了。影卡是被这东西追着来的。"阿诚激动地说道。接着传来了两声惨叫。一声是从夜空中传来的,一声则比较近,应该是有人快逃到洞口时却被抓住了。

大家看不清楚敌人的样子。

"那究竟是什么?"正广问了也没人能回答他。这种怪物好像是第一次袭击人类。

只能感觉到空中有巨大的生物笼罩着整个聚落,某处传来了既不像是叫声也不像是呼吸声的呲溜声。

"大家都要记住这声音。"阿俊嘟囔着说道。

历时一年半的传送计划完全结束了。在九州草千里的传送设施的会议室中举行的慰劳会也即将画上句号。

光这里的传送设施,就让四千万人"跳跃"到了应许之地。

在传送设施上班的两百二十八名技术人员及其七百三十五名家人都参加了这个仪式。

作为整个项目结束的问候,传送所长对所有员工发表了慰问和感谢致辞。在慰劳会结束之后,所有人在设施中决定了最后一批要"跳跃"的人员。

要留在地球的四十六名员工,负责最后一批传送任务的操作工作。

四十六人中的一员苇原幸一,和他年老的母亲住在一起。他弟弟已经和家人在一年前前往应许之地了。他完全没想过要抛弃年老体弱的母亲离开,而是毫不犹豫地选择了留守地球。

他也多次收到总务部门的确认,询问他是不是确定不进行传送。昨天刚进行了最后一次确认。

"我不忍心留下我妈一个人离开。"

他每次都如此回答。因为要照顾年老体弱的母亲，他错过了成家的机会。现在已年过四十五，对于成家这些烦恼他都已经抛诸脑后了。这次，他也已经下定了决心。

所长祝福员工们在新天地能再聚首，并为留在地球的员工做了祈祷，最后轻拍三次手结束了这次仪式。

苇原加入留守地球的员工队伍，一一和进入传送室的其他员工握手告别后，回到了自己的岗位上。

他和往常一样做着确认的工作。传送设施拥有众多技术人员，实际的传送操作只要二十名员工足矣。

苇原并没有多大的感触。就算有，也只有明天就能从工作中解放出来这一点了。目前所需的口粮和生活物资，那些要前往应许之地的同事给他留了不少。他家里也还有地。在太阳耀斑膨胀之前，完全能自给自足生存下去。

苇原家住在菊阳町，他最近每周只回家两次。他母亲讨厌住院，所以留在了家里，一直让苇原有些担心。但最近这两次休息，也因为传送计划到了最终阶段而落空。前天本该轮休的，但是加速配件出了问题，只能换上辅助配件进行抢修，最终也没能休息上。

苇原本打算打电话告诉母亲的，但他母亲好像睡下了，并没有接电话。

他只需要等主控室里的操作完成之后，从旁边的控制室里确认加速配件的状况就可以了。只要不发生什么问题，就不需要他动手。

显示屏上能看到全部的传送者。因为是全景影像，所以看不清他们脸上的表情。走完常规流程之后，一道白光包围了传送室。下一秒，传送室里就空无一人了。

"至此，本设施的所有任务均已结束。辛苦大家了。"

主控制室的广播里传来了总务次长的声音。其他管理层人员已经被传送走了，所以现在在这个设施中，总务次长成了最高负责人。苇原并没有任何寂寥的感觉，也没有任何感慨。他对人们"跳跃"过去的地方究竟是怎样一颗星球，也毫无兴趣。

和同事们告别之后，苇原踏上了归途。苇原握着方向盘，出神地想着，不管怎么说，可以先好好休息个两三天了。等母亲的身体状况安定下来，干脆带她去附近的温泉泡泡。就当是前天没能休息的补偿吧。

道路出奇地空荡。苇原也丝毫不意外。地球估计也撑不了几年了吧。不，应该是撑不了几个月了。

眺望着道路两边的绿化，他甚至有种这个"预言"也许不会实现的感觉。其他人只是先他一步离开这个星球了。

当然，苇原很清楚这个想法过于乐观了。毕竟他自己也看过各种各样的数据。

刮台风的时候就是如此。

天气预报说台风正在接近的时候怎么也不相信。毕竟那时候也不会刮风，天气很稳定，甚至还有些热。当台风来袭之时，才会觉得天气预报真准。

这次说不定也是一样的。突然某天，当地球变成炽热地狱，才会知道这个预言是对的。而在那个时刻之前，大家都将信将疑……

如果母亲已经去世了，而自己又有家庭的话……估计就会选择传送了吧？

不过苇原并不确定，毕竟都是假设。

会有这些念头都是因为一周前母亲对他说的一番话。

"幸一，你只管自己去新的地球，没关系的。传送的最后一天，设施里的人都能去那儿吧？我自己也能照顾好自己，你不用担心我的。你毕竟还年轻，留在地球等死多可惜啊。"

那时候，苇原责备似的说了一句："妈你就别瞎说了。"

苇原进入了住宅区。他家就在那儿。但是，边上的人家窗户都关得死死的。连续好几户人家都已经人去楼空了。居民基本都"跳跃"去了新地球。这片住宅区里，选择留在地球的人寥寥无几。

苇原把车开进车库，回到了家里。

"我回来了。"苇原朝屋里喊了一声，但没人应他。母亲应该在睡觉吧。苇原为了不吵醒母亲，轻手轻脚地走向她的卧室。

苇原打开卧室门。房间里拉上了窗帘，当苇原看到一片昏暗中的那个身影时，一下子被抽干了力气似的坐倒在了地上。

那个身影是他的母亲。

母亲的头正悬挂在穿过衣柜把手的绳套上。母亲正坐着,头往前垂了下来。

苇原爬到母亲身边,急急忙忙将她的头从绳套上放了下来,但她此时早已咽了气。

苇原一边嘴里不停地重复着"不会的、不会的",一边将他母亲已经僵硬的身体拉直,让她躺进被窝里,并拉开了窗帘。

此时,他发现母亲枕边留下了一张字条。苇原慌慌张张地拿起字条,仔细地看着。

辛一:

不要再管我了,去新地球吧。你还年轻,太可惜了。

妈妈

日期是两天前,是苇原准备回家的那天。

苇原跪倒在地,抓着榻榻米号啕大哭。

罪恶之丘

在娜塔莉·艾迪森的记忆中,自己几乎不曾和父亲一起生活过。自她懂事起,父亲就是参议院的议员了,就连她的母亲,也不得不频繁地跟着父亲抛头露面。所以从小,她和小她八岁的弟弟西奥多就跟着保姆玛莉·沃道夫一起生活。

在娜塔莉十三岁那年,随着父亲就任美国总统,全家人一起搬进了白宫。她父亲就是弗雷德里克·艾迪森。

父亲上任之初,娜塔莉正在洛杉矶光年学校读初中。

这所学校是含小初高的名校,学生可选择住校和走读。

学生宿舍设在校内。娜塔莉在入学时就选择了住校。对她而言,与其在毫无归属感的家里待着,倒不如在学校努力结交新朋友。

父母不惜让她转学，也坚持要她一起搬去白宫，但这遭到了娜塔莉的坚决反对。最终，父母只得勉强同意她留在父亲的故乡——加利福尼亚州的这所名校里继续念书。

娜塔莉希望自己只是一个普通的女孩子。

但她却无法成为一个普通人。因为同学们都知道她是艾迪森总统的女儿，而且课余时间即便去校外游玩，她身后也总是跟着几个努力保持低调的身影——这些人都是她父亲派来的特工。

娜塔莉曾打电话给住在华盛顿的母亲抱怨这件事，问她为什么要让那些讨厌鬼跟着自己。

母亲温柔耐心地告诉娜塔莉："你爸爸必须永远无懈可击。要做到这一点，就决不能让别人抓住他的弱点。他真的很爱我们。所以万一你有个什么三长两短，他肯定无法冷静地做出判断。现在整个美国的命运都掌握在你爸爸手里。为了不露出破绽，他自然是要拼命保护你的安全，哪怕要动用那些特工。"

这些话在娜塔莉听来，完全就是诡辩。说得好听，说是担心自己的安危才找人跟着自己，实际上不过是为了维护他的总统身份。如果真的关心自己的话，他就该在自己的童年时代多关心关心自己。可以若无其事地数月不见女儿，这样的父亲，就算再怎么说爱自己，娜塔莉也是不会相信的。

"总而言之，别再让那些奇奇怪怪的人跟着我了。"娜塔莉说完，就把电话挂了。

她的愿望最终未能实现。

但那些保镖倒是学聪明了，跟着她时开始尽量不引起她的注意。

电视上的父亲，总是一副公众人物的模样：露出温和的笑容向国民挥手；如慈父般怜爱地将初次见面的灾区儿童抱在怀里；向国民发表演说时，总是以真挚的目光和满腔的激情，将内容娓娓道来。可偶尔回家时，父亲却总是穿着内衣，邋遢地倒在沙发上，半天也不动弹，更不会说一句话。这和电视上的父亲判若两人。正是这种表里不一，使得娜塔莉一看到电视里的父亲就觉得无比厌恶。

所有的美国人都被骗了。

而欺骗他们的，正是自己的父亲。

这些话，她甚至没有对闺密说起过。她知道，这些话断不能说。

"你爸爸一定很好吧？"要是有人这么问她，她一定会如此反问："就是普通的父亲。你爸爸呢？"

"我爸糟透了。不爱干净，恶心死了，完全不想亲近他。有时候甚至在想自己为什么会投胎做他女儿。"朋友数落自己的父亲时，语气和声音竟能与平时截然不同，这着实让娜塔莉吃了一惊。而且不光是这个朋友，其他朋友也普遍觉得她们的父亲邋遢无能，完全不想让人亲近。

娜塔莉感觉同龄的女孩子对父亲的看法都和自己差不多。不过，只有自己的父亲隐藏了这种性格欺骗着全国人民。他的罪孽要深重得多。

娜塔莉十六岁那年，父亲连任总统。那年，娜塔莉从学校女生宿舍搬了出来。

她并不是自愿搬出来的。

"我想你应该也知道，要是你一直住在学校宿舍里，那些保镖就很难好好保护你了。算妈妈求你了，你就搬去我们替你准备的房子吧。"母亲苦口婆心地劝她。即便母亲说着"算妈妈求你了"，可实际上和逼她搬家也没什么区别。无奈之下，她只好住进了艾迪森家位于罪恶之丘高地上的私宅里。据说那里的地理位置比较有利于保镖保护她。房子很大，娜塔莉和年长的女仆住在里面显得过分空旷。

而上下学的接送，则是堂而皇之地由一位名叫约翰·伯法的前海军陆战队黑人队员负责。

他身形高大，眼神犀利，一身西装，嘴里永远只会说三句话——"早上好""您慢走""我来接您了"，并且从不笑。

就是从那时起，物价不知怎么的开始上涨，国家安保预算亦是飙升数十倍，社会舆论对政府的批判愈发激烈。

父亲的民众支持率一路走低，堪比"水门事件"之后尼克松总统的支持率。就连娜塔莉也开始在意支持率下滑的原因。

自从她搬进父母准备的房子之后，她和朋友们的来往也慢慢减少了。约翰总是一下课就来接自己，每次都只能匆忙坐上车，根本没有时间和朋友相处。娜塔莉很无奈，同时也记恨着父母。

有一天，娜塔莉发现了一道视线。无论是上学路上，还是回家路上，那道视线都会紧紧跟着自己。

是隔壁邻居。那户人家的门廊里，站着一个和娜塔莉年龄相仿的男孩子。

娜塔莉上下学时，男孩都会从那儿望着坐在汽车后座的娜塔莉。

起初，娜塔莉还以为是巧合。当她追着男孩的视线看回去后，才发现并非巧合。

男孩高高瘦瘦的，一头银发，下巴是倒三角形，给人一种羸弱的感觉。但直觉告诉娜塔莉，他不是个坏人。娜塔莉开始猜测这个男孩的名字，想象他出生在一个怎样的家庭。

上学路上，车子驶过男孩家，娜塔莉问约翰·伯法："约翰，想跟你打听一下隔壁邻居。"约翰马上答道："是亚当斯家吗？我调查过了，哈里·亚当斯在洛杉矶韦斯特伍德经营一家律师事务所。没什么危险性。家里三口人，下面有个儿子。"

娜塔莉发现，对约翰·伯法而言，情报只有"危险"和"安全"之分。

那天回家时，那个男孩也站在亚当斯家的门廊中。娜塔莉干脆打开车窗，笑着朝男孩挥了挥手。当然，是在不被开车的约翰发现的前提下。

男孩弯下了纤弱的身躯,一脸震惊的表情。他双手紧贴着胸口,频频点头。

娜塔莉喜出望外。

这下她确信,男孩果然是在看自己。

从此,娜塔莉开始留意起自己上下学的穿着。上学路上,她总坐在副驾驶后面的位子,而放学路上,则是坐在驾驶座后面的位子。

娜塔莉总是会先确认约翰是否注视着前方,之后再朝男孩挥手,并注意不让自己出现在汽车后视镜中。男孩在看到娜塔莉向自己挥手之后,时而轻轻低头,时而微微颔首。这让娜塔莉觉得他有些腼腆。

突然有一天,男孩微微低头,战战兢兢地朝娜塔莉挥起手来。渐渐地,他动作的幅度大了起来。

惜字如金的约翰·伯法第一次开口和娜塔莉说了不同于以往的话:"伊恩·亚当斯似乎喜欢小姐您呢。"

娜塔莉这才知道,男孩的名字叫伊恩。原来,约翰已经将邻居家调查得一清二楚。而他也早就发现娜塔莉对伊恩抱有好感了。

"还不清楚呢,毕竟我还没和伊恩说过话呢。"

"他应该是个本分的好孩子。虽然由于父亲的教育方针,他高中是在家自学。但他特别聪明,智商也很高。"

娜塔莉很惊讶,没想到约翰·伯法竟然会和自己说这么多话。

"为什么他要在家自学？怎么不去一般的高中上课？"

"好像是在家自学一些相当专业的知识，并非是因为精神脆弱的关系。他可能会在明年直接跳级去念大学吧。"

"是嘛。"

"小姐您不是挺喜欢他的吗？"

"嗯。我想先和他说说话。但我不能随意和外人接触，是吧？"

"我的任务是保护您的安全。不过您就算不离开屋子也能和伊恩说上话。与此同时，我也有信心能在职责范围内保护您的人身安全。"

约翰·伯法这出人意料的主意让娜塔莉很是震惊。

翌日，娜塔莉就和伊恩在草坪上隔着低矮的栅栏聊起天来。放学回家之后，娜塔莉不再是朝伊恩挥手，而是不停地指着两家院子交界的一角，示意伊恩去那儿。当然，伊恩也理解了这一点。

一回家，娜塔莉就匆匆忙忙地换上了一条时髦的淡蓝色连衣裙。她知道，一头金发、皮肤白皙、双眼碧蓝的自己，配上这条连衣裙，会极具魅力且清秀可人。

约翰·伯法双手交叉环抱胸前，站在院子里。娜塔莉朝约翰挥了挥手后他点了点头。距离约翰约二十米处便是艾迪森家和亚当斯家院子的交界处了。

伊恩有些战战兢兢地站在院子里，就像是在抱怨自己为什么如此胆怯似的。即便如此，他还是鼓起勇气朝娜塔莉走了过来。伊恩穿着一件纯白T恤，搭配一条牛仔裤，和他站在门廊时一模一样。不过凑近之后才发现，伊恩的表情还有些稚气未脱。

"伊恩你好，我叫娜塔莉。"娜塔莉一边说着，一边伸出右手。伊恩不停地眨着眼，羞涩地缩了缩肩膀，怯生生地伸出了右手。娜塔莉感觉，伊恩的右手柔软得跟棉花糖似的。

"你好，娜塔莉……可你是怎么知道我的名字的？"伊恩一边和娜塔莉握着手，一边有些困惑地歪着头问道。

"这是因为……"娜塔莉一下子不知道该怎么回答了，不过伊恩好像已经想到了合理的解释。

"嗯，其实我大致也猜到了。如果是CIA或者FBI的话，应该马上就能查到了吧。"

伊恩一副心中有数的神情，看了一眼远处的约翰·伯法。

虽然约翰·伯法戴着墨镜身体朝向了另一边，但他的视线一直在看着娜塔莉他们。大概在伊恩看来，约翰像是CIA或者FBI的人吧。

当娜塔莉对约翰露出了"没问题"的表情之后，约翰放心地点了点头。于是，娜塔莉和伊恩两人在草坪上坐了下来。

"你一直站在门廊看着我吧？"

"嗯。早上看看你，我一整天都会很开心。"

"为什么一整天都会很开心？"

"嗯……因为这样会让我觉得活着真好。总统女儿也很不容易吧？会不会很闷呀？"伊恩似乎已经知道娜塔莉是总统千金了。

"你怎么知道的？"

"怎么知道的……这一带的人都知道，总统女儿就住在这里。一开始我不知道，但后来我有些好奇就去查了一下，这才确定。"

"好奇？"

"对，我有些好奇你是谁。"

"很惊讶吧？"

"说不惊讶是骗人的。不过你也不是总统，我觉得你应该是一个普通而又美丽的姑娘，只不过父亲是总统罢了。"

这些话应该是伊恩的真心话。娜塔莉听了之后很开心，因为伊恩单纯地把自己当作一个女孩。

之后，两人悠闲地沐浴着阳光，天南地北地聊了起来。娜塔莉从对话中得知，伊恩在附近的学校已经学不到什么知识了，明年夏天之后他就会去上大学。因为他想申请免费生的资格，之后会忙着办各种各样的手续。伊恩嘟囔说，虽然父亲是开律师事务所的，但他自己对这方面毫无兴趣。

伊恩最关心的，是娜塔莉现在有没有交往的人。

"现在还没有。"

伊恩听了之后，有些半信半疑地绽开了笑颜。这就是他们的初次聊天。

站在院子另一头的约翰·伯法咳了三声，虽然娜塔莉还意犹未尽,但她还是乖乖结束了这次对话。

与娜塔莉聊过天之后,伊恩·亚当斯的紧张情绪有了一百八十度的转变。他不停地对娜塔莉说:"能和你聊天真好。"

陪着娜塔莉走到屋子前的约翰·伯法神色不变地说:"我个人觉得这小伙子挺不错。"

"你偷听我们说话了?"

"没有。不过小姐,我看得出来。"

"伯法先生,你有家人吗?"

"没有。"

"恋人或者朋友呢?"

"没有。不过,与小姐和伊恩·亚当斯完全相反的人,我倒是见得多了。"

娜塔莉对眼前这个板着脸,却能远远留意自己,回答自己问题的约翰有了些好感。

"谢谢你,约翰。"

"不客气。这些都是我的分内事。"

只不过,约翰将娜塔莉和伊恩会在限定的时间内见面这件事告知了玛莉·沃道夫。令娜塔莉开心的是,玛莉·沃道夫并未因此责备自己。

"我的工作并非限制娜塔莉小姐的人身自由。只要小姐是有节制地进行人际交往,我觉得没有任何问题。"她将自己的想法告诉了娜塔莉。

此后，娜塔莉和伊恩开始频繁地见面。

起初，他们在双方的院子里见面。雨天则是在艾迪森家的起居室见面。毕竟约翰·伯法觉得让娜塔莉去亚当斯家还是不太妥。

"我一个人的警戒能力毕竟有限，还请谅解。"他如此向娜塔莉解释道。

两人见面聊的，都是他们那个年龄的闲天。但毕竟两人各有不同的成长经历，所以他们互相诉说着自己的过去，通过这样的方式填补对方在自己人生中的空白，迅速拉近了彼此的距离。

虽然娜塔莉和伊恩的成长经历截然不同，但在他们交流时，也发现了几个共同之处。

两人最喜欢的动画片都是《海底总动员》。

这部作品是两人在懂事之初看的第一部动画片。《海底总动员》中的小丑鱼爸爸愿意历尽艰险不远万里去救自己的孩子，所以在娜塔莉和伊恩心中，小丑鱼爸爸是个不存在于世上的完美父亲。

让娜塔莉惊讶的是，伊恩的父亲也很少陪他。伊恩的父亲因为父母穷困潦倒，所以自幼就特别努力，最后终于在洛杉矶市中心的大厦里开了一家律师事务所。虽然伊恩的父亲不是什么坏人，但他始终认为要想让家人过上安逸的日子，就必须有高收入，为此，必须客户优先。伊恩也提到，懂事以来父亲就一直保持着这一观念，所以自己从小都缺少父亲的陪伴。

"爸爸中东那边的客户挺多的,他们大多靠着卖石油赚的钱收购美国这边的优质企业。所以爸爸经常出差去国外。我知道他算不上不合格的父亲,但也不算个好父亲。我要是个问题儿童的话,想法可能又会不同吧,但反正他是一点儿都不关心我。"

伊恩还表示,这两年对他而言,是去大学进行专业学习前的缓冲期。

"我还以为总统女儿会有更多的保镖保护呢,看来也未必嘛。当总统的女儿是什么感觉呀?"

说到这儿时,伊恩脸上露出了戏谑的笑容。这是娜塔莉最讨厌的问题,但她依然微笑着回答道:"我的个性和父亲并不一样。若他不是总统,我不过是个平凡的女孩罢了。难道你是戴着有色眼镜看我的吗?"

娜塔莉想,若是伊恩的回答太糟糕,以后自己也许就不会再和他说话了。然而伊恩虽然面不改色,但也意识到自己说了不该说的话:"抱歉,是我口不择言了。要是让你心里不舒服的话,我道歉。"

没想到伊恩马上就坦率地跟自己道歉了,这使得娜塔莉不由得对他心生好感。

娜塔莉每天都会在放学回家后的四点到六点这段时间和伊恩见面,也不知道这称不称得上是约会。伊恩会把自己最喜欢的书借给娜塔莉,娜塔莉也会将喜欢的曲子录下来交给伊恩。有时候娜塔莉心血来潮,还会用前一天晚上烤好的曲奇在草坪上开茶话会。

就这样，娜塔莉度过了一段无比简单却幸福的时光。

娜塔莉向远处的约翰·伯法招招手，把装着红茶的纸杯和亲手烤的曲奇递给他。约翰没有露出笑容，只是接过纸杯和曲奇，向娜塔莉道谢之后，就回到了自己站岗的地方，仿佛伊恩是透明的一般。

"你打算去大学研究什么？"娜塔莉问道。伊恩想报考的，是家喻户晓的知名工科大学。

"你听说过《银河沙加》这档节目吗？"

娜塔莉没料到，伊恩问了自己这么一个问题。她只听说过名字，却没有看过这档节目。它讲述的是在银河系边界与恶劣的宇宙生命展开生死决战的人类航天母舰，持续在边境星域进行战斗的故事。这档节目每个故事时长约为一小时，整个系列长年在电视上重播，拥有一批狂热的粉丝。还有不少人气角色.航天母舰的舰长、年纪轻轻却历经挫折的预备军官、固执的厨师长、能预知未来的女性战略分析师和有外星血统且嗜战如命的战斗机驾驶员。

对于这档节目，娜塔莉只能想到一些"坚守号"航天母舰穿越宇宙的片段。

"我没怎么看过这档节目。"

听到这个回答，伊恩显得有些失落。

"在《银河沙加》中，有可以探测未知行星的装置。一种叫作电传机的机器可以在一瞬间将人或武器传送到行星表面。我该怎么跟你解释呢……你可以理解为通过电传的形式来传送物资。它的工作原理是这样的：暂时先将人类分解成原子状态，传送到目的地之后再进行合成。"

娜塔莉听了这话，不由得心头一颤——竟然要将人进行分解？即便之后会重新合成，但对这个人而言，在被分解的那一刻，他等于是死去了吧……

娜塔莉提出了这个疑问。

"没事，每个传送者的信息都非常完整，重新合成之后会和原先一模一样。"

伊恩信誓旦旦地说道，但娜塔莉还是不人能理解。

"我想从事这方面的研究。已经有人从理论上验证了它的可行性，但还未能通过实践验证。要是有这个机会的话，我希望自己能将之付诸现实。"

伊恩有些害羞地对娜塔莉诉说着自己的愿望。每当他说到自己熟知的领域时，都会变得滔滔不绝。但一旦提到以后想做什么的时候，他又会变得有些慎重。

娜塔莉并不理解伊恩今后想研究的领域的本质，但她发现，不论伊恩以后想研究什么，她都不会介意。因为，她已经喜欢上了眼前这个名叫伊恩·亚当斯的男孩。

"过完这个夏天，我就要去上大学了。"伊恩告诉娜塔莉，"你到时候要不要来学校找我玩？我会尽快熟悉校园的，这样才能当你的向导。"

"在哪个州?"

"马萨诸塞州。"

娜塔莉基本没离开过加利福尼亚州。小时候曾和家人去的佛罗里达,就是她记忆中最远的一次旅行了。不过坦白地讲,她也想去伊恩独自生活的土地上,看看他生活的样子。

"我到时候应该不会交女朋友的,所以你就放心来吧。"

伊恩仰望着天空如此说道。要不是约翰·伯法在远处留意着自己的一举一动,娜塔莉此刻真想抱紧眼前的伊恩并亲吻他。

娜塔莉在入睡前迷迷糊糊地幻想着:多年以后,伊恩大学毕业成为研究人员,自己则成了他的妻子。稳重温柔又有些特别的伊恩,正和抱着孩子的自己一起待在起居室里。此刻,已无人监视自己。那是一个只有伊恩、自己和孩子的完美世界。

对娜塔莉而言,这幅景象让她感觉无比甜美。

娜塔莉在生日那天,将这个幻想原原本本地告诉了伊恩。

这天正好是星期天,娜塔莉请伊恩来家里吃午饭。加州这天破天荒地下起了雨,但伊恩仍认为这是个晴天。他穿上西装系上领带,敲响了艾迪森家的大门。

娜塔莉父母送来的庆生花篮被搁在房间的一角,无人问津。

两人在能看到院子的房间里,滴酒不沾,享受着这场只属于两人的生日派对。

约翰·伯法依旧一身黑西装，面朝院子坐在门廊里，喝着咖啡。

"给。"伊恩怯生生地将一个绑着缎带的白色小盒子递给娜塔莉，"生日礼物。这里也买不到什么东西，我就自己做了个小玩意儿给你……"

娜塔莉打开盒子，里面是一个戒指。戒指上镶嵌着的不是宝石，而是一块透明塑料。

"这是什么？给我的……戒指吗？"

"对，你这样戳一下就行。"

伊恩用圆珠笔芯戳了一下塑料块背面的小孔。戒指突然就绽出了光芒：先是淡蓝色，渐渐变成了紫色，再变成红色。

"这是什么？"

"发光二极管。我自己也琢磨了好久。感觉它很衬你，就做了一个。"

"这个是有一套吗？"

"不，仅此一个。你不戴的时候，再用圆珠笔芯戳一下就行，电源会自动切断的。"

娜塔莉把戒指戴了起来，觉得很漂亮。因为这是伊恩特地为自己做的独一无二的戒指。戒指从深红色变成了橙色，然后又变成了黄色。虽然很不起眼，但她很喜欢。

"你喜欢吗？"

"当然喜欢啦！我会好好收着的！"

听到这回答,伊恩心满意足,不由得期望着时光能永远停留在这一刻。他觉得自己能一辈子都深爱着眼前的这个姑娘。在她面前,自己可以毫无保留、毫不掩饰。

电话突然响了。娜塔莉站了起来朝电话走去。伊恩盯着娜塔莉看得出神:飘逸的金发,白皙的双臂。

娜塔莉拎起了听筒:"你好。是爸爸吗……真意外。你还记得我的生日吗?

"是啊。今天是我生日。我就知道你忘记了。嗯,谢谢。

"明天?去华盛顿?为什么?

"我还要上课,怎么突然就说要我去华盛顿……"

伊恩从娜塔莉的说话声中渐渐听到了些许怒意。

电话那头应该是美国总统吧。这么一想,伊恩也就理解眼前的状况了。

但这个总统父亲到底对女儿说了些什么?如此稳重的娜塔莉竟会这么激动,电话里究竟说了些什么?

娜塔莉放下话筒之后,背对着伊恩在原地站了好一会儿。她回过身去时,嘴角不甘地下垂着。

"怎么了?"被伊恩一问,娜塔莉拼命地摇着头。

"我也不知道,爸爸非得叫我明天去华盛顿,还要我跟学校请假,又不肯告诉我为什么,他让约翰也和我一起去。他真的以为整个世界都围着他转了!本来在你上大学前,我一天都不打算和你分开的。"说着说着,娜塔莉的双眼就落下了豆大的泪花。

从第二天起,娜塔莉·艾迪森就再也没回到罪恶之丘了。

即便伊恩在娜塔莉上下学时间站在门廊里,也没再见过娜塔莉乘坐的梅赛德斯了。伊恩心想:娜塔莉应该是早早就出发去华盛顿了吧。

娜塔莉说,自己很快就会回来的。虽然不知道要去几天,但是会尽快回来。

伊恩一直等待着,也给娜塔莉留给自己的号码打过无数次电话,但每次传来的应答都是毫无生气的"您拨打的电话已关机"。

伊恩心想,娜塔莉不应该这么久都不接电话,而且她还要上学,她一定是被叫去参加全家出席的公众活动了吧。

明天上午……或者后天上午,只要自己安心站在门廊,就一定能看到她坐在梅赛德斯的后座朝自己挥手了吧。伊恩如此想着。

但偏偏事与愿违。

时间过去了两天。时间过去了一周。每天早上和傍晚,伊恩都准时站在门廊,等待着娜塔莉的梅赛德斯。

除此之外,罪恶之丘一如往常,鸟儿照常歌唱,蝴蝶也依旧在亚当斯家的草坪上翩翩起舞。

伊恩的态度有了他自己没察觉的变化,从母亲关切的话语中就能看出来——这是作为母亲的直觉。

"伊恩你怎么了?脸色很差,还一直不说话。是不是有什么心事?"母亲这么问道。

"没事,是妈妈想多了。"伊恩没耐心地回答道。

过了一会儿,伊恩的母亲又问:"最近都没见到总统的女儿,不知道发生什么事了。你之前不是还经常和她聊天的吗?"

母亲显然是知道了伊恩正在为此而烦恼,才故意这么问的。

"我哪儿知道,不关我事。"伊恩不想和母亲聊这个,用蛮横的口气单方面结束了对话。

学习大学里想钻研的学问是伊恩每天从早上开始的必修课。但自从娜塔莉消失三天之后,伊恩就无心学习了。他满脑子都是娜塔莉,是她的笑容,更是她认真地向伊恩提问时的神情。娜塔莉没再回罪恶之丘一事,令伊恩百思不得其解。明明她是那么不愿意离开这儿,甚至哭了出来。

也没听说总统病了。新闻上播的净是些总统在白宫正常处理日常事务的消息。既然如此,那可能就是她母亲遇到了些什么吧。她难道是在病榻边陪伴母亲吗?但即便如此,娜塔莉告诉自己的手机号码也不该一直打不通。可伊恩也想不到其他原因了。

不,应该是自己和娜塔莉的事被她父母知道了。他们说不定是考虑到娜塔莉的将来,才强行带走了她。所以他们才拿走了娜塔莉的手机,企图彻底拆散自己和娜塔莉。

伊恩甚至这么想过。这令他很是气愤。为什么他们不准娜塔莉和自己来往?娜塔莉的父母到底看不惯自己哪点?

想再多也无济于事,因为这些都只是伊恩的猜测,他根本不知道娜塔莉为什么会突然消失。

娜塔莉消失超过二十天后,伊恩断定这之中必有古怪。

伊恩鼓起勇气,打了个电话去艾迪森家。他必须确认娜塔莉究竟何时才会回来。

电话响了一会儿后,一个中年女人接了起来。应该是玛莉·沃道夫。她现在似乎负责看守艾迪森家的屋子。

"不好意思打扰了,我住在隔壁,叫伊恩·亚当斯。"

"嗯,我对您有所耳闻。"玛莉·沃道夫冷淡却恭敬地说道。

"冒昧来电,是想问问您知不知道娜塔莉小姐什么时候能回来……"

"您找小姐有何贵干?"

被如此反问之后,伊恩一时语塞了。自己找娜塔莉并无任何"贵干",只是想见她想得厉害罢了。

"呃……对。有些话想见面和她说。"伊恩语无伦次地回答道。

"夫人联系我说小姐暂时不会回罪恶之丘了。"

"那她转学了吗?"

"这个我没有过问。"

这么和玛莉·沃道夫说了几句之后,伊恩就挂断了电话。

结果他什么话都没问出来,也不知道娜塔莉会不会回来,更不知道她是不是转学了。再说极端些,他甚至无法确定娜塔莉是否平安。

挂掉电话后,伊恩脑海里冒出了一个念头:娜塔莉从自己的人生中消失了。

玛莉·沃道夫虽然对自己很客气,但也是因为嫌麻烦才会如此,她完全没有站在他的立场考虑的意思。

伊恩也曾有过一丝希望,期待娜塔莉会给自己写信。就算得瞒过周围所有人的眼睛,她也会飞快地写下一纸书信,塞进信箱寄给自己。

洛杉矶罪恶之丘,伊恩·亚当斯——就算不写具体地址,只要写了这些信息,信就能寄到。

但娜塔莉离开快一个月了。要是她有这心,写的信早就到伊恩手里了。可伊恩根本没有收到任何信件。

伊恩打从心底后悔没把自己的电子邮箱告诉娜塔莉。因为之前两人能直接见面聊天,根本不需要发邮件交流。分别之后才发现联络方式的重要性,却为时已晚。

一个月过去了。两个月过去了。

回想起过去这段时间发生的一切,伊恩根本不愿相信自己再也见不到娜塔莉了。他本以为自己每天都能和娜塔莉坐在草坪上侃侃而谈,他本以为这样的日子会永远持续下去。

但没想到,现实并非如此。这如梦一般的日子被生生斩断了。

伊恩告诉自己,忘了这一切吧。他努力让自己忘记关于娜塔莉的一切。

虽然他努力说服自己,也知道这么做才是正确的,但情感上,他怎么也忘不掉。

自己和娜塔莉应该就此天涯两隔了吧。每当他想到这儿,胸口都如同烈焰烧灼般难受。

虽已时值初夏,但在干燥的洛杉矶,太阳下山后郊外就会迅速降温。

这天晚上也是如此。

伊恩呆呆地眺望着星空。一个月前,他还对着星空许愿,希望娜塔莉能够再回来。当发现这不可能后,他换了个愿望:希望娜塔莉能健健康康地去上学,每天让自己看到她就好。

但这个愿望也没能实现。伊恩无奈之下只能换了一个又一个的愿望。

几天前,伊恩把愿望换成了只求再见娜塔莉一面。

伊恩明白,无论自己如何许愿,也许都无法成真。可即便如此,他内心深处依然存着一丝希望。他再次妥协许下愿望:再看一眼健健康康的娜塔莉,哪怕只再看一眼。

伊恩看到隔壁艾迪森家的起居室里亮着灯,心想,玛莉·沃道夫应该还没睡,多半是板着脸在看书吧。

外面的虫鸣声停了下来。

伊恩觉得很不可思议。

他似乎从黑暗中看到了些许微光。这道微光,正在接近自己。从青色变成紫色,又从紫色变成红色。火警报警器不会那样发光。

该不会是……

伊恩从门廊的椅子上站了起来。

娜塔莉跑了过来。即便黑暗中看不清她的脸,伊恩也知道,那就是她。

娜塔莉手上戴着伊恩送给她的戒指,是那枚戒指在发光。

伊恩朝着微光飞奔而去。

伊恩冲出了草坪,此刻对方停下了脚步,但伊恩却毫不在意继续飞驰着。

"伊恩!"这是娜塔莉的声音。

伊恩握住了她的手,"你终于回来了!我一直在等你回来……"

娜塔莉并没有回答伊恩,只是紧紧地攥着伊恩的手。伊恩一把将娜塔莉紧紧搂在怀里。

好一阵儿,两人就这样紧紧相拥,交叠着双唇。这对两人而言,都是初吻。当交叠的双唇分开之后,伊恩耳边只留下了彼此大口喘息的声音。

娜塔莉终于低声细语地说道:"对不起。"

伊恩不明白娜塔莉为什么要跟自己道歉。是因为娜塔莉突然消失又和自己断了联系吗?还是因为其他原因?

"你回来就好。你不会再离开我了吧?可把我担心坏了。"

此刻，月亮从厚厚的云层中露出真容。伊恩看清娜塔莉，当即就明白了她为什么没有回答自己。

娜塔莉一直在哭泣。

娜塔莉又说了一遍"对不起"。

"我只有今晚能留在罪恶之丘。过了今晚，就又要回我爸爸妈妈那儿去了。我骗他们说有东西一定要回来拿，他们今天才肯放我回来。我就是想见见你，才跑回来的。我想再见你一面。"

伊恩听到这话，如当头棒喝。什么叫"只有今晚"？难道星星只愿意帮助自己实现最卑微的那个愿望吗？

"今天……是我最后一次见你了？我不明白，为什么联系不上你？沃道夫女士也不肯告诉我原因。究竟发生了什么？难道是因为我吗？"

"不是的。不是因为你。其实我现在也是一头雾水，完全不敢相信。我不能说，说不得……"说了这几句话后，娜塔莉就开始痛哭。

"是所谓的国家机密吗？"伊恩随口问道。娜塔莉点了点头。这反而使伊恩有些意外。

伊恩特别想问清楚究竟发生了什么，但也知道自己不该问。对此，伊恩无比纠结。

"这么说来，你回去之后我们就再也见不到了，是吗？"

娜塔莉只是流着泪，点点头。她清了清喉咙，终于说道："我本来不想回来见你了。但我做不到。我根本无法想象再也见不到你会怎么样。"

"你的保镖呢？"

"约翰已经在屋子里睡下了。我是从二楼窗户爬到树枝上偷溜出来的。"

伊恩目瞪口呆，惊叹娜塔莉为了见自己竟能如此大胆。

此刻，还未成年的伊恩心中，燃起了稚嫩的信念，他突然做出了一个决定。

"我们私奔吧。"

"什么？"娜塔莉难以置信地问道。

"我决定了。我不愿意和你天涯相隔。如果你想和我在一起的话，我们就只有私奔这一条路了。"

娜塔莉拿右手背抵着额头思考了几秒后，说道："我和你一起逃走。但我们去哪儿呢？"

"我还没想好逃去哪儿。我去拿点儿钱。总之我们逃到哪儿算哪儿，先一起生活吧。"

对这对小年轻而言，此刻他们只有这一条路可走。虽然没有目的地，但如果坐以待毙，他们一定会被拆散。

"你不是还要去上大学吗？"

"不能和你在一起，我什么都不想做。娜塔莉，你会后悔吗？"

"不后悔。"

少男少女得出了属于他们的结论。

两人互相点了点头。伊恩回到家中,母亲问他发生了什么事。伊恩只是回答说自己要出去一下,就马上冲了出去。他来到车库,推走了父亲的摩托车。

伊恩踩了踩油门,摩托车发出了爆炸般的排气声。

"娜塔莉,快上来!"

娜塔莉马上坐上后座,紧紧抓住了伊恩的皮带。就在此刻,伊恩的母亲也冲了出来。

伊恩右手一转,迅速发动摩托车,飞驶在道路上。

伊恩有时会骑父亲的摩托车,但他从没有开这么快过。他谨慎地驾驶着,毕竟最重要的人就坐在后座,不能发生任何事故。

由于在高速路出口有可能会被检查,所以伊恩尽量避开了高速。他们沿着405公路缓缓南下,准备去圣地亚哥看看。伊恩带走了桌子里的全部现金,有十三张百元大钞和几张二十元纸钞。也不知道这些钱够两人用多久。

伊恩驾驶摩托车,奔驰了一个半小时,却还未驶离洛杉矶。不过他们应该已经离市中心很远了。在这期间,两人没有怎么交谈。

伊恩最害怕的,就是深夜巡逻警车的盘查。夜已深,年轻男女骑着摩托奔驰在荒无人烟的道路上的情景,非常引人注目。

要是警察例行公事盘查起来的话,两人的"私奔"也就到此为止了。

渐渐地,路边的店铺也越来越少。

眼前出现了一家汽车旅馆,但再往前就看不到光亮了。

摩托驶入了那家"贝茨旅馆"。

"今天要不先住这儿吧?"伊恩对娜塔莉说。他表示,两人长时间骑着摩托车还是太招摇了。娜塔莉很疲惫,自然同意了伊恩的主意。

汽车旅馆的中年老板,从头到脚打量了一番眼前的小年轻后,告诉了他们住宿一晚的费用。伊恩掏出一张百元大钞后,老板把找零和钥匙放在柜台上,说:"这个点你们冲澡的声音会很响,稍微注意点儿,动静别太大。对了,车钥匙放我这儿吧。"

万一钥匙被偷就麻烦了,考虑到这点,伊恩把钥匙递给了老板。

虽然已精疲力竭,但在飘荡着一股子霉味的房间里,两人相拥着却久久不能入睡。

"为什么你必须回华盛顿?之前一个多月你在做什么?"

直到刚才都把"终于见到你了"挂在嘴边的娜塔莉,此时却闭口不言。

"你和我现在都和国家机密毫无瓜葛了,究竟是怎么回事?你就告诉我吧。"

娜塔莉突然把脸埋进了枕头。

"人类……就快灭亡了。"娜塔莉翻了个身仰面朝天,突然这么说道,让伊恩有些措手不及,"虽然我不知道是五年以后还是十年以后,但太阳的火焰会扩散开来,最终吞噬地球。这么一来,人类就要灭绝了。"

"是谁和你说的这些?总统吗?是你爸爸吗?"

娜塔莉点了点头。

"然后呢?他要瞒着所有人吗?如果地球最终会被火焰吞噬,无论是在罪恶之丘,还是在华盛顿,结果都一样吧。政府呢……"

"政府里应该也还只有一小部分人知道这个消息。父亲为了不让人类灭亡,正在计划逃离地球。父亲告诉我,这件事是他上任之后才知道的,从那之后,他就加入了'诺亚方舟计划'。这次回去,父亲让我接受了环境适应训练,以便适应在'诺亚方舟号'里的生活。父亲想带着妈妈、弟弟和我一起离开。"

"带着你们一起离开……要去哪儿?整个地球都烧毁了,你们还能去哪儿?"

娜塔莉不停地眨着眼,举起右手,伸出食指指向天空。

"不会是……要去外太空吧?去火星?木星?"

娜塔莉轻轻摇了摇头,说道:"你指的是太阳系的那些行星吧?不是的。太阳系的行星并不存适合人类生存。我们要去的,是更远的行星。我也不清楚那颗星球到底在哪儿,可能它都没有名字吧。"

"要多少年才能抵达那颗行星?又有多少人能……"

"我不知道。听说有几万人。他们没有告诉我具体的人数……

不过我知道，那颗行星不是一朝一夕就能抵达的。父亲说，这个计划是神明赐予我们的。他还说，最重要的是不能让人类灭绝。"

这不是伊恩短时间内就能相信的事。如此一艘能容纳几万人并要开往不知名的行星的宇宙飞船，真的造得出来吗？即便造了出来，升空时所需要的能源怎么办？

伊恩脑海里最先想到的，是喷射推进式的火箭运载宇宙飞船。

伊恩觉得这根本不可能。要如何保障足够支撑如此长距离航行的燃料？还有，搭载几万人的宇宙飞船，上面的食物和水又要怎么解决？生活着几万人的宇宙飞船，简直堪比一个城市。

伊恩想破了脑袋，都觉得以目前的科学技术，根本无法实现这个计划。人类目前的技术只能让航天飞机往返月球和火星轨道一次。就凭现在的技术，能实现这个计划吗？

"我只告诉了你，你千万不要告诉任何人。要是大家知道了这件事，肯定会天下大乱的。"

"要是总统一家离奇失踪的话，国民肯定会觉得奇怪的。"

"这个……虽然我还不知道具体情况，但父亲说不用担心。"

"我不信。"

"伊恩，你发誓，不会把这件事告诉任何人。"

"嗯，我不会告诉任何人的。就算告诉了别人，他们也不会信的。这种事，听起来就跟好莱坞大片里的故事似的。"

听到伊恩的话，娜塔莉微微皱起了眉头，"你不信？"

"我相信你。但是你好不容易有机会能活下去,却因为和我在一起,就要白白失去这个机会,你不后悔吗?"

娜塔莉用力地点了点头,"没关系。我愿意和你一起面对死亡。与其在宇宙飞船里过着没有草地、没有蓝天、没有鸟啼、没有一切、更没有你的生活,倒不如在有限的时间里,和你一直在一起。只要能和心爱的人厮守,又怎么会在意生命的长短?"

之后,两人聊起了要如何度过以后的时光。他们决定在圣地亚哥租个房子一起生活,并开通一个银行账户,靠打进账户的版税过日子。

其实伊恩早在两年前,就通过自己研发的电脑软件,获得了版税收入。

"只要这个账户不被人发现,我们就不用担心生计了。"

之后,两人疯狂拥吻。要是娜塔莉说的都是真的,那留给两人的时日说不定也不多了。两人意识到,必须在所剩不多的时日里,好好爱着对方,绝不留下悔恨。

伊恩和娜塔莉沉沉地睡了一觉。从窗口洒向两人眼睑的阳光,让两人一道苏醒过来。

两人睁开眼,发现心爱之人就躺在自己身边,并意识到昨晚发生的一切都并非梦境,欣喜地拥吻了起来。

太阳爬上了天空。此时的伊恩和娜塔莉,怎么也不敢相信眼前的骄阳终有一日会突然发狂并吞噬地球。

"今天傍晚就该到圣地亚哥了。"

"嗯,最好能早点儿到。"

两人满怀希望,手牵手去前台拿摩托车钥匙。柜台前的椅子上坐着一名男子,他双手十指交叉,如磐石般纹丝不动。

娜塔莉顿时呆若木鸡。

眼前这个身着西装体形魁梧的黑人男子,慢慢站了起来。

"约翰!"娜塔莉声音嘶哑地叫了出来。

"小姐,请别让我这么操心好吗?我在这儿等到天亮。"约翰·伯法毫无感情地说道。要是约翰想,他也能闯进房间。但他并没有这么做,也算是以他的方式在体谅娜塔莉吧。

"求求你了,约翰,就当没看到我们吧!"

约翰·伯法缓缓摇着头,"小姐失踪的事,我也还没和老爷夫人汇报,毕竟这是因为我保护不周。希望您也能体谅我一下。要是没人发现这件事的话,就不会有人受伤,包括伊恩·亚当斯和他的父母。现在一切都还能弥补。"

两人立马理解了约翰·伯法的言下之意。要是让娜塔莉的父母知道两人失踪的事,伊恩的父母就会受到威胁。

还是个少年的伊恩听到这话之后僵住了。

"好了小姐,上车吧。现在我还能找个借口糊弄过去,再晚就不行了。"

伊恩往外望去。闪耀的光芒之下,停着一辆黑色的梅赛德斯。

伊恩脑海里闪过了几个画面：他纵身跃起，压倒黑人保镖，牵着娜塔莉的手飞速离开了汽车旅馆。

但自己的身体却僵在了原地。这就是现实。

"你就自己开摩托回去吧。"黑人如此对伊恩说道。说完，他便无视了伊恩，打算引导娜塔莉上车。

娜塔莉抬起视线，不甘地看着伊恩。之后，她转过身去，一言不发地径直走向门外的梅赛德斯，头也不回。

伊恩和娜塔莉开始新生活的计划就此告终。

伊恩回到了罪恶之丘的家中。心中充满了挫败感。

他自己也不知道，为什么那时，自己什么都没有做。他有预感，当时的那一幕，会令他自责一生。娜塔莉应该也很后悔吧，没想到自己信任的男人竟是如此软弱无能。

回到家时，伊恩的母亲只是一言不发地来迎接伊恩，没有问伊恩为什么在外留宿一夜，更对那位叫约翰·伯法的黑人跟自己打听了什么事闭口不提。

这一切反而令伊恩显得更为悲惨。此后，在进大学前的两个月里，伊恩再也没说过一句话。他整天闷在车库里，潜心钻研学问。

就在他进入工科大学的那个月，一个极具冲击性的消息传遍了全球——艾迪森总统遭人暗杀。

据说是在佛罗里达州杰克逊维尔的会展中心做演说时，遭遇暴徒袭击。暴徒当着多名群众的面，近距离枪杀了总统。这名犯人是一位二十二岁的海军陆战队退役士兵，无业，当场就饮弹自尽。艾迪森总统立即被送到了市中心的急救医疗中心，但抵达急救中心后很快就确诊死亡。

伊恩在宿舍楼的咖啡吧里听到了这个消息——有个学生叫嚷着这个消息跑了进来。伊恩慌慌张张地回到房间，打开电脑看起了新闻，确认这一消息的真伪。

那一夜之后，伊恩再没有收到娜塔莉的任何联系。但那一晚的一切，还有娜塔莉所说的话，都如同烙印般深深刻在了伊恩心中。

无论是娜塔莉说的话，还是自己问的话。

"要是总统一家离奇失踪的话，国民肯定会觉得奇怪的。"

"这个……虽然我还不知道具体情况，但父亲说不用担心。"

就是它了！伊恩心想。为了让数万人逃离地球，这次暗杀正照着剧本上演。这正是令人"不用担心"的办法。

伊恩的直觉也让他瞬间明白了为什么要把地点选在佛罗里达州。

选在卡纳维拉尔角①附近，"诺亚方舟计划"就更容易启动。经过这次暗杀事件，艾迪森总统就能永远离开世界舞台的中心。

全球人类都被他骗了。

室友弗雷德一回房间就说："你看到艾迪森总统被暗杀的那一

---

① 卡纳维拉尔角位于美国东南部佛罗里达州，附近有肯尼迪航天中心和卡纳维拉尔空军基地。

瞬间了吗?"

弗雷德很兴奋,伊恩也一样,只不过是另一种意义上的兴奋。没想到总统逃离地球的计划竟如此顺利,都进行到这一步了!

不过,伊恩并没有对弗雷德提起关于这件事的任何一个字。就算他了解的是事实,也没有办法对别人提起。

国葬结束的几周后,伊恩打了个电话给母亲。汇报了自己的近况之后,他问母亲:"隔壁艾迪森家的人回来了吗?"

母亲告诉他,隔壁艾迪森家的灯从没亮过。

伊恩挂了电话。果然不出所料。

艾迪森总统应该已经带着数万人开启星际之旅了吧?娜塔莉也一样。

这一刻,伊恩终于意识到,自己和娜塔莉是真正被拆散了。伊恩仿佛感受到腹部传来一阵无比剧烈的绞痛。

之后,伊恩陷入了无边无尽的罪恶感和自我厌恶之中。

同时,他还想起了负责保护娜塔莉的黑人保镖出现在自己面前时的事。

为什么自己当时会如此畏惧?明明想豁出性命保护娜塔莉的啊!为什么自己没有竭尽所能?我就是个懦夫,什么都做不到。伊恩心想。虽然当时没有看娜塔莉的脸,但是自己知道娜塔莉脸上会是什么表情。一定是对自己失望透顶,万念俱灰,成了一具空壳了吧。这一切都怪自己。

自己已经没有资格对娜塔莉说爱她了。

伊恩如此想着，内心充斥着自我厌恶的情绪，然而在心中某个角落，又出现了娜塔莉的笑容。无论伊恩用什么方式将自己封闭起来，娜塔莉的笑容都永远挥之不去。

伊恩只好一心扑在科研上，整天和小组同学待在一起。

伊恩研究的是传送装置。

虽然不知道这个装置能派上多少用场，但伊恩当时唯一想的，就是赋予它实际的形态。

在完成试验品之后，伊恩对其进行了实验。

当他让咖啡杯"跳跃"到十米开外的地方时，身旁并没有别的见证者，只有四名研发成员欢呼雀跃着。

他们将实验结果报告给负责教授，并公开了实验。之后，全国的媒体争相前来采访。

装置的主要部分是一个边长四十厘米的传送设备，周围还安装了动力设备和分解设备。这两部分占的体积更大一些。伊恩相信，只要基本构造相同，一旦增大传送设备，就能传送更大的物体。

但伊恩对这一"发明"并没有多大的执着。

试验品完成之后，娜塔莉的音容笑貌又在伊恩脑中复苏了。也是在那时，伊恩从别人口中听说了这么一个都市传说：艾迪森总统还活着。

伊恩一言不发地听朋友说着这件事。

最近的极端天气、自然灾害都是地球即将灭亡的预兆。艾迪森总统最先得到了这个消息,然后选中了三万乘客,建造了一艘巨型宇宙飞船,与那三万乘客一起乘坐飞船逃离了地球。

这一切都和娜塔莉说的一模一样。伊恩终于发现,这个都市传说,并非捕风捉影。

这消息传扬开来,不就意味着娜塔莉已经离开地球了吗?

能容纳三万人的宇宙飞船,究竟有多大?真的只有一艘吗?会不会是分成好几艘飞走的?他们的目的地究竟在哪儿?

这个都市传说缺少了以上这些最重要的信息。

之后,伊恩团队开发的这项传送技术,如伊恩所愿通过学校这个窗口,低价销售给了感兴趣的企业和国家。

令伊恩震惊的是,一时间竟然有众多的国家和组织想使用这一装置。

此后,太阳耀斑膨胀预测也公开了。伊恩觉得各国应该早就知道了这件事,只是并未公开。

不过,就算各国公开了这个消息,他们也无法做出相应的对策。这就等于是向国民宣布了死期一般。所以,他们之前也不得不将这个消息隐瞒到底。

伊恩的技术对他们而言,如同最后一根救命稻草。

当然,想使用这项技术的国家和组织并不会在文件中注明具体用途。但是,伊恩从口头传递的信息中得知,各个国家都想使用这项能拯救国民的尖端技术。

也是从那时开始,越来越多的美国技术人员开始直接向伊恩请教问题。不少年纪跟伊恩父亲一般大的技术人员会请求和伊恩见面,以请教难以在邮件中直接说明的问题。

"你们想把物体传送去哪儿?要怎么传送?"即便伊恩这么问了,对方的技术负责人往往也答不上来。其中,有一名男子非常认真地问了伊恩有关传送界限的问题。他想知道在既定的传送距离下,成功传送的概率有多少。

"这和距离无关。无论你想去月球,还是火星,只要知道你想去的具体位置,它都能准确将物体传送过去。"伊恩如此回答后,追问道,"您想将传送距离设定在多远呢?"

这个一开始有些支支吾吾的负责人,从某一刻开始,变得无比坦率:"距离地球一百七十二.三光年的行星吧。"

这是一颗没有名字的行星,它围绕着一颗只用数字和记号命名的恒星旋转。为何这颗行星会被列为候选行星之一,原因也浮出了水面。

这颗被称为"应许之地"的行星,在提供给艾迪森总统的信息中,因其环境和地球极为相似,才被列为候选行星。

"你的意思是,这颗行星就是艾迪森总统的目的地吗?"

当然,前提是艾迪森总统还活着的都市传说所言非虚。

"是的。"男子爽快地做出了回答。

一百七十二三光年——伊恩知道,这个距离正如字面意思,是一个天文距离。

距离并不是难点所在,真正的难点是:这个距离,具体是多少?虽然伊恩说得斩钉截铁,但光是想象一下这个距离就令他头晕目眩。

可是……他也知道,娜塔莉确实是要去那颗星球的。一颗能令他头晕目眩的星球。

"有没有办法探测到这颗行星的运转轨道,或者离它最近的恒星位置?我也想测量一下试试。"伊恩抱着试试也没损失的想法问了一句。没想到,对方却无比爽快地给出了回答:"有的。下次我来找您时会带过来。都是给艾迪森总统的论文复印件,很厚。"

几天后,"诺亚方舟计划"的来龙去脉就上了头条,全人类都对艾迪森总统的行为感到愕然。

男子也如约将"诺亚方舟计划"中主要部分的复印件交给了伊恩·亚当斯。光是复印件就有很厚一沓。但这些,仅仅占了全部内容的几分之一。《应许之地的环境推测》一章,始于一千三百七十页,止于一千七百二十页。而其他章节涉及了哪些内容,根本无从得知。而且,这一章还不是最后一章,之后应该还有不少章节。而究竟要如何才能找到这颗行星,在这章中也完全被省略了。前一章说不定提到了这一点。

不过,有关一百七十光年之外的恒星和最终目的地的行星的信息却记载得一清二楚。内容包括了恒星在银河系里的位置和行星的运转轨道图,甚至还附加图解注明了如何利用数学公式以时间序列来推测行星的位置。

伊恩确定,这个庞大的计划并非由于某个人的突发奇想才被记录下来。

亲眼看到这些信息的艾迪森总统,一定也先让身边的智囊团判断过其真伪,但最终还是不得不拜倒在数据的真实性面前。

但即便能确定行星的位置,也无法得知"诺亚方舟号"要怎样航行,要花费多少时间才能抵达应许之地。这些信息,新闻中也不曾提及。

伊恩想起娜塔莉曾告诉过自己,飞船需要航行很长时间。那究竟要花费多少时间才能让"诺亚方舟号"抵达目的地呢?

这些信息都还处于缺失状态。

以如今的技术,根本无法建造超越光速的宇宙飞船。

这么一来,或许就要依靠漫画中宇宙飞船常用的"空间裂缝"理论,使用四维空间传输法了……

但这也只是想象中的技术罢了。

或者,他们会选择将飞船上的乘客冷冻,再把处于睡眠状态的他们移送到目的地?从现实的角度考虑,这个方案是最具可行性的。快抵达目的地时,再解除乘客的冷冻状态,这样就能保证乘客以登船时的肉体年龄抵达目的地了。就是不知道能不能顺利解冻。

伊恩徜徉在想象之中，但没有一个疑问能得到答案，一切都不过是没有结果的推测罢了。但有一点，伊恩相当坚定：去了那颗行星，说不定就能再见到娜塔莉。

伊恩有一个一厢情愿的想法。

要是"诺亚方舟号"能用自己都不知道的技术跨越巨大的空间航行至应许之地的话，今后全世界的人也能用自己的传送技术大规模"跳跃"到应许之地去了。

伊恩想赶在娜塔莉之前，在应许之地迎接她。

会和娜塔莉分别都要怪自己，所以只能通过这个方法才能弥补她。

伊恩要赶在所有人之前赶往应许之地，在那里迎接娜塔莉。

这样她就会开心，就会原谅自己。比起在地球坐以待毙等待太阳耀斑膨胀，赶往应许之地迎接娜塔莉这一想法要积极得多。毕竟自己掌握了应许之地的正确位置。

就这样，伊恩走上了成为全球首位星际传送者的道路。

就在即将发布世界各国会建造传送设施的消息前夕，伊恩的研发组员对使用的传送装置进行了调整，他们在自己制造的实验装置上，加大了传送设备的容量。因为原理一样，所以操作并不难。

但他们对目的地的计算，更为谨慎了。因为一不小心选错了重构肉体的位置，伊恩就会性命不保。毕竟，要是在外太空或者行星上空进行重构的话，他一定会当场死亡。

虽然他们变得相当谨慎，但伊恩会被传送到哪里依然是个未知数。最后只能祈祷幸运女神的眷顾了。

伊恩尝试"跳跃"，是在一个深夜。一起研究的同学将传送装置搬进了学校的网球场。朋友们都很不安，纷纷问伊恩要不要放弃，但伊恩心意已决。

"没事，我相信会成功的。"伊恩笑着对大家说道。自己马上就会去娜塔莉要去的星球了——伊恩满脑子想的只有这件事。然后自然是自己跟娜塔莉道歉，取得原谅，两人恢复原来的关系。娜塔莉一定会非常开心地接受自己……

当同伴对传送装置倒数计时时，伊恩不由得念叨着："娜塔莉，我要让你吓一跳。"

数到零时，网球场上笼罩了万丈光芒。

"我来了。"

大家听到这句话后，传送设备处的伊恩已经消失了。

伊恩比任何人都先踏上了前往应许之地的旅途，胸中洋溢着希望。

三天后，艾迪森总统一行人搭乘的"诺亚方舟号"是艘世代飞船的事情，在全球范围内进行了详尽的报道。

狩猎蛇鲨

巨兽只在夜间活动。

黑暗之中，它们突然出现，伴随着奇怪的声响——一种仿佛表面粘满了黏液的薄膜，正激烈摩擦的声音。只要这个声音远远出现在头顶上，就在劫难逃了。必然有人会成为牺牲品。即便生起篝火也无法驱赶它。

正当众人刚听到上空出现呲溜的声音，就有一只黑得油亮且体型细长的巨兽自微光中降临，一把抓住一个人，消失在黑暗的夜空之中。

被抓走的人无一例外都发出了痛苦的悲鸣。接着，悲鸣戛然而止。

无人知晓要离第一名牺牲者多远才会安全。因为,第二名牺牲者往往在第一名牺牲者数十米开外的地方。

"它可能还有同伴。"

阿俊曾如此说道。但也无从印证这话的真伪。

巨兽留下了它的脚印。

这是一串比人类脚印稍大一些,由三个圆坑组成的脚印。距离第一个脚印数十米处,有第二个脚印。也就是说,以此分析其体型,它应该是一只比大厦更高大的巨兽。

那时,有一名男子死里逃生了。他名叫葛德,是个北欧白人。

他激动地用一个个单词对众人说明。原来,在他旁边逃亡的男子,在他面前生生地被鞭状触手抓走了。

那之后,他便立刻看到了巨兽的脚。

聚落的通用语言还未形成。但只是听着葛德的只言片语,也能深深体会到那怪物难以想象的可怕之处。

葛德当时在篝火边,正往岩洞方向跑。可他不小心被什么东西绊到,摔倒在地了。那一刻,呲溜的声音突然变大。用葛德的话说,就是"后背一阵寒风"——他一回头,就看到了黑色的绳子如同摆锤一般飞了起来,瞬间缠住了另一名正在逃跑的男子,"带走了他"的黑绳子极细,末端"看起来像无数条小虫在蠕动一般"。

下一秒,葛德看到有什么东西落在了火焰前。

"是柱子落了下来。深蓝色的柱子,很细。柱子湿漉漉的,颜色接近黑色,都很硬,直直地落了下来。"葛德似乎没有想到这些柱子就是怪物的脚,还以为它们是其他东西。当怪物着地时,这些柱子看起来很坚硬。而在它离开地面时,柱子则变得更为庞大了。这时,他才意识到眼前的深蓝色柱子就是怪物的一部分。毕竟那只是短短一瞬间的事。

柱子那头蔓延着无边的黑暗,黑暗中有什么,无从得知。

正广在这片土地上生活了已有数月。但聚落所有人晚上只有在岩洞中才得以安眠。若是只有影卡,倒还能找人站岗,听见它的声音便立刻提醒其他人危险即将到来。

但那头巨兽,却完全无法预测。听到它那令人生理上就无比厌恶的声音时,它就已经出现在正上方了。而且它喜好在夜间活动,所以夜晚人类只得躲在岩洞中。

晚餐前,阿俊回来后对正广说:"我们给它起了名字。"

"它?"

"就是用触手把人掳走的巨兽。它不是都没个名字嘛。"

这头巨兽是正广开始跟着聚落生活时才出现的。如阿俊所言,它还没有名字。虽然大家都称它为出现在一片黑暗之中的"巨兽"。

"保罗今天给它起了名字。毕竟没有名字还是挺不方便的。像影卡这样的,自然而然地就有了名字,但巨兽还没多少人瞧清楚过。"

"给它起了个什么名?"

阿俊耸了耸肩，回答说："蛇鲨。"

"蛇鲨……"正广像是确认一般也念了一遍，"这名字真奇怪，没有一点儿恐怖的感觉。"

正广脑中浮现出起名字的保罗的模样——皮肤黝黑，身体结实，过分阳光但又很有号召力。

"保罗好像爱看书。他说这是他从书里看到的虚构的怪物名字。好像是叫卡罗尔的作家写的小说里出现的怪物，将鲨鱼的'鲨'和毒蛇的'蛇'结合起来的新词。"

正广立刻在脑海中想象着鲨鱼同毒蛇合体的样子，但没能怎么想象出来。它那将人卷走的触手确实能让人联想到毒蛇，但和鲨鱼并不是很像。不过这么一脑补，"蛇鲨"的发音确实有了一丝令人畏惧的凶猛气息。

阿秀和阿诚也加入了对话。

"阿秀，你们抓到了什么吗？"正广问道。

二人点点头。"抓到了毯牛。它中了陷阱。我们五个人用长枪，花了三小时才刺死了它。"阿秀说道。

"大家慢慢也习惯了，都不怎么会受伤了。"阿诚不停点头，感触颇深地说道。

毯牛就生活在这一带，名字也是最近才起的。它的身体大概有两叠①大，四条腿。但它和地球的生物完全不同。它的身体非常扁

---

① 一叠约一点六二平方米。

平,几乎无法将它和地面区分开。要是它发现了能吃的小动物,就会像一张"有生命的地毯"似的,用身体将小动物包住。侧腹的毛会慢慢卷起来,并用黏膜分泌的消化液将小动物溶解,直接吸收进体内。所以,在有了"毯牛"这个名字之前,它一直被称作"包起来溶解食物的生物"。别看它捕食的方法这么猛、身形如此庞大,可它却非常胆小。如果是小动物出现,它会立即将之包起来吸收掉。而一旦有比自己体型更大的生物靠近,它就会马上将身体蜷成一个球形,飞快地滚动着离开。倘若没有比自己体型更大的敌人,它就会像一张地毯一样,张开四条腿慢慢前进。

即便是如此胆小,遇到危险就会逃跑的生物,要是被逼急了也会凶狠地发起反击。在面对人类时,它会展开身躯将之弹开,并把人类的脑袋裹进自己的身体里,直至将人类溶解掉方才离去。

但这毯牛的肉却很好料理,它的味道和地球上的霜降牛肉非常相似,并且没有什么臭味。人们很早就发现它是一种珍贵的食材。所以才会设下陷阱捕捉它。

所谓的陷阱,就是弄弯树枝,并在树枝上系上绳子,用绳子拦住毯牛身体的一部分。这个陷阱并没有什么杀伤力,却能使毯牛将身体蜷成一个球疯狂挣扎。在临死之前,毯牛会向四周喷射消化液。所以起初运气不好的人就会被那些四射的消化液溅到,甚至上半身直接被溶解。虽然后来人们使用长枪去捕捉毯牛,但每次狩猎总免不了出现因沾到消化液而烫伤的现象。阿诚和阿秀的右臂、左腿上就有一些面积不大的被毯牛消化液烫伤的瘢痕。

要是这毯牛不好吃，那人类和它自然两不相干，它能很快逃跑，人类也不会命丧它手，彼此之间保持平衡。但事实却并非如此。人类尝到毯牛的味道之后，就彻底爱上了它。一头毯牛的肉，足够这个聚落的人吃两天。

"其他人设的陷阱也抓到了一只毯牛。另外还抓到了三只陆蟹。"

这些食材似乎都被搬进了"厨房"。

"是嘛，那今天收获不少啊！"

"是的，应该够我们吃两三天了。"阿诚看上去特别开心。

阿秀问道："正广这边进展如何？"

"嗯，总算是习惯用铲子了。"

按照在集会上做出的决定，正广这几天一直在开垦农地。集会上，大家得出了一个结论：虽然现阶段还是通过较为原始的狩猎获取食物，但为了确保将来粮食能够持续供应，势必要在农田里栽培作物，建立起食物供应系统。因此，现在就由几名有农业生产经验的人，指导其他人，轮流进行农田的开垦作业。

不过开垦作业用的农具基本都是手工制作的。传送实验阶段，从地球传送过来了大量物件。人们对这些物件进行了简单的加工制成农具。比方说将金属板拆开固定在树枝上，就成了铲子和铁锹。虽然开垦农田的效率非常低，但农耕用地确确实实从最开始巴掌大的面积，扩大到了现在约三百平方米的面积。

但目前还没有决定要种什么作物，接下来应该会进行种植试验，去寻找最适合耕种的作物吧。现阶段，人们先在一部分农田里种下了一种类似于土豆的作物。

最初的目标，是种出足以代替大米或者小麦的谷物。这一目标怕是需要花上数月甚至数年才能实现，但是开荒的负责人们却很是期待。

不管适不适合，每个人都会从事一段时间的开荒作业。这个月正好轮到正广。

今天正广早早收工了。因为今天是全体集会的日子。集会会在晚餐前召开。在那之前，那些小团体的"负责人"会聚在一起，召开"委员会会议"。阿俊每次都会出席这个会议。

正广心想：这个巨大生物在委员会会议上被起名为蛇鲨，所以这次全体集会的议题应该会是"如何对付蛇鲨"吧。

巨大生物蛇鲨追着影卡袭击这个聚落的事，发生在正广刚来这颗星球之时。在此之前，没有人知道蛇鲨这种生物。所以那时候，到处都能看到人们伐木建造居住用的小木屋。而现在，已经没有人去建造小木屋了。

自第一次来过聚落以后，蛇鲨仿佛是记住了人类的味道似的，频繁且毫无规律地袭击着聚落。它或许是知道只要袭击人类聚落就能满足自己的食欲吧。

不过至少，人们知道了蛇鲨不会在白天出现这一特点。

一次，有几个人逃进了快要建成的圆木小屋里。等第二天早晨天亮之后，人们从岩洞里出来，发现圆木小屋已经被糟蹋得不像样了，躲在小屋里的人也都不见了踪影。

蛇鲨好像是杂食动物。不管是不是活物都会被它当成盘中餐。无论是影卡还是快被肢解的陆蟹尸体，蛇鲨所到之处，所有东西都会被它吃光啃净。

聚落的人们能做的，只有在遇到蛇鲨时躲进岩洞中，一直等到它厌倦离开。

就在几天前，蛇鲨也曾在日落后不久出现过。

就在蛇鲨出现后没过多久，那个令人产生生理厌恶的声音消失了，人们自然也以为蛇鲨已经放弃离开了。因此，有个性急的男子爬出岩洞想看看状况。

但蛇鲨其实还在岩洞外守株待兔。它隐藏了自己的气息，静静等待着猎物的出现。

躲在岩洞中的其他人都听到了这名男子的惨叫，听到了他那渐渐远去却久久不曾消失的悲鸣。

突然，惨叫声就如同关闭了开关似的戛然而止。

前几天蛇鲨袭击的事件中，只有这名男子牺牲了。但在此之前，已有二十余人成了蛇鲨的盘中餐。

夕美、小缘和阿满三人从"厨房"一路小跑而来。她们腰间挂着的鱼篓空空如也，应该是将食物存放到"厨房"里了吧。她们三人总是一起行动。上周，三人都负责做饭。这几天，则是一起负责去海边寻找食物。在海边寻找食物的工作，主要是在礁石上的水坑里搜集一些水生生物，有海草、软体动物，还有一种两栖动物——它的颜色和温顺的小鲵一样，都是浅褐色。其他主要是些会吸附在礁石上的金字塔型贝类和形似虾虎鱼的小鱼。

"好慢啊！"阿秀对三人说。

"今天小缘在沙滩上找到了双壳贝哦！这双壳贝和地球上的花蛤和文蛤很像。因为只有其中一个露出了一点点在沙滩上，所以只能再往下挖了点儿。"

小缘露出了羞涩的笑容，微微低下了头。她似乎也为自己发现了双壳贝而十分开心。夕美应该是替小缘说出了她想说的话。

"我们往下挖了差不多六十厘米，下面有好多好多双壳贝。我们四个人把挖出来的贝壳堆到一起，反应过来的时候发现贝壳竟然堆得跟座小山似的了，而且太阳也下山了。所以大家乱作一团，急急忙忙赶来参加集会。"夕美转动着她的大眼睛解释道。正广他们只能在脑海里想象三人挖来的双壳贝。既然她们能如此兴奋地诉说自己的经历，想必这些双壳贝是了不得的食材吧。

"四个人？"

"还有一个来自加拿大的女性，叫克丽丝。"

"克丽丝？"阿俊感到有些奇怪似的又问了一遍,"那个叫克丽丝的人也和你们一起去海边了吗？"

"是的,十天前的晚上不是有两个人被那头发出呲溜声的巨兽干掉了吗？克丽丝的恋人戴维好像就是那时候遇害的。"

"是被吃了吗？"

他好像成了蛇鲨的盘中餐。

"那克丽丝是和恋人一起来的我们这儿吗？"

夕美和阿满朝阿俊用力摇了摇头,"她好像是来这儿之后才认识的戴维。她以前的经历还挺悲惨的,她之前好像还在遗憾为什么偏偏自己会来到这颗星球,甚至觉得自己就该死掉,这样就能有别人代替她来这儿了。"

阿满以前是旅行社的地陪人员,外语还不错,所以能顺利和其他小团体沟通意见。好像也是很早之前就和克丽丝聊过天。

"后来,她来到这儿,终于认识了戴维。就在她以为今后的人生也许能顺遂起来的时候,戴维却遇难了。所以之前一直都没看到她人。今天早上我们才把她从她住的岩洞里带了出来。她就跟个病人似的一直坐着,一动不动的。要是再这么下去,她早晚会抑郁而死的。"

夕美和小缘也认同地点了点头。

"虽然克丽丝的笑容有些落寞,但她看到贝类的时候,好像也稍微有点儿精神了。"小缘说。

这么一说，正广也觉得小缘比刚见面时开朗多了。

"那克丽丝呢？"

"她说她马上会来参加集会，她先把鱼篓放回自己住的地方去了。"

"她没有其他同伴吗？"

"这倒不是。但是她和戴维在一起没多久之后就因戴维的死而结束了这段感情，所以她和其他几个同伴似乎一直微妙地保持着距离。"夕美解释道。

此时，响起了干瘪但有节奏的声音。保罗击打器物的声音正是集会开始的信号。

"好，我们走吧。"

七人一齐走向高塔。其他人也从周围的岩洞里走了出来，向同一个方向前进。

圆木搭起的高塔上，两名男子出现在了平台上。白人男子是让，亚裔男子则是杨。

众人在方便看到两人的脸的地方坐了下来。

"他们三人说话的时候是用哪国语言交流的呀？"阿秀小声说道。

"说的都是自己的母语。但他们三人都能明白对方在说什么。杨虽然是中国人，但是他曾在英国留过学，还学过法国菜。让以前当过佣兵，佣兵团里好像有来自各个国家的人。而黑人保罗则是一名学者,靠他的学识理解其他两人的话也不奇怪。"阿俊解释道。

周围慢慢聚集起了这个聚落的人。

"嗨。"

正广听到声音后回过头去,看到一个三十五岁左右的白人女性面露微笑站在那儿。她一头金发,可爱的容颜让人感觉不出她的年龄。

"嗨,克丽丝!"夕美打了个招呼。正广这才知道,眼前的女人就是克丽丝,她比他想象的要开朗得多。更令人吃惊的是,克丽丝居然用日语对阿俊和正广做起了自我介绍:"我是克丽丝,请多关照。"说完她坐了下来。

"你会说日语呀?"阿诚很吃惊。

"只会说一点点。听是听得懂,但是说只能说一点点。"克丽丝用较慢的语速回答道。

"克丽丝的丈夫是日裔加拿大人。所以她以前跟着她丈夫一起学过日语。"

正广这下理解为什么她会说日语了。原来这和阿满的语言能力没有关系。也可能是因为会说日语,日本人才会对克丽丝有亲近感吧。

但这时,克丽丝的表情瞬间就阴沉了下来。个中缘由正广也是事后才从阿满她们口中得知的:"克丽丝是在之前一次恐怖组织劫机的事件中痛失丈夫的。虽然飞机被空军战斗机打了下来,恐怖组织的行动未能成功,但她丈夫当时就坐在那架飞机上。"

然而当时,正广还不知道这件事。

阿俊将陆蟹钳子的壳放在了膝盖上。集会就快开始了。

正广知道,每个小组都会分到一个陆蟹的钳子。这意味着聚落三百余名成员每个人都拥有发言权。

而让成员有秩序地发言,靠的就是陆蟹的蟹钳。想发言的人,只要从小团体负责人那里拿来陆蟹的蟹钳,就能站起来等待发言。当保罗手中的骨头指向某人时,他就可以开始发言。等发言完毕之后,放下举起的蟹钳,并以一句"谢谢我的家人们(Thank you. Our Family.)"结束发言。

让走到了平台中央,大张开双臂:"我的家人们!"

之后,让说了几个短句。正广清楚地从这几个短句中听到了"蛇鲨"一词。接下来轮到保罗发言了。

阿俊和阿满也同时开口说道:"我们想和大家商量一下,该怎么对付那个专挑夜晚用鞭状触手掳走人类的怪物。这个怪物已经掳走了我们十七人。我们也差不多该考虑一个根本的对策去对付这个怪物了。不然,再这么下去,我们就只能躲在岩洞里不出来了。这就意味着,通向文明世界的复兴会因此停滞。说实话,连'委员会'都找不到安全的防御措施。要是可以的话,希望大家能群策群力,哪怕能给出一个方向性的建议也好。"

阿俊和阿满做的同声传译,给人的感觉非常生硬。为了能在一句话说出的同时马上翻译过来,语句基本上都是直译的,生硬也没办法。

正广不由得想:就连"委员会"都想不出好的对策来,即便开了聚落的全体集会,也未必能想到好办法。

"还有,'委员会'给这头怪物起了个名字,叫蛇鲨。"

周遭喧闹了起来。连阿诚也说:"这名字真奇怪,是有什么特殊含义吗?"然后又问阿俊,"委员会真的也没有什么好办法吗?"

阿俊叹了口气,回答道:"哎……真的没有好办法。刚才保罗也说了,没有安全的防御措施。能想的法子都想过了,但是不管是哪个法子,都有一定的风险。使用这些办法,一不小心就有可能出现牺牲者。这么重要的事,怎么可以只凭'委员会'几个人就决定呢?"

正广突然灵光一闪,"委员会"果然还是想出几个办法了的!但这些办法伴随的风险又是什么呢……

嘈杂声渐渐消散,但没有人再举起蟹钳想要发言了。

保罗再次大喊。

"有没有人有好的建议?"阿满翻译道。

所有人都把视线转向一处,一个中年偏胖的白人男性挥舞着陆蟹那红色的蟹钳。虽然他已经秃顶,但红色的胡子却很长。

"那是出席'委员会会议'的首领之一。"阿俊说道。

男子站起来开始发言。虽然说的是英语,但正广也感受到了他明显的口音。

"你刚才说,'委员会'想出了几个办法是吧?蛇鲨的真面目……谁也没有见过。我们不是应该先去了解这一点吗?"这次阿俊没有翻译男子的话,只有阿满翻译了。

阿俊自嘲般地小声说道:"这根本就是实力悬殊的战斗,胜负早已注定了。"

白人中年男子坐下后,好一会儿周围都鸦雀无声。之后,如同水波渐渐散开一般,人群又嘈杂起来。这个聚落如今的信息传递速度就处在这样一个状态。

待人群安静下来之后,又有人举起了陆蟹的蟹钳。

站起来的,是个韩国青年。正广记得自己曾错将他当成日本人和他说过话。结果对方用英语回答了自己。正广当时觉得他待人挺友善的。但这个韩国小伙子此时的语气却像是在挑衅似的,有些粗鲁。因为他用的英语单词都简单易懂,正广很好地理解了他字里行间的意思。当然,阿满也翻译给大家听了。

"不管这些办法是不是伴随着风险,难道不应该先公布出来,让大家一起讨论一下可操作性吗?大家想出新办法的可能性很低,集会的时间也很有限,我希望能高效推进议程。再说了,我觉得不存在零风险的办法。"

虽然正广感觉韩国青年的发言是事先计划好的,但自己的想法和他完全一致。

韩国青年坐下后过了数十秒,有人鼓起掌来。这就如同一个信号一般，越来越多的人也鼓起了掌来。

这回，杨站到了高塔中央。亚洲人提的问题大概是要亚洲人来回答吧。杨高举双手，四周的掌声戛然而止。这让正广联想到了某种宗教仪式现场。

杨大声清了清嗓子，开始慢慢地用英语发言。亚洲人的英语果然比较容易听懂："那么，就由我来介绍一下'委员会'想到的对付蛇鲨的办法吧。首先，第一个办法就是维持现状。也就是说，我们不采取任何措施，继续住在岩洞里。只要太阳一落山就躲到岩洞里，那么至少不会出现更多的牺牲者。"这段话不用阿满翻译，正广就听懂了。

此时，杨顿了一下，张望四周等待着众人的反应。人群之中不知是谁发出了嘘声，接着其他地方也传来了嘘声。这个选择自然是被排除在外了。大家似乎已经受够了躲在岩洞里的生活。如果选择这个办法，就意味着聚落里的人不得不继续过原始人般的生活。大家为了建造小木屋而砍来的圆木还原模原样地堆在聚落周围。今后，这些圆木肯定也会毫无用处，一直被堆在那儿。拜蛇鲨所赐，每当人们看到这些圆木，就会回忆起往昔的痛楚。

杨再次举起双手，继续说了下去："接下来是第二个办法。我们完全不了解蛇鲨这种怪物的生活习性，所以才无法制订对策。为此，我们要排除万难，尽全力抓住它，并搞清楚它的真实形态。"

杨又顿了一下，张望四周观察众人的反应。这回等来的是鼓掌。

掌声中有人举起了陆蟹的蟹钳。掌声随之停止，杨用手中的骨头指了指举起蟹钳的男子——是刚才的白人中年男子。

"我觉得这个办法很好。我也想不到其他好办法。但我希望知道你们打算怎么抓住这个几乎没见过真面目的蛇鲨。所谓的风险应该就是指这个了吧？还有，应该是要活捉蛇鲨吧？你们觉得有可能吗？"

男子坐下后，杨马上就做出了回答："只要能抓住蛇鲨，我们觉得是死是活都无所谓，毕竟现在还不知道蛇鲨的生命力有多强。我们打算尽可能制订一个安全的方案去抓住蛇鲨。我们认为，完成此事至少需要二十名男子。虽然我们也想竭尽全力避开最糟糕的情况，但说到底，我们每一个人都没有捕捉蛇鲨的经验。我们无法预测到时候会发生怎样的意外。所以我们想招募志愿者。愿意参加捕捉蛇鲨行动的人，希望你们能自告奋勇站起来。"

没有一个人站起来。一片沉寂。此时，韩国青年举起了陆蟹的蟹钳，"能不能具体说说你们计划怎么去抓住它？不然无法判断需要的人数。"

杨回头看了看让和保罗，之后用力点了点头，开口道："我们打算设一个陷阱去钓蛇鲨。我们判断需要二十名'渔夫'。具体细节，需要建立狩猎小队后再具体商量。"

正广不解地想，杨刚才说要"设一个陷阱去钓蛇鲨"，是要像钓鱼一样去钓蛇鲨吗？那到底要怎么去钓蛇鲨呢？

可韩国青年却表示理解地大力点了点头，并放下了原本举起的蟹钳。但他没有要坐下的迹象，而是一直站着。

正广明白过来，青年这是要加入狩猎小队。之后，阿俊也站了起来。接着，到处都开始有男人站了起来。

直觉告诉正广自己也能行时，他也站了起来，与此同时，阿诚也站了起来。两人对视后，都不好意思地笑了起来。

就在这时，夕美大叫道："我求你们了，不要都参加狩猎小队！留些人下来吧！要是大家都去的话……"她的声音带着些哭腔。正广低头看去，发现小缘和阿满也在拼命地点头。她们心里很不安。正打算站起来的阿秀又坐了下去。

阿诚说："还是阿俊留下来吧，阿俊最靠得住了。"

阿俊似乎在冷静地计算着什么，之后就坦率地回答了"好"，然后坐了下来。

而此刻，志愿加入狩猎小队的男人，已经超过了二十人。

杨叫停了报名："志愿者已经达到了预定的数目。感谢各位志愿者的勇气和奉献精神。虽然我们无法给予任何回报，但诸位的英勇事迹将永远为众人铭记。这应该就是唯一的回报了吧。真的非常感谢各位！"话音一落，掌声便此起彼伏，久久不曾停止。

正广和阿诚屏住呼吸在黑暗中静静等待着。正广所在的小队一共有六人：四个亚洲人和两个阿拉伯人。狩猎小队兵分四路，其中三队都拿着一条绳子，剩下的一队则是机动队。

翌日清晨，狩猎小队的志愿者们就和"委员会"一起召开了作战会议，了解了详细计划。

聚落是一个四面都被岩场包围的洼地，而这些岩场里有几个岩洞。人们晚上就是躲在这些岩洞里过夜的。有些岩洞能容下数十人，而有些岩洞连一个人藏身都稍嫌拥挤。而被这个岩场包围起来的一角，是聚落的"厨房"。在蛇鲨出现前，厨房一直被设在广场中央附近的位置。但之后，厨房便转移到了适合避难的地方，而聚落的口粮则是存放在厨房背面的岩洞中。

诱饵会被放在广场最醒目的地方，用的是陆蟹的尸体。同时，还对地球上传送过来的折叠椅做了点加工，将其制成了细长的钢丝藏在陆蟹体内。而这些细长的钢丝分别由三队人用三根绳子固定住。蛇鲨一旦用触手将陆蟹卷进嘴里（如果它有嘴的话），三队人就会拉动绳子。当蛇鲨被制住不能动弹时，剩余一路机动人员就开始攻击它的脚。

整个作战步骤就是这样。绳子会用森林里比较细的藤蔓缠绕制成，长度大概三十米。

这个方案需要分团队作业，而且每个小队的成员需要一起制作自己小队使用的绳子。那个韩国青年就在正广所在的小队里，他说自己叫裴恩荣。而小队里的两个阿拉伯人，一个叫奥马尔·阿凡提，另一个叫穆罕默德·巴伯尔。奥马尔是英籍巴基斯坦人，他介绍说，穆罕默德自幼生活在巴基斯坦，一点儿英语都不会说。他俩浓眉大眼的，感觉具有很强的正义感。只是在做准备工作时，他俩好几次放下手中的工作开始做礼拜这点，是正广无法理解的。这大概是伊斯兰教的某种仪式吧。

傍晚时分，阿俊带着夕美她们几个姑娘来看正广这边的情况。克丽丝也在其中。阿俊鼓励了一番正广和阿诚之后就回去了，之后奥马尔跟正广打听了点儿事。

一开始正广不太明白奥马尔说的是什么意思，但后来总算是搞明白了。奥马尔想让正广介绍克丽丝给他认识。奥马尔带着极强的口音不停地重复着"完美的女人"这个词，还问正广刚才同行的男人是不是她的男朋友。奥马尔似乎是误将阿俊当成克丽丝的男朋友了。正广告诉奥马尔阿俊不是克丽丝的男朋友而且她现在单身之后，奥马尔笑得眼睛都眯成了一条缝。

之后，奥马尔缠着正广打听克丽丝的名字和国籍。正广便告诉奥马尔她的名字叫克丽丝，是从加拿大"跳跃"过来的。

奥马尔想知道克丽丝为什么会说日语。无奈之下，正广只得将克丽丝的丈夫是日裔加拿大人以及对方在一次宗教激进主义者的恐怖劫机中遇难一事告诉了奥马尔。果不其然，奥马尔的表情僵硬了起来。正广早就隐约预料到奥马尔会是这个反应。

先将圆木沿着洼地四周的崖壁，竖直埋在三个地方，再将藤蔓缠绕而成的绳子系在圆木上，绳子的另一头绑上陆蟹作为诱饵。只要蛇鲨将连带着钢丝的诱饵整个吞下,就能用绳子把蛇鲨拽到地势比较低的地方。随后,第四队人马就可以使用长枪去攻击它——这就是整个作战计划。

人们已经发现,蛇鲨总是从东面出现,又从东面离去。第二天,一早就开始下雨,大家都认为蛇鲨出现的概率会变高。因为有好几次白天下雨之后,蛇鲨就会在当天夜里出现。所以这天日间,钓蛇鲨的队员们将圆木从圆木存放处搬到了计划狩猎的地点,并埋了起来。为了让圆木牢牢埋在地里不被拔起,他们把洞打得很深,甚至还将之横向固定了起来。毕竟这些圆木是要作为"钓竿"来使用的。

而现在,正广他们小队全员正屏住呼吸,躲在北面崖壁下那个方便大家迅速拉紧绳子的圆木桩附近。

四周一片漆黑。虽然这颗星球有三个月亮,但此刻天空一定蒙上了一层厚厚的云,丝毫看不到月光。太阳下山后没多久,空气中弥漫起紧张的氛围,场上连咳嗽声都听不到。

等待的时光总是格外漫长。之前一直纹丝不动的队员们也开始低声交谈起来。正广前方的阿诚大大地伸了个懒腰。正广仍然有些紧张,左手还攥着用藤蔓捻成的绳子,时刻准备着"收网"。正广左边应该是奥马尔·阿凡提和穆罕默德·巴伯尔,虽然看不清两人的表情,但可以确定就是他俩。

奥马尔对正广说:"刚才我和克丽丝搭上话了,她人挺好的,我很喜欢她。听说她恋人惨遭蛇鲨毒手,我还跟她保证一定替她报仇。"奥马尔并没有提起自己是如何得知克丽丝恋人的事的。大概是克丽丝自己告诉他的吧。正广心想。

"生活在地球上时,她在一次恐怖袭击中失去了自己的丈夫。你不是伊斯兰教徒吗?应该有那方面的人脉吧?"裴恩荣直截了当地问道。正广从裴恩荣眼中,看到了充满正义的光芒。正广当然知道,"那方面的人脉"指的就是恐怖组织。奥马尔回答说自己曾参加过两次战斗训练,负责所在组织与其他组织间的协调工作。

"我也没办法。"奥马尔说道,"因为这是圣战。克丽丝那边我毫无保留地告诉她了。我觉得以后想和她交往的话,必须得向她坦白。这里不是地球。这就是我今后在这颗星球上生存的法则。"

正广又一次体会到奥马尔和自己的差异,自己根本无法理解他的思考逻辑。不知道克丽丝听到奥马尔的坦白之后是什么反应。当然,正广没能直接问出口。

而裴却问出了这个问题:"她听了之后是什么反应?换成是我的话,肯定会恨你的。这辈子都不会忘记你们,甚至可能会想杀了你。"

正广心想:裴应该是个有话直说的人吧。

奥马尔并没有马上回答他,而是沉默了一会儿。

"克丽丝现在正在考虑。她话很少,相对地,就会考虑很多。我倒是无所谓,正等着她得出结论给我答复……"

正广还是无法理解奥马尔的思考逻辑。

就在这时,众人听到了呲溜的响声。毫无预兆,这声音突然就出现在了上空。

是蛇鲨!

它不是应该从东面过来的吗?可为什么,从这边来了?正广一边纳闷一边赶紧趴在了地面上,心想着,得赶紧去陆蟹尸体旁!要抓住诱饵!赶紧穿过去!

正广前方,传来了惨叫声。是阿诚的声音。他被蛇鲨的触手卷了起来。正广再次感到不解:怎么回事?他完全不敢相信眼前发生的一切。怎么可能会这样?正广脑袋一片空白冲向了阿诚。

正广感受到一阵滑溜溜又略坚硬的触感。阿诚的身体被触手重重包围着。正广很是震惊:触手竟在瞬间就将阿诚缠绕得无法动弹。

和阿诚一样,正广也被吊在了半空中。这时,触手不再上升,但现在的高度距离地面也有两米多。正广死命地抓住触手,但表面的黏液却让他不断滑落。阿诚此刻被触手紧紧勒住,已经叫不出声来,只能发出笛声般细小的声音。

这时,正广边上又发出了不知是谁的惨叫声。此刻,他终于明白,蛇鲨的触手不止一只!而那惨叫声飞快地上升到高空后,就戛然而止了。

直觉告诉正广,有人被吃掉了。没过几秒,又响起了惨叫声。

这次作战计划彻底失败了。正广正如此想着,身体就如同摆锤似的晃了起来。蛇鲨就这样垂着触手动了起来,而且触手也在一点点上升。阿诚不知道是死了还是昏迷了,已经没再发出任何声音了。

终于,正广右手再也支撑不住,因为黏液松开了手。等到触手再次摆动时,正广先前死死抓住的触手的触感消失了——他被蛇鲨从触手上甩了下来,失去了意识。

首先映入眼帘的,是小缘。之后是她边上的克丽丝和阿满。她们三人都很是担心地一直守着正广。

这是在岩洞里。贝壳中的油燃起的火焰随风摇曳着,发出微弱的光芒。

正广慌忙坐了起来,"阿诚呢?"

阿满并没有回答正广,而是仔细看了看正广后问道:"你醒了啊!你还好吧?"

"我没事,阿诚呢?"

面对正广的询问,三人都摇了摇头,面露愁容。

正广回头看到阿俊和夕美坐在那儿。

"蛇鲨呢?"

阿俊痛苦地答道:"作战计划失败了。一共有三人被吃了,而且都是你们小队的人。一个是阿诚,一个是那个好像姓裴的韩国青年,还有一个叫穆罕默德的巴基斯坦人。这次蛇鲨居然从北面过来了,这点我们都判断失误了。"

"蛇鲨怎么会从北面过来的?"

"这就不得而知了。"

"我们被攻击的时候其他小队都没反应吗?"正广努力遏制着内心的怒火,问道。

"因为是计划之外的状况,连参与作战会议的人都陷入恐慌不知所措了,大家都只顾着保命,简直乱成了一片……"阿俊的话语始终模模糊糊。

"那我们拿来当诱饵的陆蟹呢?"

"蛇鲨连触手都没伸过去。吃了三个人之后就立刻离开了。"

被蛇鲨甩落在地的正广,失去了意识。而蛇鲨则是吃饱喝足打道回府了。

正广大概昏迷了一个小时。

"我们必须彻底换个方法,不然结果还是一样。"阿俊无力地说道。他因为阿诚的死无比自责,而这点正广也感同身受。

第二天一早,正广走出岩洞后,看到奥马尔站在外面。正广以为他在等克丽丝,但出乎他的意料,奥马尔说自己想见见阿俊。阿俊出来后,奥马尔对他说道:"我朋友穆罕默德遇难了。我听说你们这儿也有个年轻人被蛇鲨吃了,跟我一起去负责人那儿吧。"

"去了又能怎样?"阿俊反问道。

"他们的办法行不通。我倒是想到了一个办法,我想告诉负责人,应该使用我的办法。"

第二天再次召开了集会。黎明时刻先召开了"委员会会议"，会议结束后便召开了聚落全体成员的集会。

所有与会人员都沉默不言，氛围很是凝重。

杨率先出现，并主持了阿诚、裴和穆罕默德三名牺牲者的追悼仪式。在场所有人都默默为牺牲者祈祷着。正广心想，大概是因为两名牺牲者都是亚洲人，所以才由杨来主持这场仪式吧！

肃穆的仪式结束之后，保罗上台了。保罗从前几天蛇鲨带来的悲剧的总结说起，缓缓用简单的英文陈述了整个过程。此时，人群各处都传来了细微的啜泣声。

正广也是如此。他一想到阿诚的笑容，就无法抑制地落下了泪水。正广甚至觉得，要不是阿诚，被蛇鲨触手卷走的人可能就是自己——阿诚成了自己的替身。夕美、小缘、阿满的肩膀也微微颤抖着，克丽丝则是低着头压抑着自己的声音。

接着，保罗告诉了大家作战计划失败的原因。其实原因就算不说，大家心里也都明白：所有人都错判了蛇鲨真正的生活习性。

这次直接跳过了要如何开展作战计划的提问，直接开始宣布新的作战方案。

和之前一样，这次要"钓"蛇鲨的想法还是不变的，但是蛇鲨触手的数量和之前设想的不同，并非两只。与此同时，还需要制订一个不管蛇鲨从聚落哪个方向袭来都能对付它的计划。此外，陆蟹作为诱饵对它并没有太大的吸引力。蛇鲨似乎是记住了人类的味道，会优先攻击人类。保罗也事先告诉大家，这次的计划正是在考虑到了这一点的基础上制订的。

正广心想，决不能现在就放弃。如果这时候轻言放弃，那阿诚、穆罕默德还有裴的牺牲就毫无意义了。其他人似乎也怀揣着同样的想法，所以此刻并没有人举起蟹钳想要发表不同的意见。

于是，保罗便将"委员会"上被采纳的方法缓缓道来。当然，大家并不清楚这是不是奥马尔想到的方法。

正广通过阿满的同声传译得知计划内容后，很是错愕。

狩猎蛇鲨的计划主要在两个地方进行了调整。其一，因为不知道蛇鲨会出现在哪个方位，这次作战人员不再拉着绳子分散在三个方向待机。每个战士在蛇鲨出现前，都要躲在岩洞中。其二，诱饵数量变为两个，不再设在广场上，而是分设在岩洞中。这两处的诱饵还要牢牢固定在地面，防止被蛇鲨抓起来。只要蛇鲨的两只触手抓住了诱饵，藏身于岩洞中的战士就向它发起攻击。蛇鲨在使用触手的时候应该就无法进行攻击了。而这两个诱饵，则会由招募到的志愿者来担任，因为人类才是蛇鲨最喜欢的饵食。

正广怀疑自己听错了。居然要使用活的诱饵，而且还是用活人……

难道就没有其他办法了吗？

保罗又对如何保护成为"诱饵"的志愿者进行了说明。

到时候会把两个油桶的底打穿,并给油桶打桩固定,使其无法被触手抓起来。做好了这一系列准备工作之后,让志愿者钻进油桶。当触手试图将油桶卷起来时,志愿者就趁机从油桶底下逃跑。

但是……正广想,这么不靠谱的方案根本无法保障志愿者的安全。虽说蛇鲨用触手将阿诚卷起来自己扑过去后,蛇鲨的承载力看起来已经到达了极限。不过……它缠绕猎物的力量究竟有多大?油桶能否承受得了它的力量?这些都毫无保证。阿诚当时已经放弃挣扎,神志不清了。能令阿诚陷入绝望的力量,究竟有多强?要是它的力量强到足以扯断绳子吞掉整个油桶,那该怎么办?就算想从油桶底部逃出去,要是触手直接覆盖住底部的话,又该怎么办?不,说不定蛇鲨能灵巧地将触手伸进油桶中把猎物掏出来。

志愿者必须做好赴死的思想准备。这么一来,志愿参加狩猎蛇鲨计划,和之前就有了完全不同的意义。

"这是最不理想,我们也最不想用的计划。如果没人志愿成为诱饵,我们就终止这一计划,毕竟我们不能指定几个人去当诱饵。"

这次众人的反应和上次招募志愿者时截然不同。没有一个人站起来,面对成为诱饵需要承担的高风险,大家都犹豫了。

正广又想起了蛇鲨触手那黏滑的触感。在这个聚落里,应该只有他一人知道这感觉。正广突然想到,如果带上武器的话,或许会有办法打败蛇鲨。

"好了,有没有人志愿成为诱饵?"保罗从高塔上向所有人发问。正广条件反射性地准备站起来，却感到有人正用力地拽着自己的手臂。正广吃惊地一回头，映入眼帘的正是小缘那张如日本人偶般端正的脸庞，而这张脸庞此刻却因为呼之欲出的泪花变得有些扭曲。

"正广，你别去，别去，求求你了。"

正广停下动作。阿秀、夕美和小缘都狠命地摇着头，希望正广别志愿去当诱饵。正广迷茫了。他正在被眼前的这三人所需要着。平常喜怒哀乐不形于色的小缘这回也如此恳切地摇着头，这令正广十分意外。

远处，一名男子站了起来。许是提出这个作战方案的奥马尔·阿凡提吧。他身为这个计划的提案人，同时又想替好友穆罕默德报仇，所以自告奋勇成为诱饵。

"他自己要求成为诱饵。他说，即便被蛇鲨吃掉，也一定能在来世获得幸福。"阿俊摇着头说道。就在此刻，阿俊对面有人站了起来。

是克丽丝。

正广十分诧异，他不明白为什么克丽丝也站了起来。

"我是坂本克丽丝，志愿成为诱饵。"

保罗站在高塔上喊："谢谢你，克丽丝，但你是女性啊！"

"当诱饵并不需要战斗力。这个任务我也能完成。我最重要的人葬身于蛇鲨之口，我现在活着也看不到任何希望。既然如此，哪怕是为了聚落的其他人，我也想好好完成这个使命。"

之后，两名男子站了起来。现在一共有四名志愿者。其中之一，就是刚才试图阻止正广的阿秀。

奥马尔在远处叫道："克丽丝，你别去。女人胜任不了这个任务的，我们三人上就好了。算我求求你了，你别去！"

克丽丝无视了他的呼喊，回答道："有能力去战斗的人就留下来战斗吧。我能为大家做的事，也就是当个诱饵了。"

正广瞪大了眼睛看着克丽丝，不禁感叹其勇气。之前她眼神中充满了忧伤，而现在，忧伤已彻底消失，正绽放着充满坚定信念的凌厉光芒。

她志愿成为活诱饵的本意究竟是什么？是为了替死于蛇鲨之手的恋人报仇雪恨？还是失去了活下去的动力所以自暴自弃了？抑或是因为其奉献精神？虽然不知道其本意，但她坚定的意志绝不会被扭曲。

即便奥马尔拼命想要说服克丽丝不要去冒这个险，委员会就选取两名志愿者成为诱饵一事还是权衡了很久。为此，集会也暂时解散了，只留下了几个委员和四名志愿者留在现场，重新召开委员会会议。

阿秀说："第一次我没有站起来加入作战小队，一直觉得很内疚，我觉得我很对不起阿诚。"正广也是事后才知道阿秀说的这番话。阿满则是在委员会会议结束之后从一名女性委员那里打听到这个消息的。

活诱饵的人选确定了。

虽然委员会想确定人选,但四名志愿者都不退让。最终,委员会想到用抽签的办法选择诱饵。保罗用木枝做了四根签,抽到短签的两个人拥有发言权,大家要服从这两人的意见。

抽中短签的,是克丽丝和一名叫赫伯特的男子。

这就意味着,当诱饵的人就确定是他俩了。奥马尔仰天长啸。阿满说,他是因为没料到克丽丝居然会成为他提议的计划中的诱饵而大受打击才这样的。

那之后,正广看到克丽丝一个人孤零零地坐在岩石上,面无表情,只是出神地注视着远处。正广简直不敢相信眼前的这个女性,竟然就是那个在集会上力排众议极力提出自己主见的人。她究竟在想什么?是命丧蛇鲨之口的恋人,还是生活在地球上时因恐怖袭击而牺牲的丈夫?

晚上,克丽丝应阿满的邀请来到了他们的岩洞。此时,克丽丝已经变回了那个一向文静的克丽丝。

而奥马尔也来拜访了克丽丝,希望她能改变自己的决定。他将克丽丝带到岩洞出口附近,不停地劝说着她。

正广听到了些许奥马尔的声音,却没有听到丝毫克丽丝的声音。面对奥马尔的问题,克丽丝似乎什么都没有回答。

被奥马尔带出去没一会儿,克丽丝就回来了。奥马尔则是撇着嘴摇着头放弃般地离开了。

东北方已经做好了油桶陷阱。四天后，下起了雨。大家都觉得蛇鲨会在这天出没。

正广他们所在的岩洞，是离克丽丝藏身的油桶最近的。油桶系着绳子连接着四根桩子，要是用触手将油桶举起一米高，绳子就会到达伸缩的极限。

这次，志愿参加狩猎蛇鲨计划的战士们，都拿着武器在岩洞中静候时机。平常拿来耕地的简陋铁锹和铲子也被拿来当成了武器。

太阳落山之时，克丽丝和赫伯特受到了聚落众人的鼓励。

"一旦触手绕上了油桶，你就马上逃出去！"奥马尔一再向克丽丝强调这一点，而克丽丝只是轻轻地点点头。

正广在和克丽丝握过手之后，阿满对他说："我问克丽丝，为什么要豁出性命去做诱饵，你知道她怎么回答我的吗？她说她现在如同行尸走肉……"

正广也猜到了，克丽丝心中果然如自己所想的那样，无比空虚，充满了阴霾。

这次，人们在油桶四周堆起了篝火，将油桶围了起来。这篝火多少应该能削弱蛇鲨的攻势。至今为止的战斗中，人们知道蛇鲨并不畏惧光芒，但如果蛇鲨遇到篝火，总是会先熄灭它。所以如果想看到蛇鲨的全貌，仅凭一点点篝火的光亮是不够的。这次远近一共设置了八处篝火，它应该没法一次性熄灭所有的篝火吧。

克丽丝和赫伯特分别躲在两个相距五米的油桶中，而战士们则是分散在附近几个岩洞中,观察着陷阱的状况。

等待蛇鲨的漫长时光再次开始了。

正广他们所在的岩洞,有六个人手持武器,面对着面,静静守护着"活诱饵"。这些都是志愿参加狩猎蛇鲨的战士们,和上次相比,他们的神情显得紧张多了。奥马尔也和正广一起待在岩洞里,他待在洞口附近,随时准备第一时间飞奔出去救克丽丝。奥马尔不知道什么时候做了一把大刀,他紧紧握着这把大刀。正广右手拿着长枪,也准备随时冲出去战斗。

"为什么我问了克丽丝那么多,她却应都不应我一声?"奥马尔小声对正广说道,"难道因为我是恐怖分子吗?"

正广也不知道该怎么回答他。

"谁都没想到事情会发展成这样,哪能料到她竟会志愿成为诱饵?我真是悔到肠子都青了,真恨不得去代替她。"奥马尔继续自言自语着。

就这样,过去了快两个小时。正广心想:上次这时候蛇鲨都已经出现了。而且,也不知道奥马尔知不知道克丽丝已经丧失生存的信念了。

不,他应该察觉到了吧。

外面起雾了。远处的篝火逐渐朦胧。这不正是蛇鲨最喜欢的环境吗?但为什么,蛇鲨会偏爱在夜晚且是雨后的日子出现呢?说起它触手上的黏液,唯一能想到的可能性,应该就是它为了出现需要一定的湿度了。

"它来了!"奥马尔叫道,"从东边过来了,篝火灭了一堆!"

接着旁边的篝火也灭了,只剩火星随风飞舞,没有人知道这火星是被蛇鲨踩灭的篝火冒出来的,还是从其他地方飞溅起来的。

正广向藏身在油桶中的克丽丝看去:她疲惫地蜷缩在油桶中,但看不清她的样子。奥马尔大叫道"克丽丝,它就要来了"之后,克丽丝才露出了上半身。

但此刻,并没有传来之前让人从生理上感到不悦的声音。那种摩擦黏膜般的声音,只有在蛇鲨出现在头顶上时,才会听到——简直就是死亡之声。

所有人都借着昏暗的光线看到了那触手迅速的移动。触手瞄准中年德国男性的脖子,直直地伸了出去。赫伯特发出了凄厉的呻吟。

"克丽丝,快把头藏到油桶里去!"奥马尔叫道。

赫伯特的头和肩膀都被触手缠着拖了上去。油桶没有任何防御能力。

第二只触手也以惊人的速度伸了下来。

正广看到了克丽丝愣愣地凝视着上空,并探出了身体。

触手一瞬间就卷起了整个油桶,触手前端被卡在油桶里痛苦挣扎着。克丽丝就这样待在油桶里,整个被提了起来。油桶悬在半空中,而克丽丝还在油桶中。

底部竟然也有触手！克丽丝的腿被缠住了！

多亏了绳子，油桶悬在空中不再上升，但却激烈地左摇右晃着。

"克丽丝，快从油桶里跳下来！"奥马尔叫嚷着飞奔出去。然而克丽丝逃不出来，她发出了凄厉的惨叫声。

这让正广很是意外。克丽丝竟然会惨叫，她不是失去活下去的意志了吗？

正广紧随奥马尔之后。奥马尔的左手已经攀上了油桶边缘。绑在地桩上的绳子已经开始吱嘎作响。

克丽丝紧紧抱住了奥马尔，不再惨叫。奥马尔挥起大刀砍向了伸过来的触手，砍了一次又一次，一次又一次。

这时，正广眼前突然落下了直径四十厘米左右的黑柱。这是蛇鲨的脚！

蛇鲨的脚映着篝火的光亮显得油光光的，正广什么都没有思考，只是不顾一切地举起长枪，高吼着冲向黑色的柱子。长枪深深刺入了蛇鲨的脚。随即，正广切实感受到了某种液体喷涌而出，溅到了自己胸口上。

是蛇鲨的血！正当正广这么想的时候，便被一股很强的力量弹了出去。蛇鲨的脚就这样被长枪扎着，消失在了夜空中。

奥马尔则还在那头挥舞着大刀。连着地桩的绳子基本被他砍成了一小段一小段的，仅剩一根绳子连着油桶。卷进油桶的触手，也被五六个人拿着铁锹和铲子攻击着。

随着一声巨响，油桶掉了下来。奥马尔终于砍断了触手。

正广抬起头来，完全看不到蛇鲨的踪影，它一定是逃跑了。

虽然没能抓住蛇鲨，正广他们显然让蛇鲨负伤了。

聚落如同暴风雨平息之后般，一片寂静。

八堆篝火已经灭了四堆。但正广借着剩余篝火的光亮，看到奥马尔将克丽丝从油桶里救了出来。接下来出现了令人意外的光景：克丽丝就这样一直紧紧抱着奥马尔。正广不知道她究竟经历了怎样的心态变化，但她确确实实是发生了变化，就在被触手袭击，惊声呼救的那一刻。

或许是克丽丝遭遇触手袭击时，突然领悟到生究竟为何，人生还有多少未了的心愿了吧。

克丽丝抱着奥马尔，许久不放。奥马尔因为顺利克服危机放下心来，但也没有拒绝克丽丝的拥抱，似乎是做好了心理准备，要让克丽丝抱个够。他们甚至没有一丝言语。

以此为契机，克丽丝搬去了奥马尔和赫伯特所居住的岩洞。现在赫伯特不在了，所以这个岩洞成了这对奇特伴侣度蜜月的地方。

从那之后，蛇鲨再没出现过，而被油桶缠住的触手，永远地留了下来。触手直径约八厘米，富有弹性，深蓝色。触手内侧能看到无数个不让猎物逃跑的小吸盘，而表面随着时间的流逝，变得更加黏腻了。但次日，在阳光的照射下，触手却萎缩得不成样子，就像是鼻涕虫爬过油桶留下了闪闪发亮的痕迹似的。

蛇鲨的袭击消停了一段时间。但大家都很担心万一蛇鲨的伤恢复了，说不定哪天就又会袭击聚落。

一天午后，几个慌慌张张回到聚落的女人，带来了新的消息。她们当时沿着海岸线寻找着食物。原本她们主要在聚落以北的海岸寻找食物，但因为那边的岩滩上不怎么找得到贝类，她们就去了东面海角边。聚落的人还从未踏足过那片土地。

就在那儿，她们看到了一片令人心生厌恶的土地。

这几个陷入恐慌的斯洛文尼亚女人被恐惧占据了全身，说的内容非常抽象，加之因为语言不通，就有一些内容难以理解。聚落马上决定去调查一番，于是紧急派出了约十名正在聚落内干活的人前往。

正在开垦农田的正广，被阿俊叫去一起进行调查。

对未知土地的探索，成了一场拿着能当武器的农具和长矛的远征。

由于发现这片土地的女人抗拒得厉害，所以没有人能给众人引路，众人将位置记在脑海中就出发了。

抵达北面的海岸后，众人沿着沙滩一直朝右走，来到了那片岩滩。正广以前眺望过海岸线那头的远景，岩滩另一边的海角是陡峭的崖壁，给人一种只有撑船才能绕到海角另一边的印象。现在的聚落，还没有物资和精力去建造船只。

而这天，景象却有些不同，和正广对大海的印象大相径庭。这下能明白为什么女人们试图去海角那头了。

这当是无比雄伟的大潮，退潮后，远方亦是延绵不绝的沙滩。没想到这退潮竟能如此壮阔。

岩滩露了出来，海角边峭崖上的水位也退了下去，岩场呈点状逐个出现。现在只要绕过岩场，就有可能抵达海角的那头。若是平时提供食物的海岸找不到食物的话，想要探寻新的渔场也不是不可能。

众人一个接一个绕着岩场跳跃着朝海角的另一侧前进。之后，眼前的景象彻底变了。对面没有沙滩，而是耸立着连绵不断的岩壁。

"在那儿！"阿俊用长枪指道。就在岩壁前面。那一带的高度在涨潮时大概能将将露出水面。那里俨然排列着七个岩洞，每一个都巨大无比。

"是哪个岩洞？"

"好像说是中间的岩洞吧？"

所有人都攀上了岩洞。正广心想，下次不知道要何时才能有这样的机会了。

第一个岩洞比想象中的要浅不少。似乎是因为几经风雨和浪水的侵袭而形成的。往里走了十米就碰到岩壁了。这里只有些带壳的蜘蛛似的多足动物在不停移动，有些像地球上的寄居蟹，又不那么像，让人看了毫无食欲。

在阿俊和正广进入第二个岩洞时，外面传来了呼叫众人的声音。他们出去一看,发现是进入了第四个岩洞的三人在洞口呼叫。正广急忙跑了过去,然后明白了之前那群女人为何会感到恐惧——这个岩洞比他们前面看到的岩洞更大、更深。进入岩洞十米左右后,地上遍布着让众人眉头紧锁的东西。

是人类的骸骨。雪白的骷髅被磨得铮铮发亮。边上还有一些破碎了的骨头。不知道是哪个部位的骨头,都不带一片肉。而且还不止一具,四下散乱着不少骸骨。

正广数了数骸骨的数量,一、二、三……超过了二十具。而且,这些骸骨不单是人类的骸骨,里面还混着一些正广认不出的形状奇特的头盖骨……

正广立刻明白了这意味着什么。这就是成为蛇鲨盘中餐的那些人的结局。

正广对阿俊说:"这不会是……"

"是的,我也是这么想的。"阿俊回答道。

正广立刻发现自己的喉咙干痒了起来。这该不会是……蛇鲨的……巢穴吧?

这么一想,整个背脊阵阵发寒。

白天蛇鲨藏身在岩洞之中,躲避阳光。等到夜幕降临,它便趁着夜色开始捕食。就和吸血鬼一样。

众人不约而同地举起了手中的武器和利刃,一脸不安地望向黑暗的岩洞深处。

这里还有外界的光芒。虽然不知道这岩洞究竟有多深，但岩洞深处，蛇鲨八成是空着肚子在等待着。

正广看着那些散落在地的骸骨。这些骸骨之中，一定有阿诚吧？哪个才是阿诚？说不定自己的骸骨哪天也会散落在此吧。

岩洞往里十几米处，就开始缓缓朝右了。正广身后传来了"小心点！"的声音。他并不希望有人发出这么大的声音。不用别人提醒，他现在都是打起十二分精神警惕着的。

众人来到了外界的光线快要照射不到的位置。在没有光的情况下再往前走，就太鲁莽了。

要是蛇鲨这时候发动袭击，哪怕有十个人，也必然全部成为它的盘中餐——强烈的不安朝众人袭来。

里面看上去更低矮、更狭窄。正广在感到不安的同时，也产生了疑惑：如此巨大且在黑暗中连全貌都看不清楚的怪物，要如何藏身于这狭小的岩洞中？这样的环境对于那头能自在操控触手的怪物来说难道不是很不利吗？

此时，走在最前面的男子传来了惊呼声："为什么这种地方会有长枪……"

在凹陷下去的地方，有一支长枪。正广看到这支长枪的瞬间就明白了："这是我的……"

这是蛇鲨袭击聚落的时候，正广刺入蛇鲨脚的那支长枪。

"这确确实实是你刺进去的那支长枪吗？"阿俊问道。

"我去看看。"正广握住了掉落在凹陷处的长枪。他感觉到长枪扎着什么东西,很沉。长枪握在手中的感觉确实是他使用的那支。

他缓缓拿起长枪。长枪枪刃上垂下来一根黑色细长的东西,有些像海草但显然不是海草。正广想将它从枪刃上取下来,但发现那东西似乎已经干了,黏性强得怎么都取不下来。

正广突然想道:"你看……这像不像是蛇鲨触手的残骸?"正广想起来,聚落里那只蛇鲨的触手在阳光照射下会变得又黑又小。对,这就是正广拿长枪刺中的蛇鲨的……触手!

众人不由自主地说:"是蛇鲨!"

正广的力气不足以继续把长枪拉起来。阿俊帮他一同从凹陷处一点点地拽出了一个木乃伊状的物体。有人突然说了一句:"把它拽到光亮处去!"

十人合力,将这个物体拽到了岩洞入口外。它的触手已经干瘪了下去,但本体是一个一米长的胶状卵形物。在阳光下,这东西一动不动的,卵状的身体下长着四条腿。

人们纷纷侧着脸观察着它,有人评价了一句:"真像巨型水母。"不过,水母没有这么多的小尖牙。并且,胶状卵形躯体内还有些许微弱的脉搏。这证明蛇鲨处于休眠状态。

还没等谁发号施令,众人就拿起武器将这个正在休眠的蛇鲨剁碎了。卵状躯体中露出了皮带带扣般的东西。毫无疑问,眼前的生物就是蛇鲨。

就这样，最初的蛇鲨就这样被众人草草了结了。

在一定的环境条件下，蛇鲨就能活动并进行捕食。也就是说，蛇鲨需要从大气中吸收一定的水汽，才能像开启开关似的开始活动。

虽然无法阻止蛇鲨对聚落的入侵，但人们也学到了，只要在蛇鲨出现时，找到它的老巢去猎杀它，就能暂时将蛇鲨造成的伤害降到最低。

人们也知道了蛇鲨会住在那种类似寄居蟹的多足生物的附近。虽然不知道这是为什么，兴许是某种共生关系吧。但对人类而言，凭这一点就能找到蛰伏着的蛇鲨。

巨大的怪物被冠上了"蛇鲨"这一名字，接着，人们误打误撞发现它的生存生态，它也就失去了其"怪物"属性。蛇鲨给聚落带来的恐慌，一下子就减轻了。

这就是蛇鲨骚动的始末。

但这场骚动也明确了另一个真理，一个关于克丽丝和奥马尔的真理。

那之后，两人开始在奥马尔的岩洞里生活。其他人都能感受到他俩的亲密。两人总是形影不离：奥马尔总是帮助克丽丝，克丽丝也会照顾奥马尔的感受；奥马尔的话能让克丽丝放声大笑，看到克丽丝的笑容后奥马尔也会露出微笑。所有人都被这两人的亲密关系惊呆了。

克丽丝的丈夫不是被宗教激进主义者害死的吗？奥马尔难道不是希望以美国为代表的全世界的基督教徒都走向毁灭吗？——有一次阿满很直接地这样问克丽丝。

克丽丝答道："奥马尔不会和我谈任何关于宗教或者思想的问题。我只知道奥马尔一直是真心为我考虑的。我慢慢觉得，这就够了，即便两人信仰的神明有多么不同。"

阿俊也问奥马尔："我看你和克丽丝处得不错嘛！"

奥马尔答道："只要是真心相爱生活在一起，那对两人而言，无论是宗教也好肤色也好，甚至是思想和政治，这些都无关紧要了。和克丽丝在一起之后，我深深体会到了这一点。只要每天都想着对方，感觉对了，就不会去在意其他因素了。"

对，聚落的众人也意识到了这个真理。

诺亚方舟

自宇宙飞船"诺亚方舟号"驶向宇宙深渊,已迎来航行的第八个月。在其内部,生活着两万九千八百人。这艘宇宙飞船的建成,本身就是一个奇迹,它是一艘能持续航行多个世代的宇宙飞船,乘客在里面繁衍生息,人口数量也会出现波动。人们为了生存下去,就必须生产粮食,同时,为了能让宇宙飞船维持正常的宇宙航行并保持秩序,这近三万人也都必须劳动。

这艘巨型宇宙飞船是在卫星轨道上秘密建造的。建造所需费用光凭美国的一国之力还远远不够,在借助了由犹太裔多国籍的格雷厄姆·兰伯特作为最大股东的兰伯特集团的雄厚财力之后,宇宙飞船才最终建成。

诺亚方舟全长约一千两百米，其外形类似于多幢摩天大楼连接而成的环状。

即使这件事极其机密，并且是在太空中进行，但要建造如此规模的宇宙飞船，难免走漏些许风声。而能将这些走漏的风声控制在最小范围内的，自然也只有对全球媒体都有一定影响力的兰伯特财团了。所以，兰伯特一族三十五人都搭乘了这艘飞船。

因此，"诺亚方舟号"中的组织结构变得有些诡异。

组织的顶端是弗雷德里克·艾迪森，他作为总统统揽全局，而在他下面的，则是吉尔莫副官和掌握"诺亚方舟号"所有舰内技术的安德森船长。

在吉尔莫副官之下，还有十八名负责各自区划的区划长和十名承担宇宙飞船必要作业的厅长。

而安德森船长之下，则是保障诺亚方舟顺利航行而设置的发动机负责人、技术负责人、航线负责人及不管部长①等数百个职位。

在偌大一个组织中，唯有一人，虽然没有官方头衔，却能无须预约自由出入艾迪森总统的办公室给他提意见。他就是"诺亚方舟号"最年长的乘客，八十七岁高龄的格雷厄姆·兰伯特。

当然，兰伯特家半数以上的人都名列于出发时所宣布的区划长名单之上。

前去拜访艾迪森总统时，格雷厄姆·兰伯特总是会用"你看起

---

① 不专管某一部事务的部长级官员。

来精神挺好啊,弗雷迪"作为开场白。这次也不例外,格雷厄姆再次称呼艾迪森总统为"弗雷迪"。不过,艾迪森总统知道格雷厄姆不会当着别人的面这么称呼他。格雷厄姆是在兰伯特财团宣布全面协助"诺亚方舟计划"以后才开始如此称呼他的。不论格雷厄姆表现得如何亲近,艾迪森总统也丝毫不觉得愉快,即使他明白格雷厄姆的年纪和自己的父亲相仿。

格雷厄姆并没有等待艾迪森回应,就在狭窄房间一角的椅子上坐了下来。

艾迪森总统为了不露愁容,努力上扬起嘴角回答道:"托您的福,都挺好的,兰伯特先生。"同时,他不得不停止正在进行的工作,"要不要喝杯水?"

双方都知道,飞船上的水是非常有限的。"不了。"格雷厄姆挥了挥他满是皱纹的手回绝道。

艾迪森开始暗暗咒骂吉尔莫,不知他跑哪儿去了,要是吉尔莫能把格雷厄姆拦在秘书室那边就好了,但不巧的是,兰伯特家有两个女儿在秘书室工作,所以格雷厄姆一直可以自由出入。

"说起来……"格雷厄姆用和平时一样的口吻说道。

"怎么了,兰伯特先生?"

"地球不知道燃烧尽了没有。"

心想着"怎么又是这事儿",表面却极力保持淡定的艾迪森总统眯起眼睛挤出了一个笑容。这个笑容是他在竞选总统时,大型广告代理商的战略负责人建议他做的"艾迪森总统最让人喜欢的表情"。"所幸我们的地球目前应该还安然无恙。"他已经预见到,格雷厄姆接下来又要旧事重提了。

"嗬,没想到依旧安然无恙。原来太阳还没把火烧过去啊!真是意外。弗雷迪,我最近总在自责,想着自己是不是做了一个错误的选择,甚至睡不安稳。地球该不会就这样一直安然无恙吧?你能明白我的感受吗?你帮我想想,到底要怎样我才能心安?要是你知道方法,请告诉我。"

"我明白你的心情,兰伯特先生。您做出了正确的决定,而且是为了国家的利益……不,是为了全人类。"艾迪森总统明白自己说的不过是些冠冕堂皇的说辞,他内心真正希望的,是格雷厄姆干脆永远沉睡过去,这样他就能睡得安稳了。

其实,艾迪森总统也是如此。对太阳耀斑膨胀会最终毁灭地球这一科学的预言,他是有九成相信的。但同时,他对地球有可能会和过去几十亿年一样,继续安然存在又抱有些许希冀,抑或是恐惧的感情。而每当这种感情浮现的时候,他就会勃然色变,一个劲儿地告诉自己,"不,地球一定会毁灭的!"不用说,这些说辞都是为了将这种感情扼杀在摇篮之中。

要不了几年,地球就会消失。这才过了七个月左右,怎么就能怀疑这一判断的正确性呢?!

"其实我也时常在想,到了我这把年纪,真的有必要跟着踏上这段旅程吗？现在想来，那时候，决定真是做得太过仓促了。倘若地球真的要消失的话，我就该和地球母亲共同走向灭亡的命运才对。"

艾迪森总统回答说，他还有不少工作要做。当然，这也是事实。自从当上美国总统后，他就不断在世界各地奔波。虽然现在不需要再像以前那样满世界飞来飞去，但相对地，在诺亚方舟里总会出现一些完全出乎意料的事件，不管正确与否，他都需要先做出决断。

"弗雷迪，如果你的判断错了的话，发现这个错误大概需要多久？"

格雷厄姆从没说过这样的话。他每次来办公室都会说点儿新的东西，而且这些新的东西总是充满了负能量，没有一句是令人愉悦的。

艾迪森将这归咎于飞船封闭的环境。

人处在这个对外界状况一无所知的封闭空间里，行动范围非常狭窄，并且没有任何娱乐活动，更不知道在自己去世前能否抵达目的地。在这样的环境中，不得老年抑郁症才怪。

"我是不会做出错误判断的。我敢保证，您也做出了正确的选择。"艾迪森总统重复着同样的话。此时，隔壁秘书室响起了内线电话的铃声。

"吉尔莫副官进来了。"这句话真如一阵及时雨。艾迪森总统像是故意说给格雷厄姆听一般，连忙答道："嗯，正好我也有几件工作想听听副官的意见。"

接着,艾迪森总统对格雷厄姆说道:"我要和副官谈工作的事了,方便的话,您请回吧。"

坐在椅子上的格雷厄姆有些不高兴地撇过头去,"我不介意的,莫非你们要说什么不能让我听到的事吗?"

"我们要聊的工作会让您觉得很无聊,到时候我们聊起工作来顾不上您可就不好了,希望您能谅解。"

格雷厄姆听罢,只好无奈起身。

"有什么无聊的工作能比我的日常生活更无聊呢。每天都困在这什么都看不到的空间里,一个个都当我是老人家,也不让我工作,这和在监狱里度过晚年有什么分别?"

面对这份不悦,艾迪森总统一个字都答不上来。格雷厄姆离开了办公室,之后吉尔莫副官走了进来。

"总统,这样没关系吗?"一头银色短发的吉尔莫副官问道。他戴着一副度数很深的眼镜,有时候显得毫无感情,有时候又会让人感到强烈的恐惧。

艾迪森总统却单单只信任这个吉尔莫副官。正是他,将未经委员会通过的太阳耀斑膨胀的相关数据带了出来,也正是他,令"诺亚方舟计划"得以实现。此外,他还策划了艾迪森总统的"暗杀计划",制造了艾迪森总统和出资人格雷厄姆·兰伯特见面的机会。他是一个不可多得的人才,兼具学者的智慧、战略家的才干和实干家的行动力。而从他那穷酸内敛的外表,丝毫看不出具备如此的才干。

"多亏了你,我才找到打发兰伯特回去的借口。谢谢。"

吉尔莫面无表情地点了点头,"都一把年纪了,被关在封闭的空间里,也难怪他有这么大的压力。"

"那也不能来找我释放压力啊。我希望他搞清楚自己的立场。这要求过分吗?他今天问我要是地球一直不毁灭的话,我们会不会回去。"

"那您是怎么回答他的?"

"我告诉他地球一定会毁灭,不要再犹豫不决了。"

吉尔莫深深地点了点头,道:"您回答得很到位,总统先生。不过再加这么一句,您的回答就堪称完美了:即便诺亚方舟选择了返程,地球也不会欢迎我们,地球上已经没有我们的容身之所了。"

艾迪森总统乌黑浓密的眉毛瞬间颤动了一下,像是要努力说服自己般地用力点了点头。对,自己已经被暗杀并举行国葬了,哪里还能再出现在地球上?

"区划长会议快开始了,我将和各区的区划长进行面谈。"

"是发现什么紧急重要的问题了吗?"

"是的。但在和区划长面谈之前,我就事先能考虑到的问题和安德森船长及各厅长官举行了一次听证会,一些细节问题在当场就解决了。"

"是嘛?!"

"继续刚才的话题,最近已经接连出现数名人员自杀的情况了。加利福尼亚Ⅰ区和Ⅲ区各出现一名,华盛顿Ⅲ区出现一名,纽约Ⅱ区也出现了一名。"

"诺亚方舟号"四个筒状居住区的中央是航天推进器。四块居住区由管道互相连接,能够相互往来。每个居住区都被冠以州的名字。比如说艾迪森总统现在处理公务的区域是华盛顿Ⅰ区。每个居住区包含五个区划,只有俄克拉何马是三个区划,其中两个区划是生产食材的宇宙农场和宇宙水产养殖场。

每一个区划都是一个二重连接单元。而这种结构还有另外一层用意。

"五名人员应该是因为处于封闭空间,压力过大导致抑郁症才自杀的吧?"

"其中两人留下了类似遗书的邮件。五人中有男有女,且年龄各不相同,但他们都是独自搭乘诺亚方舟的人,和家人一起登船的人中并未出现自杀人员。"

"遗书呢,确认过了吗?"

"嗯。大意都是说无法忍受一辈子困在这地方孤独终老之类的。"

生活一成不变,没有任何娱乐,就这样在狭窄的纯白空间里度过一生,连饮食起居都必须面对单调的白墙。

华盛顿、加利福尼亚、纽约和俄克拉何马居住区前端的正上方，都有一个观测外部状况专用的直径六十米的拱顶，但在加速到百分之十光速之前，这个拱顶都被卷帘覆盖着，无法进行任何观测。

"如何分析这种趋势？"

面对艾迪森总统的问题，吉尔莫沉默了一会儿。直到总统手指在桌上敲了两三次后，吉尔莫才终于开口："我觉得有必要提高所有乘客信息流通的频率。"

"我们已经通过飞船内的网络把信息共享给所有乘客了吧？包括'诺亚方舟号'的目前位置、生活指南、居住区的日报。这样还不够吗？"

"对，这七个月以来，飞船内的状况，包括宇宙农场、宇宙水产养殖场的生产状况都能通过网络了解到。但对于那些患上抑郁症而自杀的人来说，总还缺少些什么。少了些支撑他们活下去的理由。人们的内心需要一些网络播报填补不了的东西。"

"那是怎样的东西？你要是想到什么的话就说说看。"

"我暂时还没有思路。但我敢说，只要让所有乘客都能够自发地感受到这艘世代飞船必须驶向目的地的使命感的话，由抑郁导致的自杀就能减少了。然后，再由我们去构建一个具有秩序、能够繁衍生息的系统的话……"

"你没有任何想法吗？"

"艾迪森总统,从船名来看,您就是《圣经》中的诺亚,是诺亚方舟的绝对掌权者。只要您觉得合适,就可以采取任何措施,您拥有这至高无上的权力。"

"你就没什么比较好的办法吗?"

"我想起了菲尔说过的一句话。"

这个菲尔指的是菲利普·安德森船长。

"什么话?"

"诺亚方舟的速度马上就能到达百分之十光速了。"

艾迪森总统也曾听安德森船长说过这话。

"我知道。之后就要分离加速用的空间拖船了。"

在脱离地球的卫星轨道时,由于星际介质还没有聚集起来,冲压发动机暂时还无法使用。等速度超过百分之十光速时,加速用的空间拖船会被分离,接下来就要点燃用于恒星际航行的冲压发动机了。

这之后,"诺亚方舟号"就再也无法返回地球了,只会以不影响人体的1G加速度进行宇宙航行。虽然"诺亚方舟号"无法超过光速,但速度也会无限接近光速。这之后,当它抵达地球和应许之地的中间点——八十五光年外的远方——时,就会进行1G减速的宇宙航行。这之后,为了能以静止状态进入应许之地所在的星域,他们会在到达空降位置前将"诺亚方舟号"九十度旋转,使之呈"U"字形持续减速。

"对,那时会切换为冲压发动机。这是'诺亚方舟号'到达的第一个里程碑。我觉得利用这一点倒算是个办法。在这之后,我们就再也无法返回地球了,这也是所有乘客下定决心的时刻。只要戏做得够足,我们不就能把所有乘客的心拧成一股绳了吗?"

"戏?"

"还有一点儿时间。我会好好考虑的。为了好好利用这个机会,总统也请把这事儿放在心上。"

"好。"

此时,秘书室又打了内线电话过来:"吉尔莫副官,您还在吗?"

"在。"

"俄克拉何马Ⅱ区的区划长正在联系您,您要去他那儿吗?"

"就在电话里说吧。"

吉尔奥握住听筒。内线电话同时又打给了艾迪森总统:"约翰·伯法保镖似乎有话要和您说,他在这儿等着。"

约翰·伯法……艾迪森总统在脑海里搜索着这个名字。保镖……是特工约翰吗。虽然话很少,但对工作认真负责的黑人大个子。对,自己找他做过女儿娜塔莉的贴身护卫……

一瞬间,艾迪森作为一个父亲而非总统,陷入了面红耳赤的状态。

他得知女儿娜塔莉已经怀孕三个月的事,是在"诺亚方舟号"起飞之后没多久。

当妻子多萝西告诉他这个消息时，他有一瞬间都不敢相信自己的耳朵。

没想到自己的女儿会怀上一个不知道父亲是谁的野种。

多萝西也答不上来女儿怀了谁的孩子。艾迪森总统曾以父亲的身份，单独询问过女儿娜塔莉。但刚步入花样年华的女儿不仅没告诉父亲实话，还默不作声，仿佛眼前压根儿就没有父亲这个人一样。此后，娜塔莉一直躲在自己的房间里，门也不出。

她偶尔会和多萝西说两句话，但只要艾迪森总统在家，她就一定会躲在自己的房间里。

艾迪森总统已经好几个月没见到娜塔莉了。父女俩明明共同生活在一个狭小的空间里，却不见面不说话，这种事说出去都没人信。

在"诺亚方舟计划"实施之前，娜塔莉就被接到了白宫，彻底处于监控之下。她究竟是藏在哪儿才能避免和父亲打照面呢？这简直就是一个谜团。

而约翰·伯法曾担任娜塔莉的警卫工作。

难道约翰·伯法是孩子的生父？怎么可能？他明明那么刻板而耿直……

可这时候他为什么又突然要求会面？要等吉尔莫出去后再召见他吗？

吉尔莫似乎还在听俄克拉何马Ⅱ区区划长的报告，不时还点点头。估计还要些时间。

"让约翰·伯法警卫进来吧。"艾迪森总统通过内线电话指示道。

约翰·伯法身着绿色警卫制服走了进来,将手里拿着的帽子贴在他宽厚的左胸处。他制服上刺着加利福尼亚Ⅰ区字样的刺绣。他现在正担任加利福尼亚Ⅰ区的治安守卫工作。

约翰笔直地站在总统面前:"我是约翰·伯法警卫。请原谅我未经预约就来见您。"

艾迪森总统扬起嘴角挤出了一个笑容,这样装的笑容是他最擅长的。他站起身来,向高出自己两个头的黑人伸出手去,"好久不见,约翰。看到你这么有精神,我很高兴。这身制服还挺适合你,谢谢你很好地完成了你的工作。"

这都是些不痛不痒的客套话,而艾迪森总统也没让约翰坐下,"今天过来是有什么事吗?"

"我想和您说说有关娜塔莉小姐的事。"

来了!果然是要说这事儿。总统感觉自己的脸在抽搐。现在还不知道约翰·伯法要说什么,必须保持冷静——总统如此告诉自己。他整张脸都在微颤。他尽力让自己的脸不那么红,可他也知道,自己的血液正不受控制地涌上脸颊,"也是,在地球上的时候,娜塔莉的事情让你费心了。她出什么事了吗?"

"是这样的……"约翰·伯法瞥了一眼吉尔莫副官的方向,发现他仍在接电话,便纠结着是不是该把事情直接说出来。

"你继续说。"总统皱起眉头。

"这事儿说出来可能会惹您生气。现在我们区流言满天飞,都在传娜塔莉小姐怀孕了……这是真的吗?"

我没必要回答这个下流无耻的问题来满足你的好奇心——在总统的脑海中,首先浮现出了这个想法。

但这是事实。约翰恐怕也并非是为了询问这件事才来这儿的。

总统告诉自己,就算否认也没什么用,"对,娜塔莉怀孕了。孩子的父亲是谁,她也是闭口不谈。她差不多也要……临盆了。唉,真够难堪的。"

约翰·伯法用力点了点头,说道:"非常抱歉,都怪我警卫不力。这件事情我必须郑重向您道歉。我得知这个消息之后,心里就一直记挂着这件事了。"

"警卫不力?也就是说你知道是哪个下流坏子让我女儿怀孕的喽?"

"是的。"

艾迪森总统吞了口口水,"是谁?"

"是伊恩·安森·亚当斯。"

总统还是第一次听到这个名字。

"是个住在您罪恶之丘私宅边上的年轻人。他父亲叫哈里·亚当斯,在洛杉矶开了一家律师事务所,伊恩是他的独生子。"

"你怎么确定就是他干的?"

"小姐当时很喜欢伊恩,伊恩对小姐也有好感,这点我很清楚。出发前,小姐说要回罪恶之丘取她的私人物品,结果小姐和伊恩两人失踪了几个小时。幸好几小时后,我在有些偏远的汽车旅馆发现了她。要是有机会的话,肯定就是那时候了。"

艾迪森总统僵直在原地,一动不动。

"抱歉,深夜我休息的时候让小姐溜了出去,我的保护也晚了半拍。这些我并没有写在报告书上。关于这件事,我还是想来正式和您道个歉。"

约翰应该是不希望娜塔莉这种玩火的行为被后世知晓吧。不,如果整个地球都消失了,这些东西也就毫无意义了。所以约翰应该只是想掩盖自己的失误吧?无论如何,木已成舟。孩子的父亲并没有登上"诺亚方舟号",应该是留在快要毁灭的地球上了。

艾迪森总统失去了发泄怒火的对象。

他深吸一口气,问道:"这个伊恩·亚当斯是个怎样的人?"

"据我观察,他是个耿直纯洁的年轻人。看起来和小姐还挺般配的。而且,他已经决定去麻省理工读书了,智商也挺高,还拿到了一大笔开发电脑软件的版税。好像大学也是跳级入学的。"

但不管怎么说,关于这个男人的事,娜塔莉没有和父亲提过只言片语,甚至没有跟母亲说过。而现状是,她即将临盆,有关她的谣言已经传遍了整艘飞船。

要怎样公之于众？还是说，这事要作为私事不对外公开？可谣言会一传十十传百，还会被人添油加醋。

"非常抱歉，我没能尽职做好小姐的警卫工作。我已经做好思想准备，决定接受一切惩罚了。"

从约翰·伯法的话里，也能看出他的"思想准备"来。自从他听说娜塔莉怀孕的传闻，就一直饱受罪恶感的折磨。为了洗清不断吞噬内心的罪恶感，他才来到这里拜访总统。

"事情我都知道了。"艾迪森总统说，"人总会遇到些不可抗的事情，要是受保护者不配合，就算你再怎么努力也难以保护好。我并不想因此责怪你。约翰，我对你的工作态度很满意，回你的岗位上去吧。"

"总统……"此时此刻，约翰·伯法脸上第一次流露出了表情，他眼中充满了感激。艾迪森总统比画了一个手势，让约翰不必再说下去了。约翰似乎也明白了总统的意思。

约翰·伯法低下头，迅速后退离开了办公室。

这一刻，艾迪森总统感到一阵轻微的偏头痛。他一回头，发现吉尔莫副官站在那儿。

俄克拉何马Ⅱ区区划长的汇报似乎已经结束了。艾迪森总统对上吉尔莫副官的视线，苦笑着自嘲道："你都听到了吧？这回算是深刻感受到这世上根本不存在没有烦恼的人了吧。"

吉尔莫副官换了个话题："刚才俄克拉何马Ⅱ区区划长跟我报

告,说威尔科克斯博士似乎自杀了。"

"威尔科克斯博士吗?"

这个名字无人不知无人不晓。威尔科克斯博士曾利用农作物基因重组技术实现粮食高产,并凭此水培法斩获了诺贝尔奖。这项技术,也在他的指导下被广泛运用于"诺亚方舟号"的宇宙农场上。

"为什么?"

吉尔莫副官摇了摇头。

"那……会对宇宙农场今后的生产造成影响吗?"

"这倒没大碍。农水厅的技术人员已经掌握了博士的技术。只是新研发的品种改良作业有些部分停滞了。"

"那博士自杀的原因是什么?"

"博士最近一直都没和周围的人说话,总是闷闷不乐的样子。就连区划长和他说话的时候,他都自顾自地嘀咕着'我们的选择可能错了'这类完全不着边际的话。他也没有留下遗书。他是将特殊的肥料制成溶液注射进身体自杀的。"

又一个自杀的人吗……艾迪森总统咬住嘴唇。自杀的事态在逐渐扩大……为什么他们如此轻易就舍弃生命?是神经变得不正常,还是乘上"诺亚方舟号"之后,心意有所改变了呢?

错误的选择……是指乘上宇宙飞船吗?

诺亚方舟上最辛苦的人就是自己了。为了不让人类灭亡,自己独自扛下了所有的责任。这些自杀的人居然能够如此轻易地抽身,还真够轻松的。

要是有人能代替自己的话,艾迪森真想马上从现在的身份中解放出来。但如果自己不坚持下去的话,就没有人可以做这些事了。没有人能理解自己的苦衷。

"总统?"

"什么?"

吉尔莫副官从正前方盯着艾迪森总统的脸,"要不要举行一次活动?"

"活动?什么活动?"

"让'诺亚方舟号'的乘客都团结一心的活动。刚才提到的加速空间拖船的分离和冲压发动机点火,我们可以把它们当作一场仪式来庆祝。要让所有人意识到,这之后我们便不可能回地球了,应该向新的希望前进。"

"庆典啊……仅凭一个庆典会有效吗?"

"我们可以把乘客集中到每个区域的集会场,转播这场庆典。当然,总统的演讲和冲压发动机的点火是重头戏。但就这么点儿内容,单调了些……"

"光凭这些,我觉得还无法一下子抓住人心。"

"是还差些意思。其实,我有一个比较私人的想法……"吉尔莫副官眼镜背后的眼珠此刻瞪得溜圆,"希望您能平静地听我说完。很抱歉,我听到刚才您和伯法警卫的谈话了。"

艾迪森总统有些悻然,真是哪壶不开提哪壶!

"令千金的孩子应该是出生在这艘飞船上的第一个孩子。您不觉得这个孩子象征着'诺亚方舟号'未来的希望吗?"

"我连男方的脸都没见过啊!"

吉尔莫副官重重地点着头,表示明白这一点,然后他继续说道:"但恕我多嘴,东西就该物尽其用,不是吗?整场庆典大致可以按照总统演讲、发布'诺亚方舟号'下一代诞生的消息、加速空间拖船的分离和冲压发动机点火这个顺序进行吧……要是再有个压轴的内容就好了。不,说不定这些内容作为一场活动来说,效果也足够了。"

总统思考着吉尔莫副官的话语,脑海里闪现了种种可能性。

"我担心这么做就结果而言会伤害娜塔莉。我这个做父亲的,连女儿生产这件事都要当作政治筹码,说不定到最后父女关系会彻底破裂,毫无回旋余地。"

"不过我觉得,如果就这样让令千金把孩子生下来的话,流言蜚语只会越传越失真,这样非但对令千金不利,对即将出生的孩子也不利。毕竟没有任何东西比不负责任的流言蜚语更能诱发可怕的后果了。"

吉尔莫副官说得一点儿也没错。现在,这些流言蜚语正不知道以什么形态在飞船里流传呢。所以,约翰·伯法才会为了说出真相来到这儿。

"恕我多嘴,总统,您要不要就这个问题和令千金好好进行一次父女间的对话?当然,我也无法保证这个活动的效果,所以我也会再考虑其他方法。"

"安德森船长有没有提过,距离冲压发动机点火还有多久?"

"好像还有七百个小时。七百个小时以后,需要尽快点火并提速到1G加速度。"

按地球时间计算,那还剩不到一个月。艾迪森总统心想,娜塔莉的预产期到底是哪一天呢?自从娜塔莉拒绝和自己说话,自己便下意识地开始用埋头工作的方法来逃避这个问题了吧。

和吉尔莫副官的对话到此告一段落。之后的细节都是由吉尔莫副官和几个相关负责人敲定。

艾迪森总统离开办公室后,径直走向电梯。他抵达了华盛顿 I 区总统家所在的楼层。正在看电脑的十岁长子西奥多看见父亲后,惊讶地站了起来:"爸爸,今天休息吗?"长子看到父亲后,一脸困惑。面对这个平常鲜有接触的人,他不知道该怎么做才好。

"不,我是在工作途中出来的。你有没有好好学习?"艾迪森总统握着儿子的手腕,轻轻抚摸他的脑袋。儿子没有回身抱住他,也没有拒绝他的轻抚,只是和他维持着一种似近非近的距离,"在学……刚才也在学来着。"

"是嘛。在这儿暂时上不了高中也上不了大学,必要的知识只能靠自己去学了。加油吧。"

"嗯。"

"你妈妈呢?"

正在这时,妻子多萝西穿着紧身衣裤,用毛巾擦着汗从房间里走了出来。她应该是在里面的房间跳健美操排汗。和其他乘客的居住空间相比,总统家每人占有的空间大了十多倍。

多萝西看到丈夫之后也难掩惊愕之情,"咦,弗雷迪!你都没事先联系我,吓了我一跳。怎么了,你人不舒服吗?"

艾迪森总统摇了摇头,"娜塔莉呢?在房间里吗?"

妻子深深叹了口气,说:"是的,一直躲在房间里不出来。吃的端进去她就吃一点儿,这还是因为之前告诉她如果不吃东西的话肚子里的小宝宝会撑不住。"

还躲在房里不出来啊……艾迪森总统也想叹气,不过他忍住了,"娜塔莉的身体怎么样了?医生有没有定期过来做检查?"

"嗯,刚才斯坦森医生来给娜塔莉检查过了,说大人和宝宝都很好。也就这种时候,娜塔莉脸上才有些许笑容。"

"是吗?"

女儿还露出了笑容……她一点儿都不后悔……

"斯坦森医生说宝宝是个男孩,男孩哦。他还说这是第一个出生在宇宙中的孩子。如果开始阵痛的话就得送去医疗室,生孩子的时候最好还是去无菌室。"

"那你有没有问预产期?"

"按照地球时间算,还有二十天左右吧。"

娜塔莉的预产期和吉尔莫副官所说的冲压发动机点火时间点在艾迪森总统脑内来回打转。

对,这不光是"诺亚方舟号"迎来的第一个宇宙宝宝,也是人类初次在宇宙中诞生的孩子。这么一想,艾迪森总统后背一颤。

"是吗……我想和娜塔莉聊聊。"

听到这话,多萝西不由得用双手捂住了嘴巴,"真是意外啊,弗雷迪。我还以为你一直在逃避娜塔莉的事。那时候我问娜塔莉孩子的父亲是谁,你就对娜塔莉露出了'这事真是耻辱'的眼神,你发现了吗?"

艾迪森总统根本没有意识到自己竟露出过那样的眼神。

比起这个,对于那个年轻人——好像是叫伊恩吧,为什么娜塔莉一直闭口不谈呢?

不,如果自己知道了这个年轻人的话,会让他坐上"诺亚方舟号"吗?

不,应该不会让他上船的。当时"诺亚方舟号"的信息管控做得非常严格,不会泄露给任何人,包括自己的叔父和多萝西年迈的母亲都不知情。所以根本不可能让这个年轻人坐上"诺亚方舟号"。

艾迪森总统咽了口口水。

这些事情娜塔莉都清楚,所以娜塔莉才不愿意告诉自己详情。

那时候自己担心机密泄露变得十分敏感，简直有些歇斯底里，其他事完全听不进去，家人的事也无暇顾及。娜塔莉自然是知道，和这样的父亲说什么都没有用。

多萝西来到娜塔莉房间门口，对她说道："娜塔莉，能不能开一下门？你爸爸想和你聊聊。"

艾迪森总统预感着女儿或许不会开门。几个月前见到娜塔莉的时候，她就已经不理自己了。

"我不进去，就你和你爸爸两人聊聊。"多萝西边说边看了丈夫一眼。就在她耸了耸肩的时候，门打开了。艾迪森总统朝多萝西点了点头，径直走进了房间，同时关上了房门。

娜塔莉面朝墙壁，背对着房门坐在床上。艾迪森总统马上就明白过来，虽然女儿替自己开了门，但并不代表她已经对自己敞开了心扉。

"好久不见，娜塔莉。"艾迪森总统在开口的同时，发现自己的声音谄媚得让人惊讶。

娜塔莉没有任何回应。女儿并没有对父亲敞开心扉。不，女儿还没有原谅父亲……

"听说你身体还好，我就放心了。"

娜塔莉稍许侧了下身子，左手支撑着床。父亲看到了女儿那隆起的肚子。女儿纤瘦的身体只有肚子那处像是被异物附身了似的胀得像一颗气球。

女儿依旧没有任何回应。她似乎在盯着墙壁那头某些看不到的东西。

"我坐下了啊。"父亲在沙发上坐下来。毕竟接下来要说的话，站着可没法儿好好说。究竟要怎样才能打开女儿的心扉，他一点儿把握都没有。

父亲有些茫然，便将屋内打量了一番：房间里看不到什么家具。床边上有两本书。墙壁上贴着几张乐谱。除此之外就没什么了。只有房间角落里放着一个复合式衣柜梳妆台一样的白色柜子。

父亲的视线重新回到了女儿身上。

父亲从她左手手指上看到了一个没见过的东西。他意识到这是个戒指，一个奇特的戒指。它散发着淡淡的光芒，乍一看是红色的，慢慢又变成橙色，然后是黄色。

好像也不是宝石。

戒指里头应该有个装置，使它变换着颜色发出光芒，像是孩子的玩具。

为什么要戴这样的戒指？是谁送给娜塔莉的吧。她的对象……好像是叫伊恩·亚当斯。这个戒指应该是他送给女儿的礼物吧。

父亲开口道："刚才我和约翰·伯法聊过了。"

父亲很清楚地看见，娜塔莉身体颤动了一下，但她依旧一言不发。

"约翰·伯法看起来过得不错，现在在做警卫。制服很适合他。

你应该也还记得他吧?"

女儿依旧没有任何回应,但这次她的头低了下去,似乎回忆起了什么。

"我听约翰说了。"父亲率先提起这个话题,"他把伊恩·亚当斯这个年轻人的事告诉了我。虽然你从来没和我提起过这个小伙子,但他人还不错嘛。你之前和他走得很近吧?"

低着头的女儿,肩膀略微颤动了一下,接着颤动逐渐强烈了起来。

"爸爸什么都不知道,所以也在反省自己。我真是一个不称职的父亲。应该多关心子女的想法才对。"

此时,出现了意想不到的变化——娜塔莉回头了。她右手保护着隆起的肚子,咬着下嘴唇,从正面凝视着父亲的脸。娜塔莉的脸上挂着几行泪花。时隔数月,父亲再次见到了女儿的脸。他震惊了。这算是有精神吗?脸色惨白,颧骨突出。父亲不得不继续说道:"我现在打从心底里想见见这个伊恩·亚当斯。约翰也说,他是真心爱着你的。"虽然原话并非如此,但父亲总归要说点儿什么,将对话进行下去,"你就放下心来,生一个健康的宝宝吧!诺亚方舟的所有人都会祝福你和宝宝的。要是早点儿知道这事,要是早点儿知道的话……就能让他也登船了。我现在真的很后悔。"

"那爸爸……"

"怎么,娜塔莉?"

"是我错怪你了吗？要是更早和你商量的话，伊恩说不定也能坐上'诺亚方舟号'了吗？"

这恐怕是不行的，但看现在这个形势，可不能这么回答。

"至少我会想办法。虽然我不能保证一定让他坐上'诺亚方舟号'，但至少我会和你一起努力。你也不需要这么自责，错在我，都怪我，一直摆出一副无法令女儿敞开心扉的姿态来。"

娜塔莉原本上扬的眼睛，渐渐放松了下来。她体内的某种东西似乎正在软化。

"让你产生误会的人是我，原谅我吧。"

"爸爸也会祝福我生下伊恩的孩子吗？"

"当然会祝福你了。不光是我，还有'诺亚方舟号'的全体乘员都会祝福你的。虽然不能拯救伊恩·亚当斯，但我想让大家都知道，这个孩子的父亲是个怎样的人。娜塔莉觉得可以吗？要说我现在能做的事，似乎也就只有这个了吧。"

娜塔莉同意了。对知道这事的多萝西而言，这个巨大的变化简直是个奇迹。

这之后不到四十小时，娜塔莉就生产了。阵痛开始后，她马上被送去了医疗室，两小时后，她成了母亲。

很快，艾迪森总统去看望了娜塔莉母子。在无菌室见到的这第一个外孙让他非常震惊。无论是娜塔莉也好还是西奥多也罢，自己都没见证他们的出生。他第一次知道,原来刚出生的宝宝是这个状态:说不上来像谁,就像是一个不是人类的生物慢慢变成人类似的……

娜塔莉笑容满面地将宝宝抱给父亲。父亲不敢多抱宝宝一会儿,他生怕自己会失手伤到宝宝。看着宝宝皱巴巴的小脸蛋,让人有种突然看到了伊恩·亚当斯这个小伙子的错觉。

父亲祝福了女儿几句,马上回到了办公室。他还要在这里和吉尔莫副官开会。

父亲已经变回了艾迪森总统。

"区划长们提出了动议。"吉尔莫面无表情地汇报着。

"动议?"

这是"诺亚方舟号"开始宇宙航行以来的初次动议。

"差不多半数的区划长提出了动议,要求在冲压发动机点火前召开一次会议。"

"是格雷厄姆·兰伯特搞的鬼吗……"

根本不用听具体内容,就知道是兰伯特一派的区划长们遵照格雷厄姆·兰伯特的想法行动了。

吉尔莫并没有回答这个问题,毕竟他不能凭借自己的臆测去回答。

"他们是要讨论要不要回地球吧?"

吉尔莫点了点头,"这次会议将在冲压发动机点火仪式二十四小时前召开。"

艾迪森总统一下子就猜到了这次会议的流程。一半以上的区划长加入了兰伯特一派，即便是他的一些心腹，也因为怀疑能否在这样的环境里生活下去，从而萌生了离开地球是否正确的疑问。没有人能精确预测地球到底什么时候才会被太阳的火焰吞噬。即便所有的数据都指出有这个可能性，但现实是，地球目前还正常运转着。

就连艾迪森总统都觉得，要不是受立场限制——如果他是作为乘客登上"诺亚方舟号"，说不定也会迫切希望回到地球。

"他们是想让至今为止的努力都化为泡影吗？"艾迪森总统叹了口气，低声说道。

"那之后我也就仪式效果的问题思考了不少。"吉尔莫副官展开了一个手提箱大小的薄薄的装置。

"那是什么？"

按下按钮后，装置上出现了一个画面。这是某个角度的宇宙，没有任何变化，摄像头不知道是朝向了哪个星系。视频里，是无数芝麻粒般大小的星星。

"这是？"

"这是装在'诺亚方舟号'外部观测拱顶上的观测用监视摄像头传来的视频。"吉尔莫一边说着，一边触碰了一下装置，但视频并没有任何变化，"我快进了三个小时……从这里开始。"吉尔莫用手指向图像中的一部分,"您仔细看。"

发着白光的星星所散发出来的光芒在迅速增加。之前还是点状的光芒,此刻变成了红色,看上去正在向四周扩散。虽说是向四周扩散,但如果不仔细看的话,也注意不到这个状态。

"不会吧?"

"对,这个光度的变化正是太阳耀斑膨胀的状态。"

"地球已经毁灭了吗?"

"总统您还不明白吗?"

"什么?"

吉尔莫副官表情毫无变化地点着头,"这个手法就和总统暗杀事件一样。"

艾迪森总统眨了几下眼,"你说这个视频是伪造的?"

"正是如此。这是对最新的视频加工编辑后的视频。是我找信得过的情报团队的熟人做的。您要是同意的话,我就会将这个视频作为转播视频在飞船内播放。至于要用怎样的形式去传播,希望您能全权交给我负责。"艾迪森总统很清楚吉尔莫的目的,这个目的也令他很错愕。

"这段假视频不会被人识破吧?三万名乘客,藏龙卧虎,说不定有些人能一眼就发现它是个假视频吧?"

"制作这段视频的人,是行业内的个中翘楚。这段视频,就算是懂行的人也不容易看破。"

艾迪森总统终于明白过来，为什么吉尔莫副官在汇报区划长们提出动议时，表情毫无波澜。

既然吉尔莫副官希望自己把这件事全权交给他处理，那证明他一定计划得十分完美了。

吉尔莫副官关掉视频，若无其事地关上了这个手提箱大小的装置。

艾迪森总统目送着吉尔莫副官离开办公室，突然想到，为了达成目的，不知道还要再经历多少个这种考验技术的试炼……

飞船内的全部显示屏都播放了这段静止的宇宙视频。所有人都被这段毫无变化的视频所吸引，一动不动。

这时，播放中断了，广播播出紧急通知："由于观测到太阳系的特殊变化，暂停正常直播，接下去切换为来自船外观测用监控摄像头的视频。"广播没有详细解释，但"诺亚方舟号"里的所有人都明白这段话的意思。

艾迪森总统在飞船里走过，看到显示屏前的人们都停下了手里的工作，显得很不安。

"终于到时候了吗？"

"不知道啊。之前都没发生过这种事，说不定真的是时候了吧。"

"这不是没有任何变化吗？"

人们说着各自的想法，丝毫没有注意到从他们身后经过的总统。

"这是宇宙规模的现象。一发现征兆我们就转播了,总不能这么巧,才刚开始转播就一下子看到爆炸吧?到底是会慢慢爆炸,还是突然爆炸;会一瞬间结束,还是会半永久地持续下去,诸如此类的事我们什么都不知道。"

不知道是谁有些得意地这么说道。但没有任何人指出这个视频是假的。

"哪个是地球?我们曾居住的星球在哪儿?"

图像里只能看到无数白点,无数不怎么闪烁的白点。

"时不时出现的那个白色圆圈围着的星系,应该就是太阳系了吧。白色的都是恒星,地球没在视频里。"说明的那个男子声音十分冷淡。

吉尔莫副官究竟让哪些人知道了这个视频是假的呢?宣传厅的技术层人员也知道真相吗?不,如果是这样的话,风险太大了。

回到办公室后,总统马上收到了妻子多萝西的电话。

"现在放的宇宙视频是怎么回事?"多萝西很不安,"终于要开始了吗,地球……太阳……"

"是的。"总统简短地答道。

"你能回来吗?娜塔莉她不太好,一直哭哭啼啼的……我一点儿办法都没有。"

总统很想叹气。他明白娜塔莉为什么会如此激动。在娜塔莉眼里，留在地球上的伊恩·亚当斯此刻正在遭遇悲惨的灾难。但他就算去看望娜塔莉了，也不能为她做任何事。

"我也很想回去，但这里要做的工作还堆积如山。娜塔莉的话，给她用一点儿镇静剂吧。我会尽早回去的，抱歉。"

这会儿他完全没有心情和家人团聚。其他人倒还好，但若是自己的家人，特别是和自己一起生活了这么多年的多萝西，很可能会识破自己的谎言。即便自己努力保持平常心，多萝西恐怕也会从自己不经意的举止里发现些端倪。

艾迪森总统靠在办公室的沙发上，重重地叹了口气。办公室的巨型显示屏上也播放着捏造的视频。画面下还播放着字幕，大意是说观测到了太阳系的急剧变化，故切换为太阳系方向的视频。画面左下方还有播报员和科学家在进行对话，但由于声音被关掉了，也不知道他们在说什么。

此时，就像吉尔莫副官先前给自己看的那样，画面上的光芒出现了变化。艾迪森总统急忙调高了音量，听天文学家撒奥瑟博士讲话。

"刚才的光芒看上去在慢慢膨胀，应该是太阳红色的火焰在扩大。我们可以这样认为，这个火焰能在一瞬间吞噬地球。"博士淡定地解说着。听着博士解说的女播报员虽然努力伪装平静，但还是用有些尖锐的声音不停吸着鼻涕。

"也就是说，留在地球上的人现在已经全部牺牲了吗？"

"是的。虽然光线会有一定的时差,但基本上可以认定是同时发生的。"

此时,吉尔莫副官进入了办公室。"您看了吗?"他对总统说,"秘书室的人都忍不住啜泣了。我觉得很完美。"吉尔莫脸上露出了百年难得一见的笑容。在总统看来,这个笑容带着些戏谑。

"到底有几个人知道事情的真相?我不觉得这个播报员的哭泣是演戏。"

"请慎言,总统。如果可以的话,我本来也想瞒着您,当作是我独自决定这么做的……"

原来如此——艾迪森总统想,吉尔莫为了保护我,要做到这个地步吗?

"正如您所说,总统。撒奥瑟博士也好,播报员也罢,他们都不知道事情的真相。情报团队将假的特殊变化数据发送到观测装置,飞船外部观测设备中的视频也暂时被调换过了。所以宣传厅上至高层下至技术人员,没有人想象得到事实真相。而且已经有几名区划长联系我,说想撤销动议了。这之中也有兰伯特一派的区划长。所以实际上,要求召开临时会议的想法早晚都会失去它的意义。"

艾迪森总统觉得这是一场完美的表演。这样一来,对所有乘客来说,冲压发动机的点火仪式就充满了意义。除了朝目的地前进以外,已经别无选择了。

"然后还有这个。"吉尔莫说着,公事公办地将仪式上总统演讲的草稿递给了总统,"您先看看,有必要修改的地方您就画个勾。"

三十分钟后,飞船里播放的"来自宇宙空间的转播"结束了,按照预定播放起了原来的节目。

这时,总统接到了多萝西的电话。说娜塔莉吃了药睡下了。妻子最后补充道:"弗雷迪,你的判断果然没有错。作为你的妻子,我从来没有如此引以为傲过。毕竟,你阻止了人类的彻底灭亡。"

反过来说,多萝西之前其实一直对总统的判断有着一丝怀疑。听了妻子这番话,总统只回了一句"谢谢"。

接下来是来自格雷厄姆·兰伯特本人的电话。他的声音中,少了些之前的生气,"弗雷迪,我一直在看转播。没有放过一个画面。看的时候,我内心深处一直在呐喊:'根本不可能发生这样的事,这都是假的!'

"虽然我也曾犹豫过,但还好最终听了你的意见。我之前可能给你添了很多麻烦,所以还是想跟你好好道个歉。在这样的环境下,不能自如行动,只能整天整天地胡思乱想,甚至产生消极的想法。希望你能原谅我。

"不过,现在亲眼看到这段视频,还是觉得有些凄凉,总觉得心里空荡荡的,好像吹进了一阵刺骨的北风似的。你应该也明白我的这种感受吧?"

格雷厄姆·兰伯特在说话的时候,艾迪森总统始终用"是吗""我也是这么想的"这类不痛不痒的话回应着他。

这个失去了地球母亲的男人,已经与先前判若两人,不停地唠叨着。

在庆典之前,娜塔莉生育男宝宝的特别节目在飞船里播放了。屏幕上播放着娜塔莉在医疗室笑着给新生儿喂奶的场景,一旁还有"庆祝'诺亚方舟号'新生代诞生"的旁白。艾迪森总统、多萝西、娜塔莉、西奥多以及吉尔莫副官一同在演播厅的休息室观看了这个节目。

娜塔莉再也不阴郁了。她给宝宝起名为伊恩二世,并将他紧紧抱在胸前,嘴角展露着要好好将宝宝抚养成人的意志和决心。

节目还介绍了娜塔莉的少女时代,之后接着介绍了孩子的父亲伊恩·亚当斯。

画面上播放着娜塔莉珍藏的照片,那是在罪恶之丘的私宅院子里拍的。这些照片艾迪森总统第一次看到。照片中的男子体型瘦削,显得有些敏感,但眼镜后的大眼珠透露着智慧的光芒。

看上去是个认真的人——这点艾迪森总统一看就发现了。显然,他和如今那些奔放不羁的年轻人完全不一样。这些照片里,有伊恩抱着胳膊站着的模样,也有他脸颊里塞满曲奇的滑稽模样,还有他坐在草地上的模样。

艾迪森总统在边上偷偷看着娜塔莉,娜塔莉带着笑容的脸上,落下了眼泪。

节目里讲述着伊恩·亚当斯出生在一个经营律师事务所的家庭，是一个足以跳级进入麻省理工的天才少年，他还被塑造成了从小就和娜塔莉定下终生的人。旁白解释说，他因为遭遇了其他不幸的事，才没来得及登上"诺亚方舟号"。当然，也介绍了艾迪森家和亚当斯家之间的来往，艾迪森总统把伊恩·亚当斯当作自己的儿子一般疼爱。

后半段视频则是艾迪森总统也不知道的事实，这段被"创作"出来的伊恩和娜塔莉的故事有一个悲伤的离别，这深深撼动了所有乘客的心。

艾迪森总统担心的是娜塔莉会怎样看待这段播出的视频，他看了看女儿，但娜塔莉的脸色并没有什么变化。

"你知道那段旁白是谁写的吗？"艾迪森总统假装是要讨论演讲稿，询问吉尔莫副官。

"专业的节目编辑写的。"

"根据交给他们的资料吗？"

"是的，令千金把所有的资料都给了他们。这是从娜塔莉小姐那里得知的全部信息。怎么了？"

"没事了。"

就这样，小伊恩作为"诺亚方舟号"第一个出生的孩子，接受了全部乘客的祝福。

很快，宣传厅就收到了这个节目的反馈。所有乘客被打动的程度全用数值反映出来了。百分之九十的乘客都表示"很满意",大部分还附上了"打从心底里祝福他们母子"的评论。

事情正如吉尔莫副官所料。

有关这个节目的内容,娜塔莉今后不会再提起,当然,艾迪森总统也绝不会再提起。

节目结束半小时后,便开始转播冲压发动机的点火仪式。艾迪森总统穿着藏青色的西装走上美国国旗前的演讲台。他穿着白色衬衫,打着蓝色领带,力求给人一种精致的印象。而演讲台后面,站着多萝西夫人、抱着婴儿的娜塔莉和西奥多。

艾迪森总统满脸能引起人好感的笑容,用明朗的语气讲述自己有多么荣幸,能用这样一个仪式来迎接象征着迈向新天地的冲压发动机点火的时刻。同时,还传达了为了不让留在地球上的人白白牺牲,剩下的人一定要珍重生命好好活着的主旨。

在流畅演讲的同时,艾迪森总统有一种尽职完成了自己工作的充实感。此刻的自己,正带领着全人类,给予着全人类希望。如此一来,"诺亚方舟号"上的乘客就能团结一心了。每一名乘客都产生了自己是幸存者的自我认知——艾迪森总统如此希望着,也如此感受到了。

结束演讲后,艾迪森总统来到了边上早已做好准备的机房。机房里有冲压发动机点火板,所有的厅长官和区划长都聚集于此。

读秒之后,发动机厅长官亲自分离加速空间拖船。待确认空间拖船已彻底脱离后，艾迪森总统亲手为恒星际冲压发动机点火。机房内响起了雷鸣般的掌声。

吉尔莫副官在办公室里报告："自杀的人骤减了。"

"是冲压发动机点火之后的事吧？"

"是的。现在区划长们最多的要求就是改善乘客的生活项目。大概是希望增加日常生活的行动选项吧。"

这个要求表明所有乘客的思想正在变得积极。现在艾迪森总统能做的，就是要推行一些措施，使乘客在"诺亚方舟号"有限的环境内，尽可能过上满意的生活。因为现在，"诺亚方舟号"的全体乘客正展望着未来。

听着各厅报告上来的待解决事项，艾迪森总统终于能发挥自己原本的能力，迅速果断地下达决断了。这些决断都有助于改善"诺亚方舟号"飞船内的生活。但随着一个个决断的下达，艾迪森总统内心深处也感受到了一丝丝荒凉。他知道这丝荒凉是什么：自己和吉尔莫在地球上欺骗了全人类，在"诺亚方舟号"上又欺骗了全部乘客——只是为了维护稳定。

真相究竟为何？

能让所有人都觉得满意的信息，不就是真相吗？

即便艾迪森总统首肯了吉尔莫副官的这般说明，他内心深处也始终无法释怀。

大约在地球时间两年之后。

小伊恩已经可以独立行走了。不知道是人工重力的关系，还是身处宇宙空间的关系，他比普通小孩发育得更快些。

或许是娜塔莉的临盆成了一个契机，那之后"诺亚方舟号"上接二连三有孕妇临产。几十年后"诺亚方舟号"内的人口应该会持续增长。

为了让后人学习维持世代飞船所需的知识和必须传承下去的地球历史，需要建立一套完善的系统——这成了艾迪森总统最近的工作重点。教育厅应该已经行动起来，得到各厅的协助开始制作课程了。

平日里，和小伊恩一起度过闲暇时光成了艾迪森总统独一无二的乐趣。出乎意料地，小伊恩格外依赖艾迪森总统。虽然他暂时还不会说话，但他总是对艾迪森总统笑。这么可爱的外孙，艾迪森总统自然是宝贝得不得了。

但是，他内心的某个角落还记挂着一件事，无法对外人言喻的一件事。

如今，"诺亚方舟号"中仅有一人，仍对自己过去的选择有所怀疑。

就在此时，总统收到了吉尔莫副官的紧急电话。

"有一件很紧急的事，能否请您移步办公室？"

艾迪森总统进入办公室后，发现吉尔莫副官边上还站着一个戴着眼镜、头发稀疏、歪着嘴的中等身材的男人。他站直挺了挺胸，向总统表示了敬意。

"怎么了？"艾迪森总统如此问道。

于是吉尔莫副官介绍了身边的男子："这是我之前和您提过的情报团队的主管杰克·金恩。这个消息是他带来的，我希望总统也能知道这件事。"

"什么事？"

金恩将之前总统见过的手提箱大小的装置打开："这是大概四十分钟前观测到的内容。"

这是宇宙的视频，和之前播放给全体乘客观看的大同小异。

"这该不会是……地球？"

"是的。就是刚才的地球。当然，他们发现征兆的时候就马上把数据删除了。"

毫无变化的视频持续了一会儿。接着，画面一处渐渐开始泛白，白光逐渐扩大。

"这个是什么？这是……太阳吗？"

"是的。"这景象比按照吉尔莫副官要求制作的假视频规模更大。

"地球现在确实是灭亡了。"膨胀了的白光，一直散发着残光。

"我可以关闭了吧？"

艾迪森总统一言不发，只是点了点头。

吉尔莫副官首肯后，男子迅速将装置收了起来。

"总统您的判断果然是正确的。您就是人类的救世主。"

在处于放空状态的艾迪森总统眼里，此刻的吉尔莫副官就像一个恶魔，在自己耳边低语。副官和男子离开办公室后，办公室里只剩下总统一人。艾迪森总统孤独地呜咽了起来。

失去故乡的悲凉和未能拯救数十亿人生命的罪恶感，以及只能独自品尝这份悲凉的孤独感占据了他的全身。

与此同时，他意识到，长据心中的那片混沌之地渐渐澄澈起来，这让他产生了难以言表的自我厌恶感。

艾迪森总统突然抬起头来。

眼前是刚才显示屏上展现的在整个宇宙中闪耀着的光芒。

艾迪森总统记起来了，小时候自己曾在加利福尼亚的夜空中看到过。

许愿星。

对，他意识到，这光芒和那时的许愿星散发出来的光芒一模一样。

安乐剂

人口消失了七成的地球上,社会机能一如往常地运转着。不过,一上街就能发现,冷清的商业街上八成店铺都关紧了卷帘门。这些门窗紧闭的店铺,店主基本都选择了"跳跃";也有些店主是为了在地球有限的寿命里有效利用最后的时间而选择了关店;还有些店铺销售的是有人口基础才能盈利的奢侈品,因此也关店了。幸好,日常生活用品靠剩下的两成店铺营业就能满足供应。

在七成的人类逃离地球后,虽然太阳耀斑膨胀倾向更明显了,但时至今日,地球依然安然无恙。只不过,如今社会机能一周只运转四天。剩余三天,整个社会都会停止运转。

森田妙背着双肩运动包奔跑在商店街上。她怕是要迟到了。

穿过商业街就是县道了，那里停着一辆微型巴士。巴士前聚集着七八个年龄各异的男女。他们有的在舒展身体，有的热衷于闲聊，显得非常悠闲。其中一人便是长岭谦治。

阿妙平复了一下急促的呼吸，心想，早知道就不要这么急着跑过来了。

谦治看到了飞奔过来的阿妙，开心地挥了挥手。

这些人中，谦治是最年轻的。听说谦治全家甚至他的双亲都不相信会发生太阳耀斑膨胀，所以，谦治也一起留在了地球上。

"因地球燃烧而死掉与遇到交通事故死掉也没什么区别。留在地球上的人全逃不过的话，那也没办法呀。"谦治和阿妙相识之初，曾对阿妙说过这番话。

选择留在地球上的人当中，有半数以上都是老年人。像阿妙和谦治这种年纪轻轻却选择留在地球上的人，就和珍稀动物一样。阿妙没有其他亲人，所以怎么也不想离开地球去那些莫名其妙的地方。同时，出于对职业的责任心，她也做不到离开岗位。

传送计划开始后，同事都接二连三地离开了，连医生也是如此——阿妙是市民医院的护士。

传送计划进行的时候，社会一度陷入了恐慌。小镇医院院长们的离开导致转院申请暴增，但能收容病人的设施数量有限，没法儿满足所有申请，只能尽可能地接收病人。而这些病人，只由有限的医护人员进行看护。

说实话，阿妙根本没有那么多闲暇去考虑要不要逃离地球；同时，她也做不出那种抛弃病人的毫无责任心的事。

这些病人中，还有家人全部选择"跳跃"而被独自留下的孤寡老人。阿妙完全无法理解那些家人的行径，只觉得他们肯定哪里出了问题。

有段时间，阿妙一直忙得要死。值班强度非常大。就在如此忙碌的时候，阿妙努力地完成着自己的使命，根本无暇考虑那些有的没的。

不过，即便如此，阿妙有时候也会忽然想到那些没有被市民医院接收，还在外面等待救治的病人。一想到他们渺茫的未来，阿妙胸口就不由得一阵疼痛。

如今，留在地球上的人都获得了一种药剂，每个人三片。

虽然不知道这种药片的成分，但它可以使人在一瞬间毫无痛苦地死去。这种药的名字叫"赫尔基辛"，人们称之为"安乐剂"。

人们不知地球会在什么时候以怎样的状况迎来末日。或许是从气温逐渐上升到难以忍受的地步开始，也可能是骤然间被红莲般的烈火啃食净尽。无论是哪种情况，是否服用安乐剂均出于个人的判断。据说一粒安乐剂就能发挥作用，但不知为何，政府给每个人都发放了三粒。

不过，也确实听说只要吃了这个药，就能感受到无与伦比的快感。虽然不知道这个传言的真假，但自从政府发放了这种红色药片，阿妙的工作竟神奇地恢复了稳定。因为那些目送了家人离开地球，几乎没什么希望恢复的老人们，偷偷服用起了安乐剂。这个安乐剂有一种非常流行的使用方式——大家如同集体发了癔症一般在医院里服用。服用安乐剂死去的人们，脸上露出幸福的微笑。传言在医院里不胫而走后，甚至一晚上出现了五十多名安乐剂服用者。不过那些虽然活着但行动不便的老人们都被留了下来，因为他们无一例外都是大脑老化，患阿尔茨海默病的高风险人群。他们无法自行做出判断，服用安乐剂。

与传送计划开始前相比，阿妙在医院的工作可谓轻松了不少——住院病患一下子减少了。因此，虽说上班时间有些不规律，但一周工作三十五个小时就够了。

整个社会状况变成这样以后，阿妙身上发生了一件神奇的事情：她开始和长岭谦治交往了。谦治是阿妙读高二时的学长，但她当时并没有和谦治说过话。

谦治不光是聪明帅气，运动也样样精通。不仅如此，据说性格也很好。阿妙的朋友们个个都痴迷于他。谦治简直就是学校的明星。所以阿妙一直觉得谦治是处在另一个世界、无法靠近的存在，要和他说话简直都是白日做梦。阿妙也曾想过，如果自己日后踏上社会要和男性交往的话，就要找一个像谦治那样的男朋友。

奇迹发生了，还是那种没有发生巨大社会变动就绝对不会发生的奇迹。

某天晚班结束后，阿妙拖着昏昏沉沉的脑子正准备回自己的公寓。马路对面突然飞驰过一辆摩托车。这时刚好是原来上下班的时间，若是在以前，这条有市内电车的道路上来来往往都是车，但如今行驶在这条路上的车寥寥无几，也几乎不存在堵车的情况。所以，就算阿妙脑子有些昏沉，她仍然注意到了马路对面飞驰的摩托。

那辆车拐过"U"形弯后横穿过马路朝阿妙开了过来。阿妙根本没想过这辆车会和自己有什么关系。因此，当摩托在她面前停下的时候，她还以为对方要问路。

"我记得你以前是西北高中的学生吧？没去传送吗？"

阿妙有些惊讶，对方好像是高中校友，"呃……是的。"

听到阿妙的回答，骑摩托的青年脱下头盔，"我也是西北高中毕业的。我对你有印象。"

阿妙看到头盔下男子的脸，惊得目瞪口呆——这人是高中时代根本没机会说话、只能暗自崇拜的长岭谦治。

"你是……长岭学长吧？"

阿妙如此回答之后，反倒是谦治脸上露出了惊讶的表情，"你知道我的名字？"

阿妙的睡意一瞬间烟消云散，她甚至感觉到手掌心里出了些许汗。

阿妙拼命从喉咙里挤出声音回答道："我知道。读高中那会儿学长很有名。大家都说你聪明帅气。"

阿妙这么一说,谦治就害羞地笑了。他耸了耸肩,说:"我就是刚才开过来的一瞬间想起来我们好像是同一所高中的。"

谦治居然还记得自己的样子,自己明明没和他说过话。对阿妙而言,这是第一个奇迹。

阿妙激动得只一个劲儿地点头。

谦治紧接着问道:"你这是要去工作吗?"

"没有,我刚上完夜班,正要回家。"

"哦,这样啊。我刚去给住在健军的姑妈家送了蔬菜回来。我姑妈身体不太好,所以我偶尔会给她送点儿自家种的蔬菜过去。"谦治爽朗地说,"你现在应该有时间?我们找个地方聊会儿天吧。身边的朋友们都离开了,搞得我有点儿忧伤。能够遇到同一个高中的人,我现在超级开心。"

阿妙并没有异议,"但是……学长,你方便吗?"

谦治用力点了点头。

之后,谦治让阿妙坐到后座上,将摩托车开到了江津湖畔。两个人坐在朝雾弥漫的江津湖畔的长椅上聊起天来。这对阿妙来说是做梦都没想到的。她一边和谦治聊着天,一边后悔起自己没穿一件更好看的衣服也没化妆。她甚至还穿着牛仔裤和长袖运动衫,跟个男人似的。

但谦治似乎毫不介意这些,一直满脸笑容地和阿妙说话,似乎非常渴望和同龄人多聊聊天。虽然阿妙也努力想多说上两句,但内心的激动和紧张使她说不出一句合适的话来,这令她非常懊恼。

"那我和你只在同一所高中一起待了一年时间喽？不过我记得你。因为你长得很可爱,所以我印象还蛮深的。"谦治天真地说着。阿妙光是听到这话就心脏怦怦跳,她知道自己此时已经满脸通红了。

"学长,你去读大学了吗？"阿妙终于问出了一句话。

谦治点点头,说:"大学毕业工作第二年的时候就因传送计划出现了社会恐慌。当时我在东京的音乐工作室实习,好不容易负责了几个音乐人,当时刚开始准备他们的演唱会。结果我负责的那几个音乐人也'跳跃'了。后来这个行业没落,公司最后也开不下去破产了。家里人让我回来,我就回来了。我家里人都不想去那种不明不白的星球。我现在在帮我爸干农活。其实这样的日子也不错。每天都可以吃到好吃的菜,也不需要为人际关系犯愁。其实去东京工作之前,我根本想象不到自己有一天会回来干农活。我那时候还觉得家里的农业也就传到我父亲这一辈了,没想到回来帮忙之后,才发现其实农活还挺深奥、挺有意思的。"

谦治畅快地笑着,露出了他洁白的牙齿。这么说来,阿妙倒是发现他比高中那会儿更黑了,也显得更有男子气概了。

"我爸其实根本就不相信地球会毁灭。他说:'地球存在了上千上万年,时至今日,怎么可能燃烧毁灭呢？大家肯定是被人给骗了。这事儿多想想就会明白了。'"谦治故意学着父亲的口吻说道。

"你爸爸看了新闻和报纸之后也这么说吗？"阿妙如此问道。

谦治耸了耸肩苦笑着回答："我爸是个很简单的人，不看新闻、不读报纸。"

谦治说着就高声笑了起来。阿妙也被带笑了。

"你不介意的话，我们偶尔见见面，聊聊闲天吧。"两人分别之际，谦治对阿妙提议道。阿妙自然是欣然同意。

之后阿妙每周都会和谦治见一两次面。这对阿妙来说，是最美妙的时光，因为她能和高中时代就非常崇拜的人定期见面，享受着没有任何人打扰的二人世界。

谦治从事着可谓是家业的农业，还当着地方上的志愿者。

传送计划开始后，有不少住宅变成无主的空房，仍然留在地球的人住宅便分散开来。其中年轻力壮的人情况倒还好，但独居老人和因为疾病等原因无法"跳跃"的人，就需要志愿者将其集中到一个地方进行照顾。虽说有不少独居老人服用了安乐剂，但还是有些人即使行动不便也想活下去。志愿者要说服他们住到同一片区域。

成为志愿者后，谦治干得非常卖力。他是从招贴单上得知志愿者团队的存在的，招贴单上留了邮箱。

"之后我在网上报了名。领头的是个叫苇原的人，他曾在草千里传送设施工作过，还算年轻……现在差不多四十岁吧，人挺好的。"

能让人活下去的基础物流系统还运转着。曾经有段时间因为传送计划的影响发生过严重的通货膨胀，但很快就平息了，物价维持在能让留下来的人活下去的水平。人们使用以前的技术将人口维持在较少的数量，因此发生了通货紧缩。当然，也是因为大家都有着不想给从事生产，留在地球上的同伴添麻烦的这种骄傲和坚持。

留下来的这些人们，其劳动的意义也发生了变化。组织追求的不再是利益，而是自己的行为能在有限的时间里给别人带来多大的帮助。以往有很多企业都标榜自己是为了地区的人民，其真实性有待商榷。而至少现在，在这时代，劳动的目的确实就是为了地区人民了。

因此，不管盈利与否，最基础的物流功能也还在运转，以维持物价。人们也不再有那些将资源存下来留给后代的意识了。那些空房里留下了不少能使用的必需消耗品。在传送初期，选择"跳跃"的人都依法将自己的不动产和动产等所有物办理了所有权转移手续，才踏上旅途。而到了传送计划的尾声，人们都抱头鼠窜一般急急忙忙地从将沉之船上离去，因此不少消耗品都成了无主的状态。也不知道是谁，在那些无人居住的空屋门口，用黄色油漆画了一个圆圈，倒是显眼。

当然，把家具从空房子里搬走，在这个时代是种犯罪，不过目前也没有人去追究这些了，因为大家达成了一个共识：留在地球上的人可以自由使用留在地球上的物资。

在阿妙的休息日,有时谦治会说带阿妙去参加志愿者活动,然后来接她。这时候谦治总是会开奔驰车来。第一次看到阿妙惊讶的模样,谦治若无其事地说:"这辆奔驰已经是辆无主车了。车子要是停着不开的话会坏掉的。涂漆会老化,电池也会损耗。时不时拿出来开开也是为了车好。"接着,谦治将阿妙带到了志愿者活动的地方,把她介绍给了苇原。苇原他们改造了一处市中心大楼,将其改建为专门供老年人和行动不便的人共同生活的设施。之前的民营养老院大都分散在各地,将人们集中到一起是为了更好地照顾他们。

谦治要做的事,就是根据苇原提供的地图,将愿意住到共同生活设施的老人们接过去。为此,谦治才来寻求阿妙的帮助。阿妙这才知道,谦治每次来接自己的时候要开奔驰,并非是因为想开豪车,而是看中了奔驰车的舒适性。谦治是想让老人们坐得舒服一点儿。而谦治选择向阿妙寻求帮助,也是看中了她作为护士的看护技术。

"说实话,要照顾那些行动不便的老年人,我还是有些怕怕的。我都不知道要怎么着力去扶他们。虽然他们看着都不重,但我怕一不小心就把他们弄伤了。"谦治诉说着自己真实的想法。

即便如此,阿妙也很满足。看着谦治微笑着对待老人们,阿妙觉得很开心。

他们大约在城市各处往返了七次。其间也有精神比较好的老人家问谦治，为什么他们这些充满朝气的年轻人不去所谓的新世界，而要留在地球上。不是应该去新世界繁衍后代吗？然后他还指着阿妙说："你不是还有这么漂亮的对象吗？"

阿妙被说得脸都红了，还低下头去。谦治则是大声笑着反驳说："爷爷就别说我了，您这么精神，为什么不去新世界呀？"

老人家目瞪口呆，撇着嘴愤然回答道："我呢，不管发生什么，都要用自己这双眼睛见证地球的毁灭。我要看看这颗星球会怎样走到尽头。所以我绝不会吃安乐剂的。在此之前，无论如何我都要活下去。"

在之后的对话中，阿妙了解到老人家其实长了恶性肿瘤。但他无论如何都要亲眼见证地球燃烧毁灭的样子，阿妙为他这种坚定的意志所折服。她相信，这位老人家即便在地球上被烧成一堆灰烬，也要亲眼看到地球最后的样子才会瞑目。

傍晚，结束了志愿者工作后，谦治感谢了阿妙，并问："要是你还有空的话，要不要去兜个风？"阿妙自然是同意了。

就这样，阿妙和谦治持续着这种模式的交往。

某次，谦治问阿妙："你总是一个人吃饭吗？"

阿妙给出了肯定的回答后，谦治便邀请阿妙去自己家里吃饭："偶尔和一群人一起吃个饭也挺开心的哟。"

长岭谦治家在金峰山脚下的一个小岛上。他们家代代务农。

某个休息天,阿妙和谦治一家度过了悠然的一天。

阿妙看着谦治父亲在田里播种的样子,感觉十分神奇。虽然不知道那是什么种子,但谦治父亲却能笔直地将种子按照相等间距播下去。

地球指不定哪一天就会被太阳的火焰吞噬,可能是今天,也有可能是明天。然而,谦治的父亲却依然若无其事地继续播种。

谦治说过,他的父亲根本不相信地球有一天会燃烧毁灭。不过,即便不相信,内心的某个角落也是知道这件事的吧。

"你怎么了?"谦治站在阿妙边上问道。

"没什么。我就是在想你父亲种下去的种子,等到它开花结果的那一刻,地球是否还存在。"

谦治用力点了点头,"我爸可能根本不相信地球会毁灭,或者说存在着侥幸心理,可是这又有什么大碍呢?每个人都有各自的生活方式。你看那儿。"谦治指着农田那头。那里种着的都是些细枝嫩叶的小树苗。"那些是我爸上周种的梨树。梨树结果要花上至少十五年时间。而按照一般的预测,在梨树结果之前,地球就会毁灭。即便如此,我爸还是种下了它们。这就是我爸的生活方式、思维方式。我不会深究,我爸也不会多说。我觉得这样也不错。"

阿妙在谦治家,和谦治、谦治的父母、奶奶以及小谦治七岁的妹妹一起共进了晚餐,席间非常热闹。这样的时光对无依无靠的阿妙来说,简直就像做梦一样。谦治的妹妹正值念高中的年纪,她和谦治一样，拥有一张姣好的面容。看到阿妙这个年纪的年轻女子来家里大概是特别开心吧，她叫着阿妙"姐姐"，不停地和阿妙聊着各种话题。

谦治的妹妹说，高中已经关闭了，因为学生都没了，自然也就办不了学校，也没有教职工了。所以自己现在是跟着谦治学习。

"种番茄和苦瓜可是我教你的。"父亲愉快地说道。席间又是一阵欢笑声。菜都是谦治妈妈亲手做的。为了招待阿妙，谦治妈妈用荷兰烤箱做了烤鸡当主菜，还用自己家种的新鲜蔬菜做了沙拉。谦治奶奶则是细细地问了阿妙的成长经历以及之后的打算，结果被谦治责怪道："奶奶您可不能这么打听别人的隐私啊。"

阿妙觉得，这时候能像谦治奶奶一样生活在这样的家庭里简直就是被上天眷顾的幸运儿。不过她并没有说出来。

阿妙也很开心自己能度过如此愉快的时光。到回家时，她已经彻底融入了这个大家庭。即便地球危在旦夕，还能有这样的大家庭过着这般日子，阿妙无比开心。

盛夏已过，随之而来的是暑意丝毫不减的秋日。虽说已是秋日，可气温每一天都超过了三十摄氏度。直到最近，天气才突然凉了下来。这种不规律的气象现象究竟是温室效应的影响还是太阳耀斑膨胀的缘故，人们都避而不谈。

阿妙和谦治的交往也平淡地继续着。阿妙认为，谦治和自己交往，并不是把自己当成一个异性来看待，而是把自己当成了可以谈天说地的同学、朋友。当然，阿妙也没有期待更多。只要能和谦治共同度过一段亲密的时光，她就满足了。又何必期待更进一步的关系呢？在这地球即将燃烧毁灭的时刻，阿妙获得了前所未有的幸福。即便某天突然迎来了太阳耀斑膨胀，自己也不会后悔。阿妙是真的如此认为。

这天的活动也是谦治提出的邀请："森田，我们志愿者团队最近要组织大家去采蘑菇，你要不要也一起去呀？"谦治和阿妙已经交往一段时间了，但谦治还是称呼阿妙为"森田"，就像在称呼同年级的同性朋友似的。阿妙倒是没有介意，而且此前阿妙已经两次应允了谦治的邀请，谦治是知道她哪几天休息的。

站在微型巴士前朝阿妙挥手的谦治此前都在与志愿者团队的苇原幸一聊天。苇原也和阿妙说起了话："森田小姐，你是第一次去采蘑菇吧？"苇原看起来很高兴。阿妙听谦治说过，苇原的一大爱好就是采蘑菇。这天的这次活动也是苇原提议的。

阿妙还曾听谦治说，苇原以前是草千里传送设施的员工。这让阿妙有些不解，为什么苇原做着那样的工作，却还选择留在地球上，是因为自顾不暇吗？还是说在传送设施工作后知道了不少设施的缺陷，才不愿意去冒这个险？

"对，还是头一回。"

听到阿妙的回答，苇原开心地笑道："采蘑菇很好玩的，要是玩得起劲了估计就会沉迷于此！而且山里面也很舒服。"

苇原是张娃娃脸，虽说已有四十岁，但外表看起来却要小个五岁左右。谦治似乎是打从心底尊敬着这个苇原。

"这世上有苇原先生这样的人真是个奇迹。他根本就没有私心这种东西。他最常挂在嘴边的，就是自己能为大家做些什么。虽然不知道详细情况，但从他的话语中能感觉出来，他在悼念什么重要的人。我猜这大概就是他现在做这些事的原因吧。"谦治曾告诉过阿妙这些。阿妙也猜想过这重要的人究竟是谁，是深爱的女人吗？

"苇原先生还说过，现在留在地球上的人，都像是突然被宣布得了绝症的病人一样。这么一来，大家都开始认真考虑起接下去要怎么活了。而答案自然是要做一些符合人类价值的事。既然生而为人，就要选择有人样的活法。要是外表是人内在却是畜生，就只能做出些兽行。所以苇原先生决定要成为自己理想中的人。他知道自己只是一个有很多缺点的弱小的人。但他也可以努力成为自己想成为的那个人。即便地球有一天要毁灭，即便自己不会被任何人铭记，他也能安于自己最终活出了自己想要的样子。"

在阿妙眼里，苇原一点儿都不弱小，更没有缺点，他总是保持着稳重的形象，虽然她不知道这是不是苇原刻意展现出来的样子。

不一会儿，一对看似是夫妻的老人也小跑着过来和所有人打了招呼。

"人都到齐了吧？那我们出发吧？"

苇原坐上了微型巴士的驾驶座——这次是由他来开车。谦治和阿妙坐在最后排的位子上。闲谈间,阿妙才知道谦治也是头一回来采蘑菇。

"漫画里不是经常有这样的情节吗?某些毒蘑菇人吃了之后就会开始傻笑,所以自然不会想去摘蘑菇吃了。"

车子穿过几条道路后驶入了国道。他们的目的地位于熊本县和大分县交界处,他们要前往那里一处名为男池、会涌出泉水的池子,然后沿黑岳登山小道一路采摘蘑菇。

虽然时值秋日,可照射在大地上的阳光如同夏日一般,只有到了夜晚有丝丝寒意。

"听说山里的秋叶已经开始变红了,可天气还像是九月初,也不知道会不会有问题。"坐在谦治和阿妙前面一个快六十岁的男子担心地说,"要是不下降到一定温度,蘑菇是不会繁殖的。如果是这样的话,今天我们可能要空手而归了。"

这名男子是苇原的志愿者朋友。光看他的穿着就能发现,他对采蘑菇也很感兴趣。他脚踩一双日式分趾鞋,脖子上缠着一块毛巾,脚边还放着一个竹篓,似乎是为了好好地安放蘑菇。

"您知道毒蘑菇吗?"阿妙问道。

"不,我只采好吃的蘑菇。不能吃的蘑菇和毒蘑菇我可没兴趣。"男子一边回答,一边指了指架子上那个很大的手提袋,得意地补充道,"我今天还带了锅和喷火枪,采完蘑菇我们来做蘑菇锅吧。要是没采到的话,就搞个普通的杂烩锅。"

坐在他对面的是那对晚来的老夫妻。妻子不怎么有精神地望着窗外。喜欢蘑菇的男子向丈夫搭话道:"您也是第一回来采蘑菇吗?"

老人一开始没发现男子在向自己搭话,之后才匆忙回答道:"是、是的……听苇原先生说这次是要去九重的男池,就想着一定要去。"

"哦哦,您是第一次去男池呀?"

"倒也不是。不过距离第一次去那儿,已经快五十年了。那时候也是和现在差不多的红叶时节。新婚旅行时,我和她一起去了一趟。"老人用右手示意了下自己的妻子。但他的妻子没有什么反应,依旧望着窗外的风景。

"我们刚结婚那会儿,公司里不怎么请得了假,新婚旅行只有三天两夜,匆匆去了别府温泉和由布院。那时候印象最深刻的,要数男池周边的天然林。当时我们漫步于红叶之中,景色美丽极了。"

妻子突然回头问道:"我们现在要去男池吗?"

丈夫点点头,"是的。你不是经常说,等我们都空下来了,就想趁着红叶时节,再去男池边上的天然林走走吗?今天我们去的就是那儿。"

"是嘛,太好了。"刚才一直面无表情的妻子,露出了短暂的笑容,随即又将视线移向了窗外。

老人肩膀微颤,"她最近忘事忘得厉害,但结婚那时候的事,还有很久以前的事却记得非常清楚。和她说话她通常没什么反应,有时候又会像刚才那样突然抛出一个话题来。"

　　怪不得这对年迈的夫妻俨然一副要去山里走走的打扮。虽然两人都为了防寒似的准备了好几件衣服,但阿妙依然担心这位老人陪着年迈的妻子,还跟不跟得上大队伍。

　　"你不觉得最近绿色植被越变越多了吗?"谦治看着窗外不经意地询问道。

　　"不知道啊。"阿妙照直回答。她倒是发现道路两边逐渐被杂草覆盖了,不过这些都是夏草,应该还算不上绿色植被在恢复的佐证。

　　"不,绿色植被确实在变多。地球上曾经因为温室效应有过一阵骚乱,但二氧化碳排放量增多的元凶果然还是人口剧增。现在,七成的人口消失了,二氧化碳排放量剧减,肆意开发也停止了,地球环境正在以飞快的速度恢复。"谦治非常有把握地说道,"不过这还真够讽刺的。人类搞了那么多改善世界环境的活动也无法阻止全球变暖,而七成人类逃离地球之后,地球却开始自我修复了。我觉得这异常的天气不仅是因为太阳,还有可能是地球温室效应的后遗症。"

　　国道上基本没有什么车。微型巴士只在途中超过了一辆在山路上缓缓爬坡的油罐车。目前,全国各地还留着几处加油站。这辆油罐车应该就是为了对加油站进行补给才往大分县方向驶去的吧。

燃料是让整个社会正常运转下去的必需品。阿妙一想到那些为了维持社会运转而胸怀斗志的人正在运送这些燃料，心里就不由得一阵欣喜。

油罐车因为装着满厢的燃料，爬坡的时候有些吃力。油罐车司机为了不挡住后方来车，特意紧靠着道路左边① 行驶。微型巴士超过这辆油罐车时，所有乘客都打开车窗向油罐车挥手致谢。油罐车驾驶座的车窗里伸出来一只细瘦的手腕，朝微型巴士挥舞着。虽然坐在微型巴士里看不清油罐车驾驶员的脸，但阿妙觉得这驾驶员应该非常年长，因为那只手的皮肤上长着老人斑。对方可能是已经退休的驾驶员。或许是因为整个社会现在从事运输行业的劳动力严重不足，就紧急请来了这位退休的驾驶员吧。阿妙心想。

微型巴士驶上阿苏外环后，停了好几回车。道路中央坐着几头被人弃置的牛，事不关己地占据了道路。周围已然变成了草原，被放养在铁栅栏内的牛跑到道路上来这件事，在以前是根本不会发生的。现在这些牛大概是没了饲主，就钻出围栏，在外流浪。

"我来想办法。"谦治站起来走下了巴士。阿妙没有把握能将牛群赶走，却也跟在谦治后面下了车。右手边能看到标示着兜岩地区的路牌。阿妙下车的时候，脸颊上拂过一阵风。好冷！

他们现在所处的地方海拔高了不少，之前一直待在车里，并没有什么感觉。这时便能明显感觉到一股秋意。这阵风并不那么强烈。

---

① 日本为左侧行车，汽车的驾驶座在右侧。

但望向道路那头,麦穗顶端正摇曳着微微泛红的麦芒。通过那麦芒摇曳的景象,似乎能看到风儿的飘动。

谦治的声音将阿妙拉回了现实。他做出在家赶鸡的姿势对着牛群喊了起来:"咯、咯、咯!"牛群对靠近的谦治没有任何兴趣,丝毫不予理会。阿妙看到这情景,忍不住笑了出来。谦治一脸无奈地回过头。一直以来都完美无缺的谦治居然也会露出这般表情,令阿妙忍俊不禁。

"到底要怎样它们才会让开呀?"谦治一脸困惑地问阿妙。阿妙自然也不太清楚。这群牛体型很大,一接近它们阿妙就会感到些许恐惧。

阿妙突然想到了一点。她说完"等我一下",就跑到了道路旁边,摘了满满两手的草,慢慢靠近边上一头体型最大的牛的鼻子。

"你在做什么?"谦治发声问道。

这头牛伸出鼻子去闻阿妙手里的草,在发现够不到之后竟站了起来。

阿妙一边双手举起草,一边缓慢退向道路旁边。这头牛也跟着阿妙慢慢走了过去。不知怎么地,刚才还毫无动静的其他几头牛也缓缓跟着被阿妙引走的牛动了起来。其中一头牛还突然"哞——"地大叫了起来。

驾驶座上的苇原高呼了一声:"好了,路通啦!"便立刻启动微型巴士。

"森田你真厉害,简直就是个天才!"谦治夸奖阿妙。阿妙抖着肩笑了起来,谦治见状也笑了起来,两人一起小跑着上了巴士。

上了巴士后,乘客们都拍手叫好。还有人这么评价道:"真是对聪明的伉俪!"

阿妙没能明白"伉俪"的意思。喜欢采蘑菇的男子笑着解释道:"这个词已经没什么人用了,只有年纪大的人才知道。他应该是想说情侣吧!"听到这话,阿妙的脸上一阵发烫。

之后,他们穿过大观峰,驶过弥漫着硫黄气味的长者原。长者原附近的道路两旁逐渐出现了美丽的红叶景象。

众人在长者原游客中心前的停车场下车休息,舒展了一下身体。停车场里有几辆车,但车身都积了厚厚的灰,应该已经被弃置在这儿好长时间了。

"咣当、咣当——"不知从哪儿传来了断续的金属声。阿妙朝声音的源头望去,看到了一家卖土特产的汽车餐厅。原本应该关闭的卷帘门似乎坏了,被风吹得直发出异响。

停车场有几处积风的地方,枯叶自然也就集中在这一块,愈发让人觉得这一带已经很久没有人烟气息了。

"原本这个季节应该是登山客最多的时候。"苇原说,"以前这个季节来这儿,到处都是车。要花半天时间才能在距离这里一千米远的地方找到一个车位。现在这儿就跟幽灵镇似的。"

"这个停车场的车子看起来被弃置很久了。"

"嗯。"苇原点点头,"总不至于在传送前特地把车开来这儿停着吧。"接着,他指了指长者原湿地前方高耸入云的群山,"大概都是些选择在此了结此生的人们吧。大家应该都是选择了自己喜欢的地方,在雨池或者坊蔓附近服下了安乐剂吧。"

阿妙看着红叶秋景,对苇原说的话并没有什么实感。但既然苇原这么说了,事实应该就是如此。

距离这里三十分钟路程的地方,就是男池。男池附近背风,但却让人感到丝丝凉意。

"冷不冷,森田?"谦治问阿妙。

"没事!"阿妙有些逞强地回答道。她心想,在四处逛逛应该就感觉不到这凉意了。

苇原和那个带着竹篓喜爱蘑菇的男子把众人集合到一起,开始进行说明。登山的路就在一个有泉水涌出、名叫隐泉的地方。大家到时候会一起在那个地方吃午饭。他俩还警告众人,不能独自走得太远,要是走散了就找不到了;也不能走到比隐泉更远的地方,只能沿着登山路采蘑菇。在告诫完注意事项后,苇原发出号令,引导大家一起做体操,并进行简单的伸展运动。

结束之后,大家聚在一起,向男池出发。入口处有个温度计,温度计上显示附近只有六摄氏度。这是阿妙第一次来这儿。她和谦治并排走着,内心有些激动。大家走在常绿林的小道上,前方有一座木桥,木桥下流淌着清澈的泉水。

"这泉水是从上游二十米的地方涌出来的。以前有很多人为了打泉水,还特地跑来这儿。"那对年迈的夫妇中的丈夫告诉驻足观看流水的阿妙,"据说这眼泉水就被称为男池。这世上让人喝了觉得特别甘甜的泉水并不多,这眼泉水就是其中之一。"老先生信誓旦旦地说道。而他身边的老妻,则面无表情地凝视着流动的泉水。

"您太太不要紧吧?听说到吃午饭的隐泉那儿还有一千多米的距离……"阿妙说出了内心的真实想法。

"没关系的。我陪着她,她总还能走两步。我们可能会慢一点儿,你们可别介意啊。我们不会到处乱逛的,就是会稍微慢一点儿,但肯定会走到终点。"

看来这对年迈的夫妇此行目的并非采蘑菇,而是再来一览男池的风景,回忆回忆当年那些美好的记忆。

阿妙和谦治点点头,加快了脚步向目的地进发。

穿过流水,爬过岩场之间的小道后,两人都不禁睁大了双眼。只见阳光照耀下的自然林被红叶和黄叶点缀得分外鲜艳。逆着阳光的地方,闪耀着无数艳丽的色彩,简直就是梦中的世界。两人被眼前的景象深深吸引。这定是那对年迈的夫妻年轻时看到的让人毕生难忘的光景了。确实,眼前这风景只要见过一眼,必然会深深烙印在脑海之中,再也无法忘却。

两人一时说不出话来,就这样站了好一会儿。良久,阿妙惊叹了一声:"太美了。这儿美得简直不像真实世界!"

"你和我想到一块儿去了。"谦治点头认同道。

这片自然林有榉树、枫树、野漆树、板栗树等各种各样的树木。正因为是杂树林,才能有如此绚烂的颜色相互调和的景象。接着,这些树木之间出现了一起前来的伙伴的身影,大家正三五成群地寻找蘑菇。

"这边这边!"苇原挥着手说道。阿妙和谦治这才回过神来,朝苇原跑去。

"你们看,蘑菇就是这样成圈成圈地生长的。"阿妙发现他们面前有一些形同香菇的褐色蘑菇。要不是苇原指给她看,她都察觉不到。这些蘑菇一个个从泥土里探出脑袋,被枯叶遮住了大半,若不仔细看,根本发现不了。

"这个可好吃了,是豹头菇!"

"这个能吃吗?"

"那是自然啦!"

"和香菇好像啊。"

"完全不一样的!它比香菇颜色要淡哦,你看看,而且它菌盖上长了这么多小凸点。"苇原兴奋地说道。

"哎哟。"谦治用手指着边上一棵树的根部——那里也长了许多蘑菇——问道,"这也是豹头菇吗?"

苇原眯起了眼睛,"不,这是砖红韧黑伞。"

"可看着长得一模一样啊……"

"你仔细看菌盖上的裂痕,这个是砖红韧黑伞特有的。"苇原一边解释,一边用剪刀仔细地把蘑菇剪下来放进竹篓。他看起来特别开心。阿妙朝苇原的竹篓中望去,发现了各种各样白色绿色的蘑菇。

"今天真的是意外之喜,收获颇丰。山里正好是采蘑菇的时节。而且之前也没有人来过,蘑菇简直就是任人采摘。"之后,苇原从竹篓中取出蘑菇,"这是冬蘑""这是棒柄杯伞"地说给阿妙和谦治听。

苇原就像怎么摘都摘不够似的,又接二连三地将密布在另一根树枝上的蘑菇一个个装进竹篓。没多久,竹篓就装满了。毕竟今天没有任何对手,他可以独自采个够。

当苇原给阿妙和谦治看了一个手掌那么大的蘑菇,并介绍这是野生滑菇的时候,他俩都被震惊了。这和他俩印象中那个小小圆圆的蘑菇完全不同。

"这里的蘑菇足够下到午饭的菌菇锅里了。"苇原满足地说道。这之后,苇原寻找蘑菇的眼神总算是平静了下来。他在枫树旁一块长满青苔的岩石上坐了下来,开始心满意足地吞云吐雾。

"这儿就属这段时候最美!"苇原感慨道。

阿妙心想,苇原这会儿终于得空欣赏欣赏周围这美景了。

她很庆幸自己今天跟来采蘑菇。不知道自己还有几次机会,能接触如此光辉动人的大自然……当阿妙意识到自己这么想时,突然发现自己还在泡咖啡。

刚才阿妙建议正在闲聊的苇原和谦治来杯咖啡的时候,两人就开心地接过了杯子。

谦治并没有多热衷于采蘑菇,但他很乐于充当苇原的聊天对象。

这时,苇原不经意间说起了自己的思考。阿妙也在谦治坐着的那棵横倒在地的树干上,竖起耳朵听了起来。

"你们觉不觉得,人啊,有时候还是不要过度听信一些消息为好?"苇原说,"我觉得自从地球会被太阳吞噬这个消息开始流传之后,大家就变得有些奇怪了。我之前在县里的商工科上班,因为草千里要建传送设施,就被外派到筹备科工作,之后就一直在草千里的设施那边工作。那段时间,我见了形形色色的人,也包括那些陷入恐慌的人。之后,地球上就只剩下被抛弃的人们,变得空荡荡的了。我时常会想,这样真的好吗?我总觉得,人啊,其实不知道人类何时会毁灭,反而能过得更幸福。若是如此,末日降临时,大家也能一无所知地从这个世界消失。而在那之前,大家都无须面对任何悲剧。"

"您是说……无须面对任何悲剧吗?"阿妙抓住了这句话,立刻问道。

苇原点点头,"无论是在设施里的世界,还是在设施外的世界,都发生了太多错误。"苇原淡淡地说道,"当面临传送,往往就能看透人与人的关系究竟是什么。在设施里工作那会儿,我看到了太多信任与背叛,爱与恨。人们面对的,其实就是回归人生的本质并被迫做出选择。而那时候还能够留下美好回忆的情况，几乎没有。我自己就是如此。那时我失去了母亲。母亲心里在为我着想，而我担心的则是母亲的余生。结果阴差阳错，我害死了自己的母亲。"在提起自己母亲的死时，苇原脸上终究露出了阴霾。他内心的伤痛还未痊愈。

"所以我才组织了这样的活动。也算是补偿母亲吧，做一些在她生前没能为她做的事。"苇原的语气透露出些许自嘲。不只是阿妙，谦治也没能插上一句话，看样子谦治也是第一次知道这件事。

"这么一来，看……"苇原抬起右手，指着周围的风景说道，"倘若大家并不知道这些事情，那么看着眼前的美景，就不会想着在地球毁灭之前还能欣赏几回眼前的美景了吧。只会单纯地沉浸在美景之中。"

"但是——"阿妙立刻说道，"眼前的美景迟早会消失，大家也都会消失。正因为我们内心深处怀着这样的情绪，我们才会更努力地要把眼前的美景刻在脑海里，更珍惜这风景呀。换作以前的我，是不会用现在这种方式来欣赏风景的。而且，现在的我，非常珍惜每一天。要是以前，估计会庸庸碌碌地度日吧。而现在，每天要是不做点儿什么的话，自己都觉得可惜。"

苇原有些惊讶地看着阿妙，或许是对眼前这个女人竟能说出这番话感到意外吧。

阿妙看向谦治，发现谦治已将咖啡杯放在了树干上，正抱着双臂频频点头，说："我也经常和森田想着一样的事。"听到谦治这么说，阿妙很开心。

"原来如此……这么说来，地球毁灭的预言也会带来好处。"

"当然，我认为您说的缺点也必然存在。"

"是嘛。"

"另外——"谦治继续说道，"虽然最近收到的消息经常上网看看就会发现不一定全部属实，所以我也不知道有多少可信度……但你们不觉得最近都不怎么会听到地方性争端的信息了吗？像那些争夺圣地、同族纷争导致战争之类的消息，都没有在流传了。换成以前，只要翻开报纸或者上网看看新闻，就能发现那些关于世界上哪个地方又发生了领土纷争的报道。我觉得这应该不是错觉，也是因为……"

"确实。七成的人类消失后，留在地球上的人都忙于解决眼前的事务，根本没有闲情雅致去管其他事。在争端面前，我们都需要保存力量努力生存下去。这并不是国家之间按照计划、通过沟通所构筑的和平，而是形势导致的必然的和平局面。虽然很讽刺，但地球毁灭的预言却间接地维护了世界和平。"

三人第一次在聊深入后笑了起来。

"其实还有其他的好处哦！"阿妙如是说道。

苇原皱了皱眉，问："是什么？"

"苇原先生可以尽情采蘑菇了呀！现在根本没有竞争对手来这

大山里采蘑菇了嘛。"

苇原眯着眼睛不住地点头。

此刻,一阵风吹过三人面前的林木,引得落叶纷飞。

谦治发现阿妙双手捂着嘴巴打了个喷嚏,忙问:"森田,冷不冷?"

阿妙连忙点了点头。虽然树枝之间洒落着阳光,但一直坐着不动身体还是染了凉意。

"好,虽然还早了点儿,不过我们的'猎物'已经足够多了,去隐泉那里准备起锅做饭吧。你们都来帮忙呗。"

苇原一声招呼,两人跟着站起来。他们在通往隐泉的登山路上,遇到了还在忘我地采蘑菇的其他人,每个人的袋子都装得满满的。他们发现苇原后,纷纷停下采蘑菇,走过来和苇原会合,还不停地对苇原说着自己的感想——"苇原先生,我摘了不知道是什么种类的蘑菇,帮我看看吧。""我都不知道采蘑菇这么有意思,都有点儿上瘾了。"

爬上岩场的登山路后,出现了一片空地。小河潺潺流淌,道路左边的岩场里涌出了清水。

苇原告诉大家,这就是隐泉。虽然这是一片空地,但众人的头顶上依旧覆盖着参天大树的枝干。抬眼望去,阳光洒向大地,染上了色彩的树叶宛如彩色玻璃般闪闪发光。有人已经在空地上铺好了一层塑料垫,垫子中央甚至准备了瓦斯炉。空间很大,足够所有人坐下歇息。

一旁，刚才铺塑料垫的四人组已经开了瓶一升的烧酒在开宴会了。也不知道他们是早早地就结束了蘑菇的采摘，还是一开始就醉翁之意不在酒，反正这会儿四人已经有些微醺，好不自在。

"苇原先生也来一杯吗？"有人问了一句。

"我还是算了。回去还要开车呢。大家不会想在地球毁灭之前就掉到山谷里吧！"

场子很快就热闹了起来。

大家准备起了蘑菇锅。熟于做饭的中年女人把准备好的食材一一放入接满了隐泉水的锅里。大家采来的蘑菇也在苇原面前一一排开，苇原则迅速地从中挑选出了可以食用的蘑菇。有些看起来挺好吃的蘑菇，被他评价了一句"不能吃"就放到了一边。

"咦，这个不能吃吗？"采来蘑菇的人用夸张的音量发出遗憾的叫声。苇原抬起头解释道："不能吃。这个季节还有不少绿光蘑菇。这种蘑菇看上去很好吃，但一不小心中了它的毒可就惨了。你要是想变瘦倒可以试试。我认识个人，吃了它之后一晚上瘦了足足七公斤。不过暴瘦的代价就是整个人看起来从头到脚都惨不忍睹。"

那些苇原判定可以吃的蘑菇，都被阿妙拿去隐泉水涌出的地方仔细地清洗干净。谦治则将洗净的蘑菇用刀灵巧地切成了容易入口的大小。

两人将切好的蘑菇放入已经咕嘟咕嘟沸腾的锅里，坐了下来。

马上就有人将不知道是谁带来的饭团递给了他们。

在这远离日常的环境之中享用难得的午餐，在场的人纷纷露出了孩童般的笑脸，带着期待等待着蘑菇出锅。

"咦，还差三个人。"有人突然说了一句。

阿妙这才注意到还有三个人没来。回忆一番，应该是那对年迈的夫妻和看着很会采蘑菇的男子。

"应该是春野夫妇和松下先生吧？"

"春野夫妇的话，看老太太的状态，他们应该会慢慢来。给他们留点蘑菇汤吧。"

"松下先生真的特别期待今天的采蘑菇活动。那什么，就像放归山林的野兽似的。完全处在兴奋地四处乱窜不想回来的状态。"

大家不约而同地笑了起来。阿妙此时才知道三人的名字。之前虽然和那三人有过交谈，但他们都未曾提起自己的名字。春野夫妇二人大概是回忆着新婚旅行，不知不觉就在观赏红叶的地方驻足太久了吧。阿妙心想。

年迈的妻子确实有些老年痴呆的征兆了，所以丈夫一定正寸步不离地照顾着老伴。希望来到这个地方，多少能对春野婆婆有些积极的影响吧。阿妙不自觉地祈祷起来。

没一会儿，装满蘑菇汤的碗递了过来。阿妙接过碗喝了一口，便被那畅快淋漓的口感征服了。汤汁虽然是酱油味，但正如苇原所说，这是一碗"融合了各种蘑菇之精华的无比鲜美的蘑菇汤"。苇原的确没有夸大其词。蘑菇保持着原汁原味。阿妙似乎尝到了这人世间根本无法品尝到的愉悦感。

当众人分发着烧酒，宴会气氛正浓时，名叫松下的采蘑菇达人来了。他眉头紧皱，表情凝重。

"哎呀，松下先生，怎么来这么晚呀！宴会都开始啦。"

"您一定摘了不少蘑菇吧，今天尽兴了吗？"

大家纷纷跟松下打着招呼。松下脸部有些抽搐，他并未融入人群，而是一动不动地站在原地。

之后，他低着嗓音，慢慢说道："刚才，春野夫妇去世了。"

宴席瞬间如死寂一般。阿妙甚至怀疑自己听错了。为什么？

"松下先生，您是在跟我们开玩笑吗？"有人缓缓地反问道。

"不，我没有开玩笑。就在刚才，我目送他们离去了。先前，春野先生叫住了我。他希望我告诉大家，他们夫妻二人，是自己选择了死亡。他们的态度非常认真，根本不像是能劝住的样子。"讲到这儿，松下闭上了嘴。

"是安乐剂吗？"苇原一边起身一边问道。松下只是无力地点了点头。

听了松下的话，大家已经完全顾不上什么宴会了。

"春野夫妇在哪儿？"

"他们还在原处。我拼了命想说服他们，让他们回心转意……可他们……春野先生非常坚决。"

"我们去看看吧,松下先生,麻烦带个路。"

苇原走在最前方,谦治紧紧跟在苇原后面,阿妙则跟着谦治,她的心中是难掩的悲恸。那些原本微醺的人似乎都瞬间清醒了,一言不发地聚在一起往山下走。众人大概走了二十分钟的下坡路,终于抵达了一片平地。这里距离之前苇原、谦治还有阿妙谈天的地方已经很近了。

松下在登山小道上停下了脚步,指向树林之中。

树林之中确实躺着两个人。所有人都朝那个方向前进。

众人围住了春野夫妇的遗体。遗体以望着天空的姿势仰躺着,依靠着彼此,紧紧牵着手。

阿妙发现,无论是丈夫还是妻子,两人的脸上都浮现着微笑。虽然不知道这笑容是安乐剂的药效,还是两人面对死亡时的欣然,但他们看起来的确很幸福,就像是静静睡着了一样。阿妙没想到他俩去世的表情会如此安详。

四周鸦雀无声。大家纷纷双手合十,为这对年迈的夫妻祈祷。

"那个,苇原先生……"松下开口道。

"怎么了?"

"春野先生生前有个请求。如果可以的话,他希望我们就地将他们二人安葬。"

"就地?"苇原没能马上答复,而是吃惊地闭口不言。阿妙倒是多少能理解春野先生的心情。他一定是想在自己最喜欢的地方,和陪伴自己走完一生的老伴永远归于尘土。

不知道是谁说了一句:"要是随随便便埋在这儿,被野狗之类的刨出来的话可就麻烦了吧?而且法律也规定不能这么下葬吧。"

苇原听后依旧没有作答。他又思索了一阵,终于有了自己的结论:"我们就把春野先生他们埋在这儿吧。毕竟这是二老的心愿。"此时此刻,没有人再提出反对意见。即便这是在传送计划之前绝不容许的事情。

几个人从已经封锁了的男池管理员室拿来了铲子。他们轮流铲开松软的泥土,然后将两位老人并排葬下去,掩埋起来。他们还将原本的枯叶盖在了上面。要是没人提起,根本就不会发现泥土下面埋葬着两个人。

"其实在春野先生去那里之前和他聊天的时候,我就隐隐约约有预感了。"安葬结束,所有人开始行告别礼时,苇原小声说道,"老太太在清醒的时候,经常把此事挂在嘴边。"

"她说想死在这儿吗?"谦治反问道。

"不,是老太太年轻时似乎就一直在说的,想和自己的丈夫、自己最爱的人同年同月同日死。她既不想活得比丈夫久,给丈夫送终,也不想自己先走,留丈夫一个人活着。要是可以的话,她希望两人可以一起离开这个世界。他们二人要是能在地球毁灭的时候,同时离世也不错。但春野先生好像意识到了自己的身体变化。毕竟春野先生是医生,自己还能撑多久,他是最清楚的。而他唯一担心的，就是自己会先走一步，留下老伴一个人。他之前只告诉了我这些……不过我提出要来男池采蘑菇时，他根本没有说起这些，所以我完全没想到这方面去。其实现在仔细想想，我应该想到这种可能性的。当时隐约有些预感，却没想到这种预感会成真。"

阿妙倒是非常理解春野夫妇。她也觉得如果能和最爱的人死在一起是最幸福的事了。她完全没法儿目送最爱之人离去。而在临死之前，她也希望能待在最爱之人身边。

春野夫妇若是完成了这个心愿，那对他们二人来说，这不正是无上的幸福吗？

现在，两人正永远沉睡在这片充满回忆的土地之中。

一阵风吹过，卷起了地上的枯叶，翩翩起舞的枯叶温柔地轻抚着两人沉睡的地方。

松下对众人说道："春野先生也让我一定代他和大家道个歉。因为他们的任性，扫了大家的兴。"

"那个……"一名年长的女性小声地开口了。

"您说。"

"松下先生是看着春野夫妇离去的吗？或者该说是看护他们离去……"

松下非常吃惊，但还是回答说："是的。"

"真的吗？那个，我也只是听说……不过安乐剂吃下去以后真的马上就会起效吗？听说……一点儿都不痛苦……甚至还有点儿舒畅？你当时看到的是怎样的情形？"

松下咳嗽了好几声，才回答道："两人躺下之后，紧紧牵着对方的手。老先生对我说了一句'不好意思'，就用右手往他夫人嘴里塞了一粒药，然后自己也马上吃下一粒。大概过了几秒，我靠过去的时候，两人已经没了呼吸。我觉得效果应该是瞬间释放出来的。我既没有听到哀号也没有看到他们抽搐。我了解到的就是这样，他们看上去没有任何痛苦。"松下说完后噘了下嘴。

结果那天的采蘑菇活动就此告终。所有人回到隐泉，收拾了宴会用的东西。收拾的时候，大家都没有多聊一句闲话，这也是无可奈何的事。日暮西山，阿妙从穿过林间的风中，感受到了更甚的凉意。

这之后，眼前艳丽的红叶也会随着季节变迁，全部凋落。此处也将变成一片荒凉的景象吧！而现在，则是今年欣赏这美景的最后一次机会了。

谦治走在阿妙前面，突然间，他回头喊道："森田！"

"怎么了？"阿妙急忙追上谦治。

"结婚吧！"谦治很突然地说道。

一瞬间，阿妙甚至没有反应过来谦治在说什么，"什么？"

"请你和我结婚吧！"

阿妙终于反应过来谦治在说什么了。但是，为什么呢？他是认真的吗？虽然阿妙脑中浮现出了这样的疑问，但她嘴里蹦出来的话,却是"好"。

一脸认真的谦治露出了笑容,"太好了!"说罢,谦治伸出手握住了阿妙的右手。

阿妙完全不敢相信,在地球随时都有可能毁灭的情况下,谦治居然开口和自己求婚了。当然,阿妙感觉得到,谦治很认真。

谦治是一个优秀的男人,虽然自己一直在努力成为谦治身边一个称职的朋友,但是作为伴侣,自己是否真的配得上谦治呢?谦治是一个优秀的男人,对谦治而言,和自己结婚真的就满足了吗?

说不定……是因为在这地球上,留在谦治身边的年轻女性碰巧是自己才……

那么,谦治又为什么会在这种时候求婚呢?

阿妙感觉自己的心脏快要爆炸了。她开口问道:"可以吗?"

"什么?"

"和我结婚真的可以吗?"此时此刻,阿妙想问的问题有一箩筐,但没有这么多空闲让她一个个问清。她能问出口的,就只有这一个问题。

"当然了,就是你。我认定的新娘,就是森田妙。只要你不介意就好。"

"好!"

"我们要永远在一起,直到地球毁灭的那一天,我们要一起迎接那一天,不使用安乐剂。"

"吓了我一跳。突然被你求婚,我都没有任何心理准备呢。"阿妙这么一说,谦治就笑了。

"我也是。我到现在为止都不敢相信自己竟然说出口了。但我想是因为经历了春野夫妇的事吧。要是现在地球就要毁灭了……那我……还是想和你在一起。既然如此,我如果不把这份心意原原本本传达给你就亏大了。"

"我也是,那一刻我一定会陪在你身边。"阿妙答道。

"我们明年要是还活着的话,要不要再来这儿?"

"嗯。"

两人停下脚步,再次回头看了看这片红叶林。真是美不胜收。

这地方对两人而言,已经成了特别的地方。

阿妙突然心想,假如地球毁灭是成就自己和谦治这份爱情的代价,那它一定值得。

伊甸守卫

达树今天醒得很早。他非常小心地爬下床,尽量不吵醒下铺的妹妹。妹妹爱美此时应该睡得正香。

已经快要天亮了。

达树先去盥洗室洗了一把脸。昨晚已经打好了井水,所以现在有很多水可以用。

走到屋外,他发现父亲在网旁边,已经干上了活。

"早上好。"

"啊,早上好。哦我想起来了,今天是你的劳动日吧?还是第一次。"

父亲把在网底拼命挣扎的生物一只一只地用手抓出来放进笼

子。这面网就拉在达树一家起居的屋子和离屋子最近的一棵兹拉波巴布树之间。屋子本身也是用兹拉波巴布树的树干搭起来的。结网的位置特地没有把枝丫修剪掉,当然,是为了安装网的时候方便些。

"今天捕到不少啊。"

"没错。"父亲非常开心地答道,"早上要不要就来一只?吃了就有精神了。看,还有这么大个的。"

父亲抓起一只来给达树看。是影卡,圆滚滚的,胖得要用两只手才能抱得住。父亲熟练地捏住那张长满牙的嘴,防止它张开。

影卡一直在发出低沉的呻吟声。

"算了,早上就吃这种东西也太夸张了。"

达树话音刚落,母亲就提着一篮子菜回来了。看样子她是刚去田里摘了菜。

"达树,我现在就做早饭哦。"

达树是在伊甸出生的第二代居民。所以,在他的脑海里,对父母出生的那个名叫地球的行星并没有一个清晰的概念。

他是听着父母讲的故事长大的。

据说,地球已经被太阳烧成了灰,而就在地球快要被烈焰吞噬的时候,地球上的人们"跳跃"到了这颗星球上。

小时候的达树并不清楚在那之前的地球是什么模样。

听父母说,地球本来是一个"生活便利的世界"。人类要去什么地方可以使用相应的交通工具。交通工具有地上跑的、海里游的，还有天上飞的。食物也不需要自己去寻找，只要付钱就可以买到自己想要的东西。这些事情父母给达树反反复复讲过许多遍。

海里游的船基本上能想象得出来。帆船是利用风力前进，不过地球上的船要大得多，据说能装得下几千号人。而且这种船还没有帆，似乎是靠内燃机驱动的。但是在伊甸，目前还无法制造出这种内燃机。

之后，在社区设立的学校中，达树学到了更为详尽的知识。学校里有几名担任过教师的人负责教学，他们使用公用语，把关于地球的知识详细地教授给学生。

飞机和汽车的具体形态，达树在上学之后便大概能理解了。但有些地方还是难以明白。比如，飞机可以在天上飞。

据说飞机是由金属制成，材料跟长枪的枪尖一样。达树一直无法理解，那么重的东西为什么能够在天上飞来飞去。

至于汽车倒是可以理解，那应该算是一种能够自己移动的搬运车。

老师说，总有一天伊甸也会像曾经的地球那样繁荣。为了迎来那天，需要社区全员的共同努力——每次上完课，教师都会用这句话作结。

到那时社会将会变成什么样子？达树觉得，那只是一个虚无缥缈的遥远未来。

今天的早饭是磨成糊状的糯薯。母亲说,这种糯薯糊的口感就跟土豆泥一模一样。除此之外还有烟熏毯牛肉片。达树三两下就把这些东西吃完了。

"你听说了吗,今天的队长是谁?"父亲问。

"听说了,是奥马尔。"

听到这个回答,父亲的神情舒缓下来,像是松了一口气。

"是奥马尔我就放心了。我刚到伊甸的时候就跟他是朋友了。别看他那副样子,实际上还挺会照顾人。"

"似乎是奥马尔把我选到队伍里的。"

父亲满意地点了点头。

"但愿别出什么事。"母亲担心地说。

"这种事谁都会轮到的,毕竟是伊甸每个成年人的义务。被选进队伍就意味着达树已经是一个能独当一面的男子汉了,我们应该高兴才是。"

"可是我听说,两三天前食人魔又出现了。"

父亲抱着双臂沉默了一会儿,然后对达树说:"你带哪把长枪去?"

"就带我自己做的那把。"

"要不你拿我那把去算了。"

"我借用一下你的盾就行,比较轻的那面。"

父亲点了点头。

这时,年幼的妹妹爱美揉着眼睛从床上爬了起来。

"哥哥,你要出去了吗?"

"嗯。"

"一定要小心哦,看到食人魔的话要赶快跑。"

"要是逃跑的话,就当不了守卫了。"

爱美不开心地噘起嘴点了点头。

达树走出家门的时候,父亲给他戴上了用陆蟹的壳制作的头盔和护肩。

拿起长枪和盾之后,达树姑且也算是一个战士了——尽管他还没有满十六岁。

母亲拿了一个袋子给达树。其实一个袋子本身就很贵重了。达树想,为了做这个袋子,不知道母亲跑了多少天缝纫场。哪怕只是做一件衣服,前后也得花个二十来天,因为还得收集茧猫的毛。

"袋子里放着便当。"

"谢谢。是什么便当?"

"糯薯泥丸子和泡菜。"

父亲在一旁评论了一句:"跟桃太郎一样啊。"达树知道桃太郎,小时候父母给他讲过无数遍桃太郎的故事。但是他觉得自己并没有搞清楚桃太郎的那几个手下——狗、猴子和稚鸡——到底是怎样的生物。

只不过,现在达树并不是要去鬼岛,而是要去挡住食人魔,不让它们伤害自己的父母、妹妹，以及社区的所有人。

达树以前也听说过食人魔，但仅仅是听别人提到"食人魔出现了""食人魔袭击人了"这种程度。

食人魔并不在伊甸里面，而是在伊甸外面。据说它们非常残忍，而且相貌丑陋得让人不忍直视。

听说这些怪物会把边境附近的人抓走吃掉。而守卫的使命，就是在边境放好哨，防止食人魔侵入伊甸。

大约十天前，与达树同岁的一个名叫玛法尔的年轻人也轮到了劳动日。

"你感觉如何？"达树问他。

玛法尔说了自己的感想："我们轮换着放哨，但是什么都没看到。我是真没想到会无聊到那种程度。当时在附近有许多灌木鸟带着幼崽在那儿跑来跑去，要不是在执行任务脱不开身，我真想去抓一堆回来，那可比放哨有意思多了。唉，好可惜。"

但是也决不能大意，达树想。曾经有好几次，一同执行守卫任务的六个人忽然就离奇失踪了。

坊间传闻，这些人是被吃掉了。

达树向集合的地方走去。

他到了集会所的大门口。已经有三个人先到了，其中一个人就是奥马尔。

奥马尔和父亲关系很好。父亲曾评价他说，这个人平时看起来很和蔼,但关键时刻却能够当机立断。奥马尔很快就看到了达树,他露出大胡子下的白牙,笑着对达树说:"你是第一次吧?"

"还请您多关照。"达树低头说道。

奥马尔把达树从头到脚打量了一遍,"嗯,已经是个真正的战士了。"

站在奥马尔身后的两人看起来比达树的父亲要年轻一些。

"这个年轻人我好像经常见到。"其中一个黑皮肤的男人说道。

"他是正广的长子。"奥马尔说。

"哦,那他的母亲就是小缘喽?"

"对。"

"你好,我叫吉米·穆本戈。你是第一次参加成人的劳动日吧?"吉米伸出手,似乎想要跟达树握手。

"是的。"

"我们的责任非常重大,一定得保护好社区的所有人。"说完,吉米朝着达树的腹部轻轻敲了一拳。

说话间,又有两个朝气蓬勃的人加入了队伍。这些人里面只有吉米·穆本戈以前没有和达树说过话,另外四个人都在市场或者集会所与达树有过交流。只不过,现在这些人身上都散发着平时感受不到的那种气魄。大概是完成任务的使命感改变了他们的气场。

"好了,集合!"

奥马尔一声令下,六个人就排成了一个圆阵。六人之中奥马尔年纪最大,其余几个人的出身、人种和年龄都各不相同。在这种场合下,奥马尔就会说公用语。在出身相同的小集体之中,人们都会使用母语,但在这种公开集会的场合就会换成公用语。公用语是用大部分人都能理解的单词组合成的短句,即使是英语、汉语和日语都不会也能听懂。

"感谢各位参加劳动日。现在我们就出发前往边境。我是奥马尔,今天就由我来担任队长。这个保卫伊甸的任务是所有成年男子都必须履行的义务,非常重要。请各位在执行任务时按我的指令行动。"

"明白!"

齐声高喊的同时,五个人举起长枪敲击了两次地面。这是一个表示决心的动作,达树也学着做了做。他感觉自己仿佛已经成了一名优秀的战士。但是,他只不过在学校里接受过几个小时的长枪使用训练。现在达树很不安。如果真的要与食人魔战斗,他不知道凭自己的枪法能不能成功完成任务。

然后,奥马尔要求每个人做自我介绍。伊甸的人口现在已经超过了八千人,就算和有的人有过语言交流,也不代表和这个人关系很近。因为奥马尔与达树的父亲有私交,所以达树也只对奥马尔比较了解。

几个人依次报了自己的名字。吉米·穆本戈、琼·杰克·阿隆、葛德·汉普汀克、崔贤。知道这几个人都参加过几十次守卫任务之后,达树感到安心了许多。

轮到达树自我介绍的时候,几个人的脸上终于露出了笑容。与达树同为亚洲人的崔贤突然鼓了鼓掌,其他人也跟着鼓起掌来。

"好了,那就动身吧。"

奥马尔发出口令后,整队人就出发了。只不过他们并不是像军队一样排成整齐的队列,而是挤在一起往前走。从社区道路经过的时候,人们纷纷过来打招呼。

"各位辛苦了。"有人表示慰问。

"把这个带过去吃吧。"也有人把自己准备的食物交到奥马尔手上。

在远处农田里劳作的人们也放下手中的活,朝着达树一行人挥手致意。达树看到自己旁边的奥马尔在挥手回应,于是也跟着挥手。挥着挥着,达树无端感到一阵自豪。他意识到自己被这么多人所依靠,心底油然而生出一种责任感。

达树知道边境在社区以北大约二十千米以外的地方。他听说过,从社区到那里需要翻过两座山,还要穿过森林和草原,而且途中没有一户人家。一行人每走一个小时就休息十分钟左右。至于方向倒是不会搞错,只要沿着人们踩出的小路一直走就行,而且路边每隔一段固定距离,就有人在那儿堆上一些小石头作为路标。

六个人就这么互相保持着不近不远的距离走着。

刚开始的时候,右手边一直能看到一条海岸线。休息了两次之后,队伍离开海岸线,登上了一条和缓的坡道。坡道很窄,六个人排成一列,默默地往前走。

下山之后又到了休息时间。

"要是在地球,这点儿距离开车二十分钟就到了。"琼埋怨道。

"汽车啊……真是遥远的梦想。如果糯薯栽培的量足够大,在保证社区居民口粮的基础上还有剩余,或许可以用来制作燃料酒精。但是现在我们的收获量还远远达不到那种程度。"

尽管奥马尔这么说,达树还是觉得这件事没这么简单。伊甸的社区附近没有矿物资源,这对文明发展是一个很大的阻碍。时至今日,不得不用到金属的时候,也只是把地球传送过来的零件进行加工再利用。

看来生产出汽车还只是一个虚无缥缈的梦。

"喂!你们快看那里!"葛德看着右边的草丛小声叫道。他似乎发现了什么,正在招手让大家过去。

几个人悄悄走过去,来到了葛德旁边。

"看那儿。"葛德指着一个地方说。

然而达树什么都没发现,他只看到眼前有一片齐腰深的草。

"挺小的,应该只有成兽的四分之一大。"

"这种大小的肉是最好吃的,鲜嫩多汁。"

吉米和琼各自评论了一句。

这时达树才终于看到,葛德手指着的地方有一块一米见方的正方形空地。空地上也长着绿色的青苔，不过看起来总感觉跟周围有些不同。

"这是毯牛？"达树问。

"没错。"吉米开心地点了点头。

"这种大小的，很轻松就搞定了。怎么样，奥马尔，要不要带去那边当个见面礼？"

奥马尔抬头看了看太阳在天空中的位置，然后对葛德说："嗯，我们走得确实比预定计划快了不少。行，那就干！"

"就等你这句话！"

吉米对达树命令道："你负责右边。那边最不容易有体液射出来。"

"右边……是哪边？"

"它的头朝着对面，所以它的右边就是那边。"吉米用手指了指。

达树知道，所谓体液指的就是毯牛分泌的强力消化液。小时候他经常听大人讲狩猎毯牛的时候死了人的故事。

"达树用长枪捅它的右边，防止它乱动，然后奥马尔把它解决掉。行吗？"

"明白了。"

奥马尔话音刚落，大家已经开始了行动。毕竟是第一次狩猎，达树实在是没什么自信。就连抓影卡的手法他也是最近才学会。平时，除了在学校的时候，他主要是在帮母亲干农活，和狩猎扯不上什么关系。

"别怕。大家最近应该都只见过中了陷阱的毯牛。如果是成兽的话我不会让你们动手,但是这种大小的没事。"奥马尔在达树耳边小声说道。

六个人分散开来,围住毯牛并逐渐靠近。走到能看清楚的位置之后,达树停下了脚步。

在这个位置能明显看到,那些绿色青苔摇晃的方向与周围的草被风吹拂的方向不一样。其实毯牛绿色的体表也不过是与环境同化的保护色而已。据达树所了解,毯牛的表皮是依附着肉的褐色皮肤。

大家都看着奥马尔。他一挥下高高举起的手,全队人就瞬间朝毯牛扑了过去。

达树两手握住长枪,用尽全力向毯牛刺过去,但还是晚了。其他三人的长枪刺过去的瞬间,毯牛缩起了身子,试图把自己团成球状。达树一枪扎到了地面上。

"危险!"奥马尔大叫道,然后朝着达树一脚踢了过去。

达树被踢到胸口,整个人朝后面飞了好几米远。当他爬起来的时候,看到奥马尔在毯牛的身上,正要给它致命一击。

走过去一看,达树明白了。

在他的长枪掉落的地方,周围的草地已经一片漆黑。毯牛朝这个地方喷了消化液。如果奥马尔没有一脚把他踢开,这些消化液就会从他的头顶淋下来,造成严重烧伤。

一行人发出了欢呼声。

毯牛长着一个小小的三角形的头,一条细长的嘴一直延伸到正方形身躯的中间部位。这么近距离地观察一只尚未肢解的毯牛,对达树来说还是第一次。

毯牛的眼睛又大又圆,看起来实在不像是那种会射出危险液体的攻击性动物。

队伍里的其他人都兴高采烈,站在后面的达树却感到很失落。

大家一起执行保护社区的任务,自己的实力却比其他人弱这么多。还得让奥马尔来救自己,这不是已经成了团队的包袱了吗?

奥马尔和看起来狩猎经验非常丰富的葛德已经手脚麻利地把毯牛剖开,并把它的肉切成了若干片。

切完之后,大家分头用藤蔓将肉片绑在了一起。

"达树,你也拿一些。"奥马尔将肉片递给达树。

"实在抱歉,我根本没发挥作用。"达树老老实实地向奥马尔低头致歉。

奥马尔重重地摆了摆手,表示没什么,"那不算什么问题。狩猎毯牛本来就挺难,总有人的动作会慢半拍,第五个和第六个人的任务就是帮助那个慢半拍的人然后杀死毯牛。所以说,并不会有谁觉得你出了什么岔子。"

"真的吗?"

"当然。而且要是正广的儿子在我队伍里受了伤,我就没脸去见他了。如果那只毯牛是成兽,就没有这次狩猎了。狩猎成兽如果没有七成以上的把握,我们是不会采取行动的。刚才我也是判断有相当的把握之后才同意动手的。"

看来奥马尔确实很自信。

"而且这一次我们是为了去边境担任守卫,本来就不是冲着毯牛来的,你大可不必想太多。"

听奥马尔这样说,达树安心了不少。队伍里的其他人大概也听到了奥马尔的话,纷纷点头表示赞同。

葛德插话道:"不好意思,这件事是我提起的,本来就跟我们的任务没有关系,要道歉的该是我才对。"说完,他便伸出手来和达树握手。吉米也拍了两下达树的肩膀以示鼓励。

然后,队伍又继续赶路。

从草原进入森林,再翻过山之后,应该就到边境了。一行人在山顶的正下方吃了午饭。

远处能看到海。左右两方都是海,不过正面是山顶云雾缭绕的连绵的陆地。

"不知道那究竟是岛屿还是大陆一直延伸到了那个地方。因为有海流的阻碍,我们社区的船没法儿从海上过去,也就没法儿调查清楚。"奥马尔解说道。

"说起来,食人魔的数量到底有多少?"

"呃……"对于达树的提问,奥马尔似乎不知道该怎么回答,"其实……我们也只是听说过而已。我也没有亲眼见过食人魔。"

"但是我听说曾经发生过六名守卫同时失踪的事件,听起来那些人似乎就是被食人魔抓走吃掉了。"

"对,在那之前也发生过失踪事件。所以才会有守卫的任务安排下来。"

从现在的位置看不见正面那座连绵不断的山脉的全貌,因为山顶一直被雾气所覆盖。山上的风也很大。看样子,山上会有雾是地形的原因。

队伍里每一个人都说,谁也没看到过那座山雾气散去后的全貌。

从这一带开始,已经能看到带着幼崽的灌木鸟在地上跑来跑去了。达树又想起玛法尔的话,于是推测这里离边境已经不太远了。

这个推测没有错。

琼拍了拍达树的肩,"累了吗?马上就到了,再加把劲儿。"

的确如琼所说。越往坡下走,高过头顶的树就越来越少,地上出现了光秃秃的岩石,前方的视野也逐渐开阔。另外,周围的植物也变成了海岸附近常常看到的低矮草木。

奥马尔停下脚步,说:"已经能看到了。"

在悬崖之间有一个小屋,小屋的位置比周围的悬崖要低很多。远远看去,小屋门前有几个小点,应该是两三个守卫站在那里。

又下了大约十五分钟的坡之后，一行人才终于到了平地。说是平地，其实是朝着海面方向和缓倾斜的漏斗状地形。看样子，这种地形是雨水积聚后从小屋旁边流向海岸，冲刷地面形成的。眼前宽广的岩石山坡也证明了这一点。

靠近小屋之后，小屋另一边的地形也映入眼帘。这个地方是一条处于山崖夹缝之中的山谷，一直延伸到海边，而那个小屋就在谷底。岩石坡横断海面，将两边的陆地连接在一起。可以看到，这个地方就是两岸唯一的连接点。

在山谷另一边的出口处有一道圆木建成的大门。从这道门上能感受到社区众人的强烈意志——不管是什么东西试图从对面入侵，都必须把它们挡在这里。但是，这道圆木门上现在长了青苔，已经开始腐坏。

这道门到底是什么时候建成的呢？达树想。

虽然不知道木门腐朽的速度有多快，但看样子它并不是近年才设置在这里的。

"换班了。你们的队长呢？"奥马尔向小屋附近的一个年轻男人问道。

"在门的那边。"

"什么？是出事了吗？"

"一共过去了四个人。"男人并没有直接回答是不是出事了，"我是遵照命令守在这里。"

达树还是没搞清状况,但从队友们的表情变化中他能看出,应该是出什么大事了。

"你们的队长是约翰·B.吧?"

"对。"

达树想,眼前这个年轻人应该比自己大个一两岁,估计要么跟自己一样是第一次执行任务,要么就是第二次。从脸上僵硬的表情都能看出对方非常紧张。

"要我去把他们叫过来吗?"

"不用了。虽然不知道发生了什么,但我们还是直接过去看看吧。叫喊声太大把敌人引过来就麻烦了。"

"明白了。"

奥马尔命令队伍中的其他人原地待命。

"我先过去看看。"

"请小心。"崔贤突然说道。

"我也不想让克丽丝伤心啊。不会乱来的,放心吧。"

说完这句话,奥马尔就消失在了门的另一边。

留下来的几个人似乎有很多东西想问。眼前这个年轻人好像跟葛德认识。

"杰克,发生了什么?是食人魔出现了吗?"

"不清楚。不过好像是有食人魔或是什么东西出来了。总之队长,就是约翰·B.,让我在这门口待命。"

"那你其实什么都没看到？"

"是的……对不起。"

这时，奥马尔从门的另一边回来了，身材魁梧的约翰·B.也在他旁边。

约翰·B.的脸上挂着笑。看到他的表情，达树知道了，事情至少不是最坏的结果。

约翰·B.朝杰克喊道："辛苦了，该换班了。"

"是！"

奥马尔命令队员排成一个圆阵。

"黎明的时候他们发现了三个黑影靠近，所以才去了门那边展开警戒。现在还不知道那三个黑影到底是什么。它们的气息似乎已经消失了，不过为防万一，那边还是在继续放哨。

"所以，我们也立刻开始警戒工作。门那边去三个人。葛德、崔贤和我过去。门内警戒由琼负责。达树和吉米休息。每次轮换两个人。"

全队人把行李放到小屋里之后，就各自去了自己的岗位。奥马尔拿出一半的毯牛肉片分给了约翰·B.。

"来的路上偶然打到的，你拿去分给队员们吧，让他们带回去。"

约翰·B.开心地笑了起来。

达树心里暗忖，为什么奥马尔一开始就让自己休息？如果是出于照顾自己的想法，那确实应该感谢他。但同时达树又有些不满，他觉得奥马尔这么安排可能是因为没有把自己计算在战斗力之内。达树想，自己还没有累，完全可以和其他人一样立刻开始执行守卫任务。

换班似乎结束了，前一个队伍的成员从门那边走了回来，他们肩上扛着长枪，两条胳膊搭在上面。虽然看起来有些疲惫，但从他们身上还是能感受到完成了任务的轻松感。

每个人都跟吉米和达树打了招呼。

"之后就拜托你们啦！"

"我们到这儿之后就打了灌木鸟，放在小屋的石仓里，你们拿来吃吧。"

"已经没有那些家伙的气息了，接下来应该不会有什么问题。"

约翰·B.的队伍全员排好队列听着队长的鼓励话语，时不时还发出哄笑或鼓掌。

然后，他们一边向达树和吉米挥手一边转身离去。

"谢谢你们的毯牛肉！"有人这么喊了一句。

"不用客气！"

吉米也朝他们挥挥手，接着嬉皮笑脸地对达树说："他们今天回伊甸之后肯定会喝狱乱酒喝个痛快。嘿嘿，其实我回去之后也是这么打算的。"这时，吉米似乎察觉到了达树有些心神不宁，"你是第一次来，所以应该很好奇门那边是什么样子吧？"

"嗯。"

"反正无论如何也会轮到你的,到时候你自然就知道守卫值班的位置是什么样子了。休息的时候还是好好休息,为可能发生的紧急状况做好准备。不过嘛,确实也得保证任务来的时候不会像没头苍蝇一样。这样吧,我带你去那边看看。"

按照规定,休息的时候干什么都可以,所以不当班的两个人也可以去看其他人的值班状况。

"跟我来。"

两人沿着岩石坡往下,朝圆木门走去。越往前山谷就变得越发狭窄。

走到门前的时候,琼过来搭话了:"怎么了?你们不休息?"

"嗯,我想让达树看看门外边的样子。"

"这样啊。从这里看外面倒是没什么可看的。"琼用下巴指了指门外的方向。

在门的左右各有一道宽度勉强能让一个人通过的缝隙。吉米从缝隙挤出去之后,达树也跟了出去。来到门面前达树才清晰地看到,这道门比他想象的还要老旧得多。

此前达树只从门的内侧远眺过这边。而现在,他看到眼前的光景之后着实吓了一跳。

门的外侧堆砌着数不清的人类头骨。

"这些……都是人的骨头吧……"

"对。吓到了？确实挺吓人。这些都是真正的人头。'跳跃'过来的时候，许多人直接变成了尸体，所以我们就把那些尸体利用起来了。听说，把这些头骨堆在这里是为了告诉食人魔：'门那边没有东西给你们吃！'"

虽然吉米做了说明，但达树还是觉得想出这个点子的人品位实在过于古怪。

风非常大。从这个位置可以清楚地望见左右两边的海平面。除此之外，还能看见几只灌木鸟乘着风在空中滑翔——这种鸟平时是很少飞上天的。

在门的另一边，岩石坡一直延伸到对面的陆地。门与海岸的高度差大约数十米，要往来于两边的陆地，似乎也的确只有通过这一个地方才能办到。出了门，顺着和缓的坡道走下去，再穿过一片从海面隆起的岩石滩，就到了对岸的一片森林。

前方有很多巨大的岩石，从这边看过去，那些岩石背后是视线死角，确实适合藏身。

那些可疑的黑影就是藏在这些巨岩背后吗？

达树想，食人魔利用这些岩石的阴影逐渐接近木门是有可能做到的。

但是，不管怎么接近，应该也无法通过这道门。

在门的附近和坡道的中间，分布着好几个口袋状的岩石滩。其中的三个分别有一个守卫把守。离门最近的是奥马尔，稍远处是葛德,再往坡下十米是崔贤。

"伊甸的边界就到这里。我们就是在这个地方守卫伊甸。"

说这些话的时候,吉米的表情非常严肃。达树也点了点头。他感觉内心涌出了一股强烈的使命感。

这时,达树突然朝把守左下方岩石滩的崔贤喊道:"崔大哥!你守的那个地方等会儿换我来!"

听到有人叫自己,崔贤惊讶地回过头来。接着,他似乎明白了达树的意思,也朝后者大声喊道:"好!保持这个气势!"

之后,两人回到小屋,开始准备食物。吉米熟练地从房间一角的石仓里取出食材,然后把锅架在土灶上,开始给大家做饭。

"第一轮安排我休息,实际上就是叫我做饭的意思。"说着吉米笑了起来。

吉米说,他小时候曾经在地球上的一家餐馆厨房当过见习厨师。所以每次伊甸到丰收节的时候都会把他拉来做志愿者,负责集会所的烹饪工作。他做饭的手法熟练也正是这个原因。至于达树,则按照吉米的指示,一会儿给糯薯剥皮,一会儿又去小屋后面的小河里打水。

虽然从外观上看不出来,但小屋的内部相当宽敞。靠里的位置放着四组三层床,房间中央还放着一张能够容纳十来个人坐下来开会的桌子,当然,全队人坐在一起吃饭也是没问题的。不过达树想,既然守卫是轮班制,那在执行任务的时候,不管是床还是桌子都必然会有一些位置空下来。

小屋里换气不怎么好,不是很方便做饭。如果不把屋门和灶上方的窗户打开,浓烟就会充满整个房间。

灶的旁边挖了一个洞,石仓就在那里。仓里储藏的食物比想象的要丰富许多,存了大量肉干和贝类食物,这让达树很是惊讶。吉米解释说,这里会不定期得到一些食物,都是不担当守卫任务的人提供的。

"我们先把肚子填饱,等着一会儿换班。"

完工之后,吉米招呼达树过来吃了他特制的炖菜。为了让其他队员回来休息时能马上吃到热乎的东西,吉米没有熄灭灶里的炭火,锅也一直放在灶上。另外,桌子上还放着许多烤好的面包。这些面包虽然又薄又硬,但新鲜出炉的酥脆口感让人欲罢不能。吉米很随意地说了句:"人类最初制作的面包大概就是这个味道。"中午打的那只毯牛的肉也放了几大块到炖菜里。他笑着说,能够把肉煮到这种入口即化的程度是因为自己有窍门。达树很是激动,觉得自己吃到了与母亲做的饭不同的"男人的料理"。

达树正在床上打盹的时候,突然被吉米叫醒了。睁开眼睛之后,达树因为不熟悉的环境愣了一下,然后才反应过来自己现在正在边境上执行守卫任务。

"太阳要从左边的悬崖上落下去了,差不多该换班了。"吉米说。他把达树从头到脚打量了一遍,然后从堆积在屋里的毛皮中拿了一块扔给达树。这是长毛斑马的皮,跟吉米现在身上穿的那块一样。

"就穿那么点,等会儿会冷的。把这个也穿上。在伊甸那边没这个必要,但是这里的风很大,体温会下降得非常厉害。穿上这东西虽然活动起来没那么方便,不过总比感冒要好。"

"明白了。"

把毛皮披到肩上之后,达树感觉稍微有点儿热。不过既然吉米都这么说了,想来带上这个东西还是有必要的。

正如吉米所说,小屋外面的气温已经下降了不少,风也比先前更大了。

到这种时候,吉米就变得没那么多废话了。整个人的气场也跟先前完全不一样。

"崔贤那个位置我来守吧?"吉米说。

"没事,我来。之前我都跟崔大哥说了我要去替他。"

"好吧。"吉米点了点头,看来是打算尊重达树的意愿,"但是你一定要记住:绷紧神经,眼睛睁大点儿。发现有不对劲的气息马上叫人,别守着岩石滩不挪窝,该撤退就撤退,只要把敌人挡在木门外就行了。"

"好……但是……那些食人魔真的有什么'气息'吗?"

"现在我们还不知道对方是不是食人魔。但确实不止一次有人感觉到了某种古怪的气息。前面那个队伍也说他们看到了几个黑影。这一带没有蛇鲨出没,所以应该是别的什么东西。其实我觉得那也可能是某种没有肉身，灵体一样的东西。不知道这里死过多少人，反正要说这里会出现那种东西我是不会感到奇怪的。"

"你是说……幽灵吗？"

"啊——我不是故意吓你的，你别当真。这种解释并不科学。但是，一个人站在岩石滩上的时候，总是控制不住自己往那方面去想。最开始，是有一个社区过来的人从悬崖上掉下去摔死了。那人的同伴稍微移开了一会儿视线，尸体就莫名其妙地消失了。

"那之后就有好几个人亲眼看到了食人魔。不过，这是很久以前发生的事了。"

达树还想详细问问整队守卫神秘失踪那一次到底是怎么回事，但此时两人已经走到了木门前。

"吉米·穆本戈、田边达树，前来换班！"吉米大声喊道。然后，他小声地对达树说："下一次换班是第三个月亮下山的时候，在那之前你得坚持住。"

前方传来三个人的应答声。天空已经被夕阳染得血红，很快太阳就会下山了。

达树小心翼翼地朝崔贤所在的岩石滩走下去。途中时不时会有一股大风刮来，仿佛整个人都要被吹飞。为了保证安全，他只好用两条腿和一只手在地上爬行。这种时候，右手握着的长枪和挂在肩上的盾就显得非常碍事。

终于抵达崔贤防守的口袋状岩石滩之后，达树发现，这个地方的确最适合防御从下方攻过来的敌人。

从下面爬上来的敌人必然会经过这个地方。而这里的倾斜面又使得敌人必须用尽全力保证自己不会滑下去,难以摆开架势发动袭击。相反,防守方只需要从岩石滩上一枪刺过去就可以把对方解决掉。亲眼确认了这里的状况之后,达树大大地松了一口气。剩下的问题,就是警戒任务结束之后爬回木门那边又得费不少力气了。

看到达树过来,崔贤高兴地点了点头,"可饿死我了。吉米今晚做了些什么好吃的?"

崔贤鼓励了达树几句就回去了。现在,岩石滩上就剩下达树一个人。此情此景让他真切地感到,自己现在正在执行守卫边境的任务。

陪伴他的只有穿过岩石滩的风声。偶尔一阵风吹来,发出有节奏、如某种奇特乐器一般的声音,又瞬间消失无踪。

从达树的位置,即使伸长了脖子张望,也看不见其他队友在哪儿。

现在他完全成了孤身一人。本来他以为自己会更害怕些,但是并没有。

太阳渐渐落下。达树突然想起来,在小屋那边看不到这种场面。虽然在社区那边不知看了多少次朝阳从海岸升起,但太阳落入海平面的光景,达树还是第一次见到。

太阳从海面消失的那一瞬间,仿佛有一道红光从水平线上闪过。被这番景象惊呆的达树忽然意识到自己还在执行任务，连忙把目光移回岩石滩的下方。

这时，他想起吉米说过的那番话。

——某种古怪的气息。

四周已经渐渐暗了下来，但是感觉不到有什么气息的存在。

达树心里默默祈祷别发生什么状况，就这么平安无事直到下一次轮班。

和崔贤离开的时候相比，此时周遭能看到的东西已经完全不一样了。虽然天上挂着两个月亮，但达树俯瞰前方却只能看到一条黑色的线一直延伸到海的对岸。不过，或许只是因为他的眼睛没有习惯黑暗。

吉米曾叮嘱过达树"眼睛睁大点儿"，但是无论眼睛睁得多大，前方仍旧是一片黑暗。能看清楚的，只有漆黑海面上反射着月光的浪花。而且，那也仅仅是能看到而已，海浪的声音已经被风声所掩盖，根本无法传到达树的耳朵里。

达树突然感到一阵后悔。他觉得自己可能不适合把守这个位置，尽管这是他自己揽下来的任务。

尽管什么也看不见，达树还是努力想要完成好自己的守卫任务。

时间过得比想象的要慢很多。第二个月亮升到天空正中竟然花了这么长的时间，而第三个月亮此时才刚刚露脸。

"达树,你那边没问题吧?"

不知道从哪儿传来了吉米的声音。达树想,吉米应该是在担心自己。

"没问题!"

"你没睡着吧?"

"没有!醒着呢!"

达树感到些许不快。难道自己就这么不靠谱,以至于吉米觉得自己可能会在警戒时打瞌睡?

"很好,达树。保持这个状态!换班还早得很呢!"

然后,四周又归于寂静。

达树继续全神贯注地监视着坡道下方的情况。

尽管反反复复地把海岸到坡道岩石滩这一片区域认认真真地扫视了许多遍,他还是感受不到任何的气息。

太黑了。什么都看不见。即使天上挂着三个月亮也是一样。

达树聚精会神,试图感知气息。如果入侵者出现,在自己守卫的这个位置肯定能够察觉到。

这时传来了奥马尔的声音:"达树,当心!什么东西出现了!有黑影在动!"

"是!"达树大声叫道。

奥马尔似乎看到了什么。达树听说,奥马尔在地球上的时候是一个战士,理应习惯了黑暗之中的战斗。如果奥马尔那样说了,应该就不会有错。

达树慌忙握紧长枪摆开架势。长枪的柄顶在了后面的岩石上。由于过于紧张,他甚至都忘了拿起盾牌。他下意识地用父亲的腔调叫道:"是谁?!"

咚、咚、咚。达树没有想到自己的心脏竟然可以跳得这么大声。

他从岩石背后探出身子,把眼睛瞪得溜圆。

他觉得自己很没用,竟然什么都没有看到。海风拍打着他的脸颊,而坡下仍旧是一片黑暗。四下寂静无声,连一颗小石块滚落的声音都听不见。

为什么偏偏是今天?为什么偏偏是现在?最近根本就没听说过执行守卫任务的人出状况啊!

"……过来吧!放马过来!"达树低声说道。

紧张的气氛持续了很久。

"达树!你那边没情况吧?"奥马尔的声音传来。

"现在还没有!"

"好,黑影似乎消失了,你可以缓口气了。"

"是!"

奥马尔的话简直拯救了达树。瞬间,达树觉得全身都瘫软了下来。

危险消失了?

真的有什么东西出现过吗?

自己什么都没有看到,也什么都没有感觉到。有没有可能是奥马尔的错觉?因为白天换班的时候听那些人说看到了黑影,所以他潜意识中觉得有那种东西……

又过了很久,终于到了换班的时间。

"葛德·汉普汀克,前来换班!"

一声叫喊之后,又传来了奥马尔的应答声:"好,拜托了。"

看样子,守卫门内的崔贤是换班给了琼。葛德守在奥马尔的位置,能不能发现黑影呢?不,肯定是因为黑影的气息消失了,所以奥马尔才换班的。哪怕有一点儿不放心,奥马尔也不会让别人来替他。

坡道上的岩石滩又笼罩在了寂静之中。

换班之后,先前势头凶猛的海风似乎也停了下来。

其实准确地说,现在并非一片寂静,仍然能够听到远处传来嘈杂的海浪声。但是,这种声音并不会让人感到不安。

没有了风声之后,心境也奇迹般地平和了下来。达树把视线从坡道下方的黑暗之中移开。

夜空中除了三个月亮,还有密密麻麻的光点。那是数不清的星星。达树深深地叹了一口气。

正当达树要把长枪立在岩石上的时候,状况出现了。

达树根本没有反应过来发生了什么。

某种漆黑的东西突然跳到了达树的脚下,达树甚至都来不及站稳。

"啊！！"

达树发出了一声惨叫。他的脚被绊了一下。紧接着又一个黑影跳了出来。

一阵剧烈的冲击过后，达树晕了过去。

苏醒过来的时候，达树听到有人说话。是一种他听不懂的语言。

达树发现自己躺在地面上，但这里不是岩石滩。

他感觉头很痛。看样子是倒下的时候头重重地磕在了岩石上。

达树睁开了眼睛。有光，很刺眼。他缓缓地起了身。

旁边有一群男人。

是回到伊甸了吗？不，不对。人群中有一个人指着达树说了些什么。达树听不懂，但还是分辨出那人说了"醒了"这个单词。

虽然是自己听不懂的语言，偶尔却会混进几个自己能听懂的单词。他们还提到了什么"岛壁"，莫非指的就是自己看守的那个地方？

男人总共有五六个，都一脸好奇地望着达树。

这里是树林。难道是在海对岸的陆地？达树想不出其他的可能性。这么说来，这些人就是伊甸居民所说的食人魔了？

"你们是什么人？打算吃了我吗？"

男人们一脸茫然。他们似乎听不懂达树说的什么。

这些男人穿的衣服也跟伊甸的居民不同。虽然看起来跟达树一样，身上穿的衣服都是茧猫的毛织成的，但设计上要复杂许多。另外，上面染的颜色也是伊甸没有的。他们的衣服会在鲜艳的绿色和偏黑的颜色中间来回变化，似乎是使用了什么特殊的染料。

有几个人凑过来盯着达树的脸看，但从他们身上感觉不到恶意。或许是意识到了语言不通，他们也并没有主动和达树说话。

但是，有一个跟达树年纪差不多，身材瘦削的年轻人，在达树面前蹲了下来，还冲着他笑。然后，他用手指了指达树，又指了指达树的身后。

达树回过头去。

透过树林的间隙可以看到对岸的陆地，那里有圆木门，并且一直通向伊甸。奥马尔和队伍的其他成员都在那边。当然，因为隔得太远，就算他们站在那里执行警戒任务，从这里也看不见。

达树意识到，自己就是从那边被抓来这里的。

让他吃惊的是，一旁的年轻人竟然问了一句："你是谁？"

"——啊？"

"问你呢，你是谁？恶鬼吗？"

达树不由得怀疑起自己的耳朵。对方说的话他完全能听懂，这是他在家里与父母交流时使用的语言。

"我叫达树。你呢？"

"我叫阿正。其实我知道你的名字。晚上的时候我听你同伴叫过你。当时我还听见你大吼了一句'是谁'。虽然别的话我听不懂，但是那一句我听懂了。"

"所以就把我抓过来了？"

阿正点了点头。

旁边的这些男人似乎完全听不懂达树和阿正两人说了些什么。

"你们会吃人吗？"达树问

阿正重重地摇了摇头，然后反问道："我们怎么可能吃人？我倒是想问你们，为什么要毫无理由地杀人？"

"杀人？"

"我听说，很久以前，我们有几个人从通路这边爬上去，结果莫名其妙地遭到了攻击。大家连忙往回逃，对面还拿着武器一直追到了通路来。然后双方厮杀起来，我们这边死了八个人。"

"这么说，那时候的守卫就是被你们——"

"守卫？"

"就是守在木门前，防止食人魔入侵的人。"

"'食人魔'是指我们吗？你知不知道，在我们这边，可是把你们叫作'恶鬼'。"

被对方这么一说，达树竟不知道怎么反驳。

"当时似乎有六只恶鬼，都被杀掉了，全部埋在鬼冢里。"

"你觉得我也是恶鬼吗？"

阿正死死地盯着达树看了看，然后摇摇头，自言自语般地说道："跟我听说的不一样啊……"

"为什么把我抓到这里来?"

阿正沉默不语地望着达树。好一会儿,他才开口道:"其实按这边的规矩,我们不能与恶鬼接触。也不能被它们发现行踪,因为会刺激到它们。只不过我们还是每天晚上都派人到通路那边去侦察。老实说,这次把你抓过来已经打破了规矩。恶鬼平时老是叫喊一些我们听不懂的,今天是第一次听到能听懂的,所以就把你抓过来了。

"你当时不是叫了一句'是谁'吗?我当时听到可真是吓了一跳,毕竟以前从来没听哪个恶鬼这么叫过。我跟其他同伴说了,结果他们都不信。所以我就请大家帮忙,想过去找你聊聊。但是你又拿着武器。为了让你来不及使用武器,我就突然朝你扑过去,没想到搞成了那样。最后实在没有办法,就只好把你带过来了。"

"把我带到这里来就是因为我喊了一句'是谁'?"

"对。这种语言我听得懂,但是这里的其他人都听不懂。现在也只有我能听懂你说了些什么。难道说……上面那些……恶鬼,是从日本飞过来的?"

"……你知道日本?"

"我是在这儿出生的,但是听父母讲过那边的事。我的父母都是日本人。"

达树对阿正抱有一种亲近感。说起来,两人在外貌上的确很相似。

"你可别逃啊。要是恶鬼们打过来,我就没法儿向同伴们交代了。"

看来,阿正在内心深处仍然对木门另一边的恶鬼抱有一种难以言喻的恐惧。这些人不敢现身,就是怕被对方察觉到自己的存在。

他们似乎认为,只要恶鬼没有发现自己,就不会攻打过来。

达树拼命思考,怎样才能把自己平安无事的消息传递到那边去。

"你们的社区在什么地方?"

"社区?你是说村子吗?"

两人在表达上有一些微妙的偏差,不过这是十几年双方文化交流断绝造成的结果。达树意识到,双方的语言虽然表现方式不同,但概念基本上是共通的。

"村子就在这附近。我会把你一起带过去。你和我的父母应该有更多可以聊的。"

然后,阿正就达树的情况对旁边的男人们做了说明。虽然达树不知道这些人说了些什么,但从他们的交谈中时不时蹦出来的能听懂的单词来判断,他们的确不是什么食人魔,而是从地球"跳跃"过来的一群人。

他们和伊甸的人并没有什么分别,双方只是在服饰穿着上有一些微小的区别而已。

也就是说,社区的不同导致了双方的文化发展出现了差异。

阿正已经没有把达树看成恶鬼了。

"大家都在说,不能把你放回去。他们把我们当成食人魔,害怕我们,那正好。如果他们知道这边也是普普通通的人类,搞不好会像以前那样攻打过来。"

"但是社区里的人肯定都在担心我。哪怕就让父母知道我现在平安无事也好。"

"这办不到。"阿正一脸抱歉地摇了摇头,"或许我一开始就不应该告诉同伴我听懂了恶鬼的话。现在搞得你被带到了这边来。我得向你道歉。"

达树并没有被绑起来。之后,将由一支十多个人的队伍把他带到村子里去。

跟伊甸派遣达树等人执行守卫任务一样,这支队伍也担负着监视恶鬼是否会攻打过来的使命。而且,同样是轮班制。与伊甸的守卫不同的是,他们一直藏身在暗处。看来他们是知道,恶鬼并不会下去。

然而达树知道,两个社区的人还是不幸地在边境上发生过接触。只不过他不清楚事态到底是怎样发展到这边的人与六名伊甸守卫展开厮杀的地步的。或许,是对黑暗的未知之地的猜测和怀疑逐渐发展成了恐惧。而这就使得两个社区长年以来一直把边境当作禁忌之地。

但是……

达树突然想起来一件事,于是问阿正:"你们把那六个人埋在鬼冢里的时候，没有发现对岸的也是和自己一样的人类吗？"

与达树并肩走着的阿正陷入了沉默。他似乎有自己的想法。

"就算外形是人，如果带着杀意向我们发动袭击，那就是恶鬼。我自己是这么想的，别人也是这么告诉我的。如果你当时不叫那一声，我的这种想法大概一直不会改变。"

正如阿正所说，穿过森林再走下一个坡道之后，达树就看到了眼前有一大片农田和许多认认真真干着农活的人。这里的田地比伊甸的还要宽广不少，而且还种着许多达树没怎么见过的农作物。同时达树发现，在伊甸最为常见的糯薯，这里却几乎看不到。

达树想象不出来，阿正的社区到底会怎么看待自己。是当作囚犯，还是视作恶鬼？

"马上就到村里了。"阿正说。接着，他又跑到队列前面去找队长。

然后，他过来告诉达树："我们得先带你去见见我们的头领，毕竟这次发生的事没有先例。"阿正敏锐地发现达树脸上有一丝不安，又说，"没关系，我会在旁边负责翻译。这样一来，大家也就知道对面的不是恶鬼而是跟我们一样的人类，说不定双方就可以交流了啊。"

阿正表现得非常乐观积极。然而对达树而言，这是他有生以来第一次来到"异国"。

现在的他完全没心思去想什么交流的问题。

誓约之时

虽然不知道自己在村里会受到怎样的对待，但有了阿正这个能够和自己交流的同龄人，达树心情还是轻松了不少。

达树知道，阿正一直在同伴面前给自己说情。

"你能向我保证，到村子之前都不反抗不逃跑吗？这样的话我就去请求他们不把你绑起来。我会跟队长说，我来做担保。"阿正曾经对达树这么说过。其实在这之前他也当着达树的面与一个看起来像是头领的男人交谈过。虽然达树听不懂，但是能够感觉到阿正在试图保护自己。

"到了村子之后，我不会被当成奴隶或者受到什么惩罚吧？"

"如果杀了人,倒是可能会被流放。不过你跟我们一样,都是人类,我想他们不会惩罚你的。"

虽然不知道这番话有多少可信度,但达树现在也只有相信阿正了。

归根结底,双方都是同样的人类,只不过从地球"跳跃"过来的时候,各自着陆的地点稍有偏差而已。

"我不会乱来的,免得给你添麻烦。"达树做了保证之后,阿正高兴地笑了。

在去村子的路上,达树被安排在队伍里靠前的位置,阿正也守在他的旁边,但他的确没有被绑起来。

看到路边充当路标的小石堆和放在旁边的人偶越来越多,达树就知道,自己离村子越来越近了。那些人偶有的是用石头雕刻的,有的是用木片拼接的。在伊甸的社区,几乎看不到这种东西。虽然森林本身的风景并没有什么差别,但从这些小地方还是能感觉到两个集体在文化上的不同。

"那些人偶是做什么用的?"

"那是一种咒具,似乎是刚'跳跃'过来的时候制作的,好像是用来驱鬼。平时天天都能看到,倒是没感觉有什么特别的。"阿正解说道。

"驱鬼?鬼指的是我们吗?"

"不,应该是泛指威胁到安全的一切东西。"

达树自己毕竟也一直相信门的另一边有食人魔,所以这时候也不好说什么。

穿过森林之后,队伍来到了一条能俯瞰大海的道路上。这里的景色与伊甸附近并没有什么区别。过了一会儿,队伍再次进入森林,在森林中走了一段路之后,又来到一条河边。

这时,阿正突然跑过来对达树说:"刚才我说那些人偶是用来驱鬼的,但是他们说不是这样。上一代人从地球'跳跃'过来,在着陆的时候死了很多人,人偶是为了悼念那些人而制作的。是我搞错了,不好意思啊。"

看来阿正是去找人问了那些人偶的由来。估计他也对自己先前所说的内容没有把握。达树觉得,阿正比他的外表看起来还要真诚许多。

一行人开始往河的上游走。虽然越到上游河道就越窄,但河水也更加清澈,看起来似乎可以饮用。

森林的尽头是一片农田。田地里,一些在伊甸见不到的植物随风摇曳。

"马上就到了。"阿正说。

"这些植物是什么?"

"是水稻,会结米。米,R—I—C—E。"

达树听说过有一种食物叫作米。他曾听父母聊起"在地球上吃过的东西"。每次说到这个话题,他们一定会提到米。用米煮成米饭,然后再做成饭团。"好怀念,真想再吃一次。"——达树曾听父母这么说过。

"你们那边没有米吗？"

"没有。这个星球上本来就有米吗？"

"这里本来没有。据说是从地球上'跳跃'过来的时候,有人带了一把没脱壳的米。把那些米种下去之后,逐渐发展成了现在这个样子。这种植物叫水稻,米是从水稻的尖儿上结出来的。这个星球上的土壤似乎很适合水稻生长,所以种出来的米粒更大也更好吃。啊,这些其实都是别人告诉我的。"

河边一大片的水稻都是绿色的,看来离收获的时候还早得很。附近也看不到什么人。吹过稻田的风就像有生命一样,一路压着稻穗往前奔去。

尽管达树现在是在一片陌生的土地上,水稻这种植物也是有生以来第一次见到,然而眼前的光景却让他有一种怀念的感觉。他想,或许有的东西已经刻在自己的血液里了。

"就是那儿。"阿正用手指着某处说,"那就是我们的村子。"

那个方向能看到一块陡峭的岩壁。岩壁与地面垂直,壁面非常平整。而且它还非常巨大,底端看起来就有好几千米长。岩壁上方覆盖着绿色植被。从远处虽然看不清细节,不过像是一片密林。

或许是因为地壳变动,这一小块地方被垂直地抬升了上来。达树不禁联想到"被巨大霜柱撑起来的大地"。

"村子就在那个岩壁上面吗?"达树问。

阿正摇了摇头:"不,村子在岩壁下面。岩壁上面谁也上不去。"

"在下面?"

"嗯。那个地方既不怕下雨,也不容易被夜行怪袭击。"

"夜行怪?"达树反问道。这名字听起来像是一种很可怕的怪物。

"对,是一种在黑夜里出没的怪物。这种怪物出现的时间有周期性,所以我们大概摸清楚了它们什么时候会来。就算是这样,偶尔还是会有人遭到毒手。它们会用细长藤蔓一样的东西把人掠走。听说夜行怪体型很大,但是因为只在夜晚出现,所以不清楚它们具体长什么样。恶鬼那边——抱歉。你们住的那边没有这种怪物吗?"

听了阿正的话,达树想,所谓夜行怪会不会就是指的那个东西,只不过他们的叫法和这边的不一样?

"你们的村子离海大概有多远?"

阿正有些诧异地皱起了眉,"到海边的路有点儿绕,不过直线距离应该只有一千五百米左右。"

"那个怪物大概是从海里来的。我们称它们'蛇鲨'。我们还会定期去狩猎它们,所以那边的社区没有蛇鲨出现。"

听了达树的话,阿正惊讶得瞪大了眼睛,似乎觉得难以置信。

"那种怪物就是夜行怪?你们居然能猎杀夜行怪?怎么做到的?"

"因为它们不会在白天活动,所以趁白天偷袭它们的巢穴就行了。"

阿正瞪圆了眼睛盯着达树的脸看了好一会儿,终于发出了一声来自丹田深处的叫喊:"好厉害!"

接着,阿正对达树说了句"你先等等",又连忙朝队伍后面跑去。

整个队伍突然停了下来。紧接着,阿正带着队长和另一个男人走了过来。队长和那个男人看着达树,然后用达树听不懂的语言问了些什么。

"他们说让你详细讲讲夜行怪的情况。你就把你知道的都告诉他们吧。"

于是,达树把从父亲那里听说的关于蛇鲨的可怕传闻一五一十地转述了出来。然后,他又把社区定期狩猎蛇鲨的具体流程讲解了一遍。阿正则把他的话都翻译成村子里的语言。一旁的队长和其他人听着这些内容,时不时摇摇头,时不时又互相交换一下眼神。能够看出来,达树说的这些对他们而言是完全未知的信息。

当达树讲述完狩猎蛇鲨的一天之后,队长重重地点了点头,拍了两下达树的肩膀,又对阿正说了几句什么,然后就回到队列的后面去了。接着,队伍重新开始前进。

阿正非常高兴,"喂,达树,这下子大家要对我们两个人高看一眼啦。大家平时都不怎么聊夜行怪的话题,因为它们会带来灾厄,所以被视作禁忌。大家都拿它们没有办法。如果之后照你说的方法能够阻止它们袭击村子，那都是你和我的功劳啊。简直太棒了！"

达树再次感到，自己提供的那些信息对阿正和他的同伴是极其有用的。

"我想，就凭你刚才说的那些，到村子之后他们也不会对你做什么过分的事了。"阿正说。

达树不禁想，要是刚才没有说那些，是不是就会被他们当成奴隶？

当垂直的岩壁近在眼前的时候，道路开始变宽了。路上会时不时碰到一些人，有的推着手推车，车里装着食物；有的则肩上扛着农具。看来这些人都是村里的居民。看到归来的守卫队伍，大家都过来打招呼。这番景象与伊甸并没有什么区别。大家的脸上都挂着温和的微笑，他们说的话达树虽然听不懂，但应该是在表达慰问、感谢的意思。

服装上，这里的人倒的确与伊甸不同。伊甸居民的服装几乎不使用染料，衣服的颜色都是茧猫毛的本色。但是这边的衣服会使用好几种色彩鲜艳的染料，执行守卫任务的人们穿的就是会变色为绿色或者黑色的特殊服装。达树猜测，那应该是避免被入侵者发现的保护色。

除开这一点，大家毕竟都是流着相同血液的地球人，即使双方语言不通，表现出来的言行举止和神情态度也不会有什么大的分别。

又走了一会儿,视野变得开阔了,这下子终于能看清阿正所说的村子的全貌。此时,达树才切实体会到了"村子在岩壁下面"这句话的意思。

在巨大得超乎想象的岩壁的底部,有一条与地面平行的长长的裂缝,简直像是有一根巨型楔子被敲打进了岩壁之中。从远处看,只觉得那条裂缝很细,另外还能看到缝隙之中插进了无数的木材。虽然看不出裂缝的深浅,但是能够想象出肯定有相当的深度。从达树的位置能看到裂缝附近有许多人,那些人看起来都像豆粒一样小。

随着队伍越走越近,达树意识到,那个地方说是裂缝,倒不如说是一个巨大洞穴的入口。他渐渐感受到了村子的规模到底有多大。这的确是一个建在裂缝中的村子。

"首先我们所有人会一起去一趟村务所,报告通路那边的情况。平时的话这一步完成之后就可以解散了,不过今天把你带了过来,情况就不同了。"阿正说道。

达树想,阿正的意思是自己之后会单独接受审问吗?当然他自己也有预料,觉得村子里的人不会这么轻易地就放过他。

然后,阿正话锋一转,聊起了夜行怪。据他说,人们虽然躲在岩壁之中,夜行怪的触手还是会时不时地伸到缝隙深处来,每次遇到这种情况都会有不少人惨遭毒手。

"平时是不会有这么多人出来迎接的。估计是有谁先在村子里散播了消息，说我们的队伍和通路那边的恶鬼一起回来了。"当看到有很多人在道路两旁远远地注视着队伍的时候，阿正这么解释道。

村务所在村子的中心位置。这栋建筑的圆木拼接密度要远远大于其他房屋，底部摆放着许多从某处开采出来并加上了一些装饰的石块。在村务所前，还摆着几排手推车。

一行人在村务所门口的平台上等了一会儿之后，三个瘦削的中年男人从屋内走了出来。

阿正等人连忙排好了队列，那个像是队长的人排在了队列的中央。达树则被安排站在阿正的前面。

队长做报告的时候，三个中年男人一边兴致盎然地点着头，一边看向达树。达树听到，报告的内容里的确提到了夜行怪。

站在中间位置的中年男人用强有力的声音做了一段简短的演讲之后，队列就解散了。整个过程比想象的要简单得多。

队长手搭着达树和阿正的肩膀，将他们两人带到了那个中年男人的眼前。阿正对达树说道："应该是让你跟村长打个招呼。"达树点了点头。他知道自己不可能拒绝，只有按对方的要求来办。

村长静静站在原地，等着达树朝他走过去。他的整张脸都被白色的胡子所覆盖，头顶的毛发反倒显得颇为稀疏。

这位村长很高而且非常瘦。另外，他的背还挺得笔直，估计实际年龄比看起来要年轻不少。达树暗想,这个人外表看起来像个学者。只不过,从他的脸上看不出一丝的情绪波动。

队长和阿正等人与村长交谈了几句,中途村长点了好几次头。然后,村长不太流畅地对达树说道:"那么,我们进去聊吧。"

达树很吃惊,他没想到村长也跟阿正一样会说这门语言。

"好……好的。"

村长直直地盯着达树的眼睛。他点了点头,又跟队长说了些什么。队长应承了一声,然后拍了拍达树和阿正的肩膀,之后便离开了。

村长似乎是说了一句"没问题"。

"我作为陪同,跟你一起进去。"阿正笑着对达树说,"村长说你这个人信得过。"

进入村务所之前,达树抬头望了望。岩洞的顶部相当高,离地面大概有十多米,而村务所建筑的高度已经非常接近洞顶。

村务所内有十多个人在忙碌。柜台前站着许多村里的居民,工作人员正忙着接待他们。

村长从柜台侧面走了进去,然后朝身后的两人招手。达树和阿正跟着村长进了一个房间。房间很宽敞,还有光从大大的窗户照进来。看起来,这里像是村长的办公室。村长的办公桌放在窗边,而房间的中央安置着一张坐得下十多个人的圆桌。

村长示意达树和阿正坐到圆桌旁,接着自己也在阿正旁边坐了下来。

"我是这里的村长范·莱恩。能听懂我说的话吗?"

"能听懂。但是您为什么会说我从父亲那儿学到的语言?"

"我当上村长的原因大概就在于此。我并不觉得自己配得上村长这个位子,其实是大家推选我,不得已之下我才当了村长。你的父母是从日本来的,所以才在家里用日语交流,对吧?而你们那边村子的公用语……又是另一门语言吧。"

"对。大家在社区里交谈的时候说的公用语是另一种语言。其实好几种语言大家都在同时用。只不过不管是哪种语言,'是'和'否'的表达似乎都是一样的。"

说到这里,达树有些犹豫,他不知道该不该把社区的详细情况告诉眼前这位村长。

村长好像敏锐地察觉到了达树的担忧。

"你可以放心。我们并不会去袭击你们的社区。现在我们村子才勉勉强强达到了自给自足的阶段,没精力去管外面的事。我只是单纯想了解一下你们那边的情况而已,没有其他意思。"村长说。

进了这个房间之后,达树从村长身上感受到了一种"人情味"。而这种"人情味"是刚才看村长在屋外接见守卫队伍时所没有感受到的。

"您似乎不是日本人,那为什么也会说这门语言呢?"

达树直率地提出了自己的疑问。面对初次见面的一位团体首领，竟然能问出如此失礼的问题，就连达树自己都感到很惊讶。

"我想这就是我被选为村长的主要原因之一。在地球上的时候，我曾是个外交官，去了很多国家。幸运的是我的语言学习能力比较强，比一般人掌握了更多的语言。所以来到这里之后，很多信息自然而然就集中到了我这里。毕竟讨论一件事的时候，还是使用自己熟悉的语言比较好。"

说完，村长耸了耸肩。此时的他眯缝着眼睛，与其说是有"人情味"，倒不如说给人一种和蔼可亲的感觉，"所以，村长的工作就安排给了我。我一直觉得自己没有做领导人的能力，但是在大家的强烈要求下，我也只好答应。所幸，村子里的人一直都协力合作，拼命维持着村子的正常运转。正因如此，我这个村长才顺顺利利地当到了现在。"

达树觉得很奇怪。不知为何，明明是第一次见面，村长却对自己的所有事情直言不讳，让人感觉似乎可以问他任何问题。而达树还什么都没有说。

"这个村子没有生存危机。那些有危险的动物和植物，我们都已经清楚掌握了其特性。现在只剩下不定期来袭的夜行怪还算有些威胁，但我们也大致把握了它们的出没周期，可以采取措施防御，所以这也不能算是绝对的威胁。不过刚才听说，你们那边已经掌握了夜行怪的习性……"

"是的，刚才我们谈到了这个。"

村长点点头，"这样啊……有威胁的东西还是完全铲除为好。谢谢你提供的宝贵信息。我们会在几天之内派出搜查队去看看。其实我们把村子建在这种地方，也是为了防御夜行怪的袭击，如果威胁能彻底消除，这个村子就可以扩张到外面去。毕竟人口再增加下去，这个岩洞迟早会装不下。"

"是的。"

"托大家的福，村子已经变得越来越好了。"村长显得非常满足，"因为有他们，我这样的人才能继续当这个村长。"

也就是说，除开夜行怪不谈，这个村子整体上还算安宁平静，达树想道。

"我已经不能回自己的社区了吗？"达树问。

村长重重地点了点头，"我们对你们的社区毫无了解，而且这边的人都是希望过平静日子的胆小鬼。我们这群人突然来到一个陌生的星球，又在难以想象的恐惧之中生存了下来。正因为我们都很胆小，所以才活到了今天。至于把你放回去之后会造成什么后果，我们完全无法判断。目前，我们没有一个人去过通路的另一边，因为那边只有恶鬼。就算他们本来是人类，如今在我们眼中也只是一群疯子。如果了解了我们这边的详细情况，那群人并不是没有可能对村子发动袭击。所以保险起见，我们不能放你回去。你还是想一想，今后怎么在这个村子里生活下去吧。"

"您多虑了。我们的社区是绝对不可能袭击其他社区的。"

村长悲伤地摇了摇头,"达树,我比你活得更久,学到的东西也比你要多一些。这些东西并不是知识,应该说是经验教训。人类这种生物,有时候就是会做出一些自己都难以理解的事来。即使自己相信某个行为是做了正确的选择,结果也可能是南辕北辙。人类就是这么矛盾。如果放你回去,不知会引起怎样的臆测,又会招来怎样的悲剧。哪怕有一丝这种可能,我们都必须防患于未然。所以说,我们不能放你回去。"

村长一脸悲伤又满怀歉意地拒绝了达树的请求。

这时,阿正插嘴道:"但是我们一队的人都知道达树是个恶鬼,这样一来大家不是就会想知道通路那边到底是什么情况了吗?村里的人也会对通路另一边感到好奇的。"

村长重重地点了点头。阿正说的的确有道理。执行守卫任务归来的那些人肯定会把达树的事传到村子里去。不,说不定现在村子里的人就已经在热火朝天地讨论这个重大新闻了。

"到那时,我会告诉大家,达树说自己是从恶鬼那边逃过来的。从地球'跳跃'过来的人有少部分落在了通路的另一边,他们为了避开恶鬼,现在正过着躲躲藏藏的生活。这番解释仔细琢磨或许有点儿古怪,但大家应该还是能接受。"

"我们的社区也是非常团结的。"达树终于忍不住插了嘴,"虽然不像这边的村子有米可以吃,但是我们会做糯薯泥,大家还会定期出去打猎。我们养茧猫当宠物。而且我们不是住在岩洞之中而是住在兹拉波巴布树搭建的屋子里。我们也有负责做出各种决定的领头人。我们所担心的,只有从门的另一边侵入进来的食人魔而已。"

达树也不太确定把这些东西和盘托出会不会给自己的社区带来什么不利。但是,他不愿意自己社区里的人们继续被当作恶鬼。

"嗯,我懂你的意思。"村长说,"但是你有没有想过,社区里的人们之所以能够团结在一起,是因为有食人魔的存在?"

"——嗯?"达树一时没能明白村长这句话是什么意思。

"我的意思是,就是因为门外面有食人魔,社区里的人才能团结一致。而我们村子里的人也时刻防备着随时可能从通路另一边打过来的恶鬼。在这一点上我们双方是一样的。

"我觉得这是一个真理。要使一个集体中的人团结起来,让他们拥有一个共同的外敌是非常有效的。比如对于我们而言,这个假想敌就是通路另一边的恶鬼。而对于你们而言,假想敌就是我们——所谓的食人魔。

"我们不知道恶鬼什么时候会来,也不知道它们有多大的本事,但是我们无论如何也要保护好同伴。可是,我们的手上连一把像样的武器都没有。这样一来,大家能做的就只有加强团结了。我们必须避免内讧,协力合作,互帮互助。

"——从这个意义上来讲,达树,你们的社区其实也对我们的村子有所贡献。"

村长脸上露出了微笑。那笑容中带有一丝自嘲。然而，这番话却让达树无法反驳。

如果……如果阿正来到了自己的社区，自己的同伴是不是也会基于同样的逻辑拒绝放他回家？头领们也会做出与这位村长相同的判断吗？

达树想不出答案，只好沉默。

要让社区里的众人团结起来，真的就只有强行设定一个假想敌吗？

"我毕竟已经一把年纪了，这个村长的位子估计也坐不了太久，下一任村长或许会做出与我不同的判断，到那时可以重新讨论一下这个问题。但我在任期间，还希望你能配合。"

达树看了一眼阿正，阿正也正一脸抱歉地看着达树，他似乎觉得自己采取的行动在结果上限制了达树的自由，所以有一种罪恶感。

这时，从房间外传来了一个粗犷的男声："我可以进来吗？"

这是达树能听懂的语言。而一旁的阿正抬起了头，眼中充满期待。

"是我父亲。"阿正说。既然是这样，那达树能听懂他说的话也就不奇怪了。

"噢，请进，阿正也在这里呢。"

村长站起身，朝着门口招了招手。阿正和达树也连忙站了起来。

一个中等身材的黑发男人走了进来。然后，他走到达树面前，把达树从头到脚仔细打量了一遍，对他说道："听说来了一只恶鬼，我儿子还牵涉其中，我只好过来看看。副村长将事情都大略告诉我了。听说你跟我儿子能够正常交谈的时候我就在猜测你的身份，过来一看，果不其然——所以我现在也是用日语跟你说话。你能听懂我说的什么吧？"

"能听懂。"达树答道。

"说是恶鬼，这脸长得倒是挺清秀的。"

达树一时不知该如何回应。这句话听起来像是对村长的挖苦。

"他不是恶鬼。"村长一直望着窗外，并没有把头转过来，"当时有少数地球人落到了通路的另一边，他就是那些人中的一员。这次他在通路附近偶然遭到恶鬼袭击，阿正就把他救了回来——你们两个，我说得没错吧？"

达树和阿正呆呆地张着嘴，面面相觑。

"原来是这样。"阿正的父亲皱着眉点了点头，然后问村长，"这个村里会说日语的也就三十来号人，那这孩子是不是就交给我来照顾？"

"他是阿正带过来的，所以暂时就交给你吧。而且，阿智，最开始提出假想敌这个说法的本来就是你。我们不能放达树回家，你也有很大的责任。"

达树这才知道阿正的父亲名叫阿智。阿智动作夸张地耸了耸肩。

"那达树是去我们家住吗?"阿正的语气听起来很是激动。

"你们两个是不是还要在村务所接受问话?"

"暂时没有什么事了。有需要的话会再叫他们过来的。"

听了村长这句话,达树很是吃惊。他本来已经做好了被一大群人审问的心理准备,没想到村长会这么宽宏大量。他隐约察觉到,这个村子的社会构造比想象的还要原始得多。当然,在这一点上其实达树自己的社区也差不多。或许可以把这看作是村子生活平静有序的一个证明。

在阿正父亲的催促下,两人站了起来。达树向着点头的村长深深鞠了一躬,便离开了村务所。

到了外面。达树又感到了头上的岩石洞顶带来的压迫感。阿智和阿正走在达树的两侧,他们对此似乎毫不在意。达树想,在这种地方住久了之后,这种景象大约都看惯了,也就不会觉得有什么了。这时,阿正指着一个地方对达树说:"就是那里。"

在村务所旁边有一块突出的岩壁,有数根拼接在一起的圆木紧靠在上面,看起来像是什么建筑物的一部分。其中有一处敞开的地方,那里应该就是阿正一家的住处了。既然阿正家离村务所这么近,村长所说的等有事再叫他们过去也就可以理解了。

"刚才我看你很郑重地行了礼,你们那边的人平时都是这样?"阿智问道。

"不是。只是我父亲教导我在长辈面前要低头鞠躬表现出敬意，平时倒不是一直这样。"

"果然是教出来的啊。你父母都是日本人？"

"对。"

听了达树的回答，阿智高兴地点了点头。

进了屋门之后达树发现，这里是岩壁的内部。村里人将天然的洞穴利用起来，并在室内铺上木板，以增加居住舒适度。洞穴一直往内部延伸，又分为了好几个房间，就像是蚂蚁的巢穴似的。看起来，这个空间应该是对洞穴进行长年改造之后的产物。为了采光，岩壁上还开凿了好几个与外部连通充当窗户的洞。

阿智把右手上拿的肉放到里屋，然后对阿正说："我得出去一趟，他们好像要开个会讨论一下夜行怪的事。这两天你应该都没怎么睡过觉，傍晚之前就好好休息一下。你不介意的话就让达树在你房间睡吧，等到晚上再向大家介绍他。"说完，他就出了门。

阿智离开后，达树紧绷的神经似乎是终于松弛下来，整个人一下子瘫坐在了地上。看来他的体力消耗也已经快到极限了。他先前之所以能站这么久，不过是一直在硬撑着而已。毕竟他现在是身处陌生的"异国"，又被一大群陌生人所包围。

"喂，想睡觉的话就到我房间睡。"

听阿正这么一说，达树终于站起了身。他跟在阿正后面顺着一个架在岩石上的梯子爬上去，进入了一个可供五六个人休息的空间。在这个空间的角落有一个凹陷,凹陷里放着一大堆干草。看样子,这就是床了。阿正在这堆干草上面铺了一块很大的布。

"这是我母亲给我准备的。"阿正看起来有些感动。

"这个是安全起见。"阿正用厚木板把窗口堵住,并告诉达树这是为了防范夜行怪,"毕竟我们可能睡到晚上都没有醒。"

然后,阿正在干草上躺了下来,招呼达树道:"你不用客气。"达树也在干草上躺下,并在心里默默感谢尚未谋面的阿正的母亲。

达树感觉自己似乎闻到了阳光的味道,但很快他就沉沉地睡了过去。

听到阿正答话的声音,达树醒了过来。

他完全没有做梦,看来的确睡得很熟。

清醒过来之后,达树一时没有反应过来自己身处何处,只觉得自己在一个完全陌生的地方。

好一会儿,他才想起来自己是在村子里,正躺在阿正的房间里睡觉。

起身后,他看到房间门口的梯子旁边隐约有灯光。

"还没好吗?"是一个女性的声音。

"知道了啦。"阿正答道,然后朝着达树招了招手。

"吃饭了。大家一起吃,你也来。"

这时达树才意识到,刚才一直听到下面传来的波浪声一样的声音,是人群发出来的。

达树跟着阿正下了梯子。

阿正朝着与玄关相反的方向走去,进入了一个大房间。

房间里有十多个人,分别围坐在两张桌子旁吃着饭。两人一进房间,所有人一齐把目光投向了达树。

"哦,终于来了。各位,他就是我刚才提到的达树,跟我们一样,是个日本人。"坐在左边桌子中央的阿智站起身来,向众人介绍了达树。

达树站直身子,深深鞠了一躬,"请大家多多关照。"

众人纷纷起身,依次到达树面前来打招呼。有人笑着拍他的肩膀,有人则伸出手来与他握手。

每个人都报上了自己的名字,但要一次性全部记住实在不太可能。不过,达树从所有人身上都感受到了一种东西。那是一种令人怀念的感觉。此时尚在社区的父母身上,也同样有这种气息。

这群人交流时既使用村子的公用语,同时也会使用达树能听懂的日语。

众人请达树坐下后,阿正也在达树旁边坐了下来。他们眼前放着一大堆食物,而达树发现,这些食物全都是自己从未见过的。赤陶碗里装着一些白色的东西,阿正说,这就是用稻米做成的"米饭"。看到这个,达树又回想起自己进村前看到的田园风景。另外桌上还有某种树果的壳制成的碗,碗里盛着一些汤汁。

"这个叫味噌汤。"阿正说。

桌子中央放着一个大盘子,里面是炒肉和炒蔬菜,众人各自从中取食。

看到所有人都在用树枝削成的筷子,达树不禁想,自己和眼前这些人果然是同祖同宗的。对方看到达树熟练使用筷子的模样也很是惊讶,都高兴地用手肘去顶坐在旁边的家人。

这么多人都是一家人?应该是个大家族吧。达树想。

阿智干咳了两声,然后开口了:"达树今后就在这里生活了,希望大家多多关照。"

众人纷纷点头。

阿智又对达树说道:"那之后,有几个性子急的家伙立马按照你提供的信息去找夜行怪的老巢了,顺着地形找过去,一直摸到海岸那边。然后他们一脸兴奋地回来,说是真的找到了。你的信息是准确无误的。夜行怪的巢穴里还发现了大量人类的骨头。这一次他们就先撤回来了,不过托他们的福,下次派遣搜查队日期提前了——其实下次派出去的就不是搜查队了,应该说是讨伐队。现在村子的威胁又少了一个,这都得谢谢你啊,达树。"

达树很开心,但他又想,如果能把放自己回去作为褒奖那就更好了。

"这里是三家人一起吃饭。我父亲旁边是我母亲,再旁边是中田一家和吉崎一家。另外还有几个人是单身还没成家的。"阿正小声地这么对达树说道。

这时桌子另一边有人问道:"你见过恶鬼吗?"

达树定睛一看,对方是个十来岁的女孩,一头长发扎在背后,模样看起来挺机灵。她的眼睛正瞪着达树。

"她是吉崎家的女儿,叫夏芽。"阿正对达树耳语道。

达树一时不知该如何作答。他知道对方至少没有把他当成恶鬼,但看样子又理所当然地认为通路的另一边有恶鬼出没。达树知道对方的想法是错的,但他注意到阿智脸上的表情变了。于是他知道,自己不能在这里说出真相。

达树犹豫了,因为他不擅长说谎。而这个叫夏芽的小女孩肯定已经在脑海里想象出了一个活灵活现的恶鬼形象。

阿智又重重地咳了两声,然后说:"达树到这里之后好不容易才把恶鬼的事忘掉,吃饭的时候就不要让他想起那些不好的回忆了。对吧,达树?"

阿智的语气非常冷静。夏芽很不好意思地说了声"对不起"。

"不,没什么。"达树用蚊子叫般的声音回了一句。

可能是阿智的话起了作用,之后再也没有谁提起通路那一边发生的事。

此后,达树便开始了在村子里的生活。

阿智告诉达树,猎杀夜行怪的任务由村子里的成年人负责。他非常满意地说,海岸的三个洞穴里都发现了夜行怪的巢穴,还打趣道,达树仅提供这些信息就已经是立了大功,搞不好能够在村子里

"青史留名"了。

达树与阿正一起被安排到一个企鸡养殖场帮忙。达树在自己的社区里没有见过企鸡。据说,因为这种生物的外表与地球上的企鹅很相近,所以被安了这么个名字。企鸡不会飞,但跳跃力惊人。在进入兴奋状态时,它们全身的细硬羽毛会倒竖起来,身体膨胀成一个比通常状态大一倍的球。企鸡被放养在一个满是乱石的区域。它们的繁殖能力很强,仅仅在这一个地方,就饲养着数百只企鸡。在沼泽里养殖着一种细长虫子,这种虫子被用作企鸡的饵食,两人需要用推车将虫子运送过来,每天向企鸡投喂两次。另外还需要进入乱石滩,把散落在四处的企鸡蛋捡回去。以上就是两人在养殖场的工作。

空闲时间,达树会让阿正教自己村子里的公用语。一开始达树只觉得村里人说的语言听起来像是野兽在吼叫,但后来他渐渐发现,这些语言的语法构成非常相似,仅仅改变音调和某些单词,就可以完全变成另一种未知的语言。所以,只要把新学会的单词替换到句子里再改变一下说话的音调就可以了。就这样,达树花了几天就学会了村子里的公用语,尽管说起来还并不流畅。

达树不禁想,如果构建一个多国人聚居在一起的社会,是否自然会形成语法简单的相近的语言?如果是这样的话,这个村子的人应该不会抗拒与自己的社区融合才对啊。

他现在仍然没有打消回到社区的念头。

某一次，阿智路过养殖场的时候，达树向他提起了自己的这个想法。

阿智夸奖了达树的公用语水平进步快，但对于村子与社区交流这件事，他并不赞成。

"很遗憾，你的这个想法暂时还无法实现。之前跟你提过，我们需要你们作为假想敌。这个村子尚未发展成熟，只不过是刚刚稳定下来而已，与通路另一边的社会可能存在经济水平上的差异。仅凭你的描述，我们无法判断你们社会生活到底发展到了一个怎样的水平。如果轻率地与你们的社区接触，可能导致你们那边的人一窝蜂地拥到村子里来，而我们这里容纳不下太多的人。"

达树感到自己难以揣测阿智这番话的真意。难道说，阿智认为社区里的人都苦于生计，双方交流后会有大量难民拥入这个村子，而村子的经济会因此遭到冲击？

毕竟两人年龄相差太远，达树没能和阿智继续讨论下去。

看来要打开局面，还需要一些时间。

打开局面的契机，是达树受邀参加某次集会。

据说，这个集会是在村子里各个区域巡回举行。

"大概会有一百五十人去听演讲。"阿正说。

人们按队伍分组集合，把教师围在中间听其演讲。集会的正式名称叫"誓约之时"。

当然，阿智一家人也会参加。达树听说，集会当天所有人都会暂时放下手上的工作。阿正等人似乎已经习惯了这个集会，并没有打算跟达树做什么详细解释。

"一直都有这个东西的。就是大家聚在一起宣誓。老是说那几句话，早都听腻了。那个教师年纪挺大了，每次就喋喋不休地讲他们那些人来到这个星球之后经历了多少艰难困苦……"

集会当天早上，各家人聚齐之后自行前往集会所。达树和阿正在村务所门口等着阿智和其他人出来。

这时，一个女孩跑过来站在达树面前，抱着双臂抬头望着达树。

"小夏，你干什么？"

女孩并没有理会阿正的询问。达树发现这就是他初到村子的那天晚上问他是否见过恶鬼的女孩。女孩名叫吉崎夏芽，昵称似乎是"小夏"。

自那天之后，达树和夏芽偶尔会在饭桌上碰到，但对方没有再向达树搭话，达树也就渐渐把这事忘了。也许被阿智限定了提问内容是夏芽不找达树说话的主要原因。

"找我，有事？"

夏芽重重地点了点头，然后说了一句完全出乎达树意料的话："你，就是恶鬼吧。"

听到夏芽如此断言，达树竟一时无言以对。一旁的阿正连忙插进来，朝着夏芽大吼道："你在说什么，蠢货！你难道看不出来吗，达树跟我们一样,也是个人类啊!"

夏芽噘起嘴瞪着阿正:"可是大家都说通路的另一边只有恶鬼啊。爸爸妈妈也说,那边根本没有人类。这样的话,达树就算看起来是人类,但也应该是恶鬼嘛。"

阿正大概也是从小被灌输这些东西,一时间不知道该说什么好。这时,夏芽伸出右手,握住了达树的手臂。由于她的动作过于突然,达树被吓得一抖。然而夏芽却若无其事地把脸凑近达树的右手,仔仔细细地盯着看了起来。

之后,她说道:"和我的一样。"

接着,她又用仿佛要将人吸入的眼眸望着达树,问道:"其实根本没有恶鬼吧?"

达树深深吸了一口气,正犹豫该如何作答,夏芽父亲的喊声便传了过来:"夏芽,该出发了!"

夏芽那双盯着达树的三白眼瞬间变成了笑眼,"我来了,爸爸!"然后她便朝父亲跑了过去。

"那家伙怎么莫名其妙的……"阿正一脸茫然。

不一会儿,阿智以及阿正的母亲秋日也出来了,一行人一起出发前往集会场。

集会场是附近一座山丘顶上的洼地。臼状的洼地中里里外外铺着好几圈充当座位的木板。此时大约八成的座位都已经坐上了人。

"前面还有空位。"阿智指着某处说道。

能让四个人并排而坐的位置只剩下最前排了。

"啊,坐那个地方就没办法打瞌睡了……"阿正小声抱怨道,"反正每次都讲那些东西。"

秋日从搭在肩上的袋子里取出四个草编垫子,每人分了一个。看来,这东西是用来当坐垫的。

坐下之后又过了一会儿,嘈杂的人群逐渐安静下来。当整个集会场地完全鸦雀无声的时候,一位老人颤颤巍巍地从洼地外缘走了下来。

"那人就是教师。"阿正说。

从老人身上感觉不到一丝威严,至少,从他小心翼翼往前走,生怕被绊倒的样子看来,实在是没有什么威严可言。老人似乎是个东方人,身材瘦小、五官扁平,脸上满是皱纹。

"他叫孙。"

老人走到洼地中央,在一块低矮的石头上坐了下来。不知是谁鼓了鼓掌,瞬间,整个会场的人都鼓起掌来。

人群安静下来后,老人开始了演讲。他的声音比达树预想的要洪亮不少。当然,他在演讲时使用的语言是村子的公用语,但因为语速很慢,似乎在一边说一边斟酌内容,所以很容易听清。即使这样,还是有些单词达树听不懂。

达树不禁想,这个老人到底多少岁了?看样子,在到达这颗星球的时候,他的年龄就已经很大了。

老人首先讲述了人们刚从地球"跳跃"到这颗星球上的时候到底有多艰难,生活又有多凄惨。

最初,这颗星球上什么都没有。大家为了活下去付出了巨大的努力。老人讲了人们如何获取食物,比如有人通过观察模仿现在已经灭绝的"瓦库咚"(达树只能听清发音)捕猎企鸡的样子才捕到了第一只企鸡。另外晚上人们不敢到处走,因为那时的夜行怪比现在多得多,每当夜幕降临,总有人死于夜行怪之手,但众人对此却束手无策。

老人还提到了人们为了在这颗星球上做出米饭,付出了多大的心血去栽培水稻。据传,所有的水稻最初都来自一个叫"聪"的人(这人似乎已经死于夜行怪之手)衣兜里的十三粒种子。最初开垦田地的工具只有树枝,所以当时的人付出了难以想象的辛劳。

听着听着,达树想到了自己以前从父亲那里听说的那些社区建立时的故事。看来这边的村子同样也是经过了一番艰难困苦才发展到了今天。

"这些之前已经听过了。"达树听到阿正在小声嘟囔。之后,演讲的话题又回到了人们刚抵达这颗行星时的惨状。老人讲道,当时的人一连饿了很多天,而且还有怪物侵扰,他自己甚至想过很多次,是不是一死了之还痛快些。

接下来,话题开始转向"为什么无论如何也要活下去"。看样子之前讲的那一长串辛劳史都是铺垫。

老人慢腾腾地从石头上站起来,在原地转一圈环视了整个集会场的听众,仿佛在挨个确认每个人的模样。达树想,他的这个动作未免过于做作浮夸了。

老人的动作停了下来,"虽然生不如死,我们还是拼尽全力活了下来。这是为什么?为什么我们不惜一切也要活下来?"

老人的声音逐渐变成了一种呼喊。然后他把脸转向了达树一行人的方向。或许是因为他们坐在最前排,老人的视线对上了他们。

老人抬起右手,指着坐在达树旁边的阿正。

然后,他又一次叫喊道:"正弘,我们为什么要活下去?"

阿正"啊"地叫了一声,站起身来。这时,达树才知道原来阿正的本名叫"正弘"。就像大家把夏芽称作"小夏"一样,他们平时也把正弘称作"阿正"。

阿正语带紧张地回答道:"是为了复仇,为了向抛弃他人,只顾自己逃命的艾迪森总统复仇,为了向乘上'诺亚方舟号',朝着这颗星球赶来的叛徒们复仇。我们将审判那艘船上的人,让他们体会到地狱般的痛苦。"

阿正的回答很流畅,听起来像是从小时候起就练习了无数遍的一段台词。

在老人高兴地点头并表示了肯定后,阿正终于松了一口气,一屁股坐了下来。

老人再次环视听众,"没错,艾迪森总统一党为了一己私利欺骗并抛弃了几乎所有人。据说,他还把这颗星球选定为'第二地球'。几十年、几百年后,艾迪森的后裔就会抵达这颗星球。到那时,我们必须代替神明审判他们。那些人都是有罪的,应当被处以极刑!身为艾迪森一党的后代,就意味着他们已经背负着原罪了。我们要让他们加倍奉还,让他们尝尝炼狱之火的滋味!这才是我们活下来的意义!"

之后,老人说了一句达树听不懂的话,会场的所有人都站了起来。

"'誓约之时'到了。"阿正说。

老人两手握拳,将瘦弱的手臂伸向天空,发出了一句含义不明的叫喊。

然后全员跟着喊了起来。如此重复了三遍。

阿正告诉达树,人们叫喊的内容是最恶毒的侮辱与咒骂,用的是艾迪森总统那个国家的语言。

宣誓结束后,老人又面向众人说道:"年轻人们,还有孩子们,你们决不可忘记这仇恨,必要将其传至子子孙孙,明白吗?"

说完,老人拍了一下手,似乎是示意集会结束了。

老人离开集会所后,众人一边七嘴八舌地交谈着一边站起来。看来是已经解散了。

这个集会很是让达树惊讶。

达树的社区也不定期地举行集会。社区的集会由三名头领主持，在会上做出代表整个社区意志的决定。区域性的小规定比如轮班制可以由各区域自行决定，但如果是类似于全社区共同开凿一座山这种大事，就会举行集会收集意见，以少数服从多数的原则来决定社区今后的方向。这种情况下，几乎全社区的人都会参与。讨论事宜全部结束后，各区域的负责人会全部登台发表"对艾迪森的诅咒"。这一点倒是跟老人的演讲没太大区别，只不过社区集会省略了前面那一大段铺垫而已。两个毫无交流的巨大团体都在集会上宣誓永不忘记对抛弃全人类逃跑到太空中的"诺亚方舟号"的憎恨。虽然表现上有些微妙的差别，但是双方做的事情在本质上是一样的。

回去的路上，阿智问达树："你第一次参加这个集会……这个'誓约之时'，感觉怎么样？"

"嗯……觉得很惊讶。"这是达树的真心话。

阿智一脸满足地接着问道："为什么觉得惊讶？"

"呃，因为和我们社区举行的全员参加的集会实在太相似了。"

阿智显得有些意外，"你们的……社区，也会做这些事？"

"是的。"

然后，达树详细地描述了社区里"对艾迪森的诅咒"。还在社区里的时候，达树只把这当作是一个理所当然的仪式，并没有太在意。"艾迪森"这个名字和那艘叫"诺亚方舟号"的宇宙飞船在他脑海里都没有一个具体的形象。

那只不过是个仪式而已。

"父亲说过,这就相当于社区的宗教。这个共同认识可以把整个社区的人团结起来。"把父亲的话复述出来的时候,达树突然想起一件事,"这个村子和我们的社区是不是也可以通过这个……共同认识……连接在一起?"

达树如实地把自己的想法说了出来。正是因为他一直抱着想回到社区的愿望,才会突然说出这样的话。

"嗯,你说的也有道理。"阿正也从旁帮腔。

但是走在旁边的阿智却一直沉默不语。过了一会儿,他像是想起了什么,开口说道:"这个,等某一天……双方开始接触之后……你的这个想法或许能派上大用场。达树,谢谢你告诉我这些,但是……双方交流的时机现在还不成熟。"

看达树一脸失望的神情,阿智摇了摇头,像是在说"我也没有办法"。

"记得之前跟你提过,这个村子还不是一个成熟的社会,我们仅仅处理自己的事就几乎耗费了全部的精力。就算发现还有其他团体或组织的存在,我们也实在没精力去应对。而且与你们的社区接触也未必会带来好的结果。

"等到几年后,或者几十年后吧……到那时,我们的村子应该已经发展得足够成熟,能够接纳其他的团体了。但是在那之前……很遗憾,我们不能满足你的愿望。"

达树明白了,阿智的想法仍然没有改变。

失望透顶的达树只好默默不语地继续往前走。

阿正的母亲秋日刚才一直一言不发。或许是因为看到达树失落的模样之后试图换个话题,她突然问达树:"刚才阿正被老人叫到名字的时候,我看达树似乎非常吃惊,这是为什么?"

"是的,因为那时我才知道阿正的本名。"

"没错。阿正的本名叫正弘。不过这值得那么惊讶吗?"

"呃,因为我父亲的名字叫正广①。"

这时阿智突然站定,回过头来,"正广……你父亲的全名是什么?姓氏呢?"

阿智的语气一下子变得非常激动。不仅是达树,就连阿正和秋日都被他这副样子惊到了。

"哎?他叫田边正广……"

阿智呆呆地张着嘴,不住地摇头。然后,他又问达树:"他的年龄……有多大?"

"年纪跟您差不多……不,大概要稍微年轻些。"

"我想也是。从你的年龄推断,你父亲应该是比我小一些。他的脸呢,长什么样?身高多少?你知道他在地球上的时候住哪儿吗?"

---

① 日语中"正广"与"正弘"读音相同。

"身高……大约到您耳朵的位置吧。他在地球上的时候……是住在日本。地名……我记得似乎是一个叫'熊本'的地方。不好意思,我真的记不太清了……"

阿智手握成拳头抵在嘴边,皱起了眉。

"怎么了,阿智?"秋日问。

"……太难以置信了。"阿智小声说道。

他把视线投向远方,"达树是我的侄子。我的弟弟竟然还活着……"

接着,他对达树说:"我的名字叫田边智广,是正广的哥哥。出于对正广的思念,我才把儿子取名为'正弘'。正广他现在还好吗?"

"——啊,他很好……"

达树感到,此刻的阿智心中开始发生某种巨大的变化。

"恶鬼"遇见"食人魔"

阿正的父亲阿智迅速采取了行动。听说自己的弟弟在通路另一边之后，他彻底坐不住了。

他找村长商量了很多次，似乎试图找出能够与通路另一边的幸存者取得联系的方法。

达树并不知道详细经过，仍然和与自己父亲同名的阿正忙于养殖企鸡。

达树知道自己和阿正是堂兄弟之后，两人的关系更加亲近了。虽然两人都没有明说，但毕竟血浓于水。也正是出于同样的原因，阿智才会频繁地去找村长交涉双方联系的事。

至于交涉的情况如何，达树没有问过，阿智也没有主动提起。

但达树知道阿智经常去村务所，而且看阿智每次回来时的表情，达树也能猜测到交涉有了一些进展。

只不过，在晚饭后的休息时间，当达树和阿正说着话的时候，阿智也时常会插进来一起聊几句。聊的话题包括达树的父亲在这颗星球上过得怎么样，在社区之中是一个怎样的地位，等等。阿智提到这些的时候语气很随意，不像是在正经地发问。

有时候，达树明明没有问，阿智还是会主动聊起自己在地球时的事情，都是自己和正广从前生活的一些回忆。而且看样子，阿智也想知道正广究竟会怎样描述在地球上的那些往事。

"决定要'跳跃'到这边来的时候，我还很年轻，那时我刚开始工作不到一年，还在拼命熟悉手上的活儿，空闲下来的宝贵时间又都跟朋友在一块儿。所以那段时期几乎没有什么和家人在一起的回忆。'跳跃'过来之前，弟弟正广也没怎么跟我聊过心里话。我唯一记得的就是，我还在上高中的时候，正广还是个初中生……说这些不知道你听不听得懂，就是一种教育制度吧。那段时间我们兄弟俩经常吵架。上小学的时候我们倒是经常一起玩，我会带他去游泳池，或者一起打电子游戏啥的……跟你说这些，你也搞不懂吧。"

当然，即使阿智讲述了这么多地球上的往事，达树也很难在脑海里想象出那些画面。哪怕要联想，在这里也没有能够充当参照的场景。

达树想起来，父亲很少提起自己在地球上的经历。难道说，他已经下定决心舍弃那些过往了?

这时,达树突然想起来一件事:"对了,我记得父亲也跟我提起过'游泳池'。伊甸附近有一个水塘,父亲曾经说那里是一个'天然游泳池'。我小时候经常去那儿游泳。"

阿智显得有些意外,"你们的……社区附近,竟然还有个天然游泳池?"

"对,那里有水涌出来,而且不怎么深,水里又没有危险的动物,所以父亲常说那里是'天然游泳池'。他还说自己小时候在地球上,也经常去游泳。"

"教正广游泳的人是我……"阿智沉默了片刻,然后发出了一句感叹,"我也想去社区附近那个天然游泳池游一游……"

"父亲就是在那里教我游泳的。"

听达树这么一说,阿智点了点头,"他还教了你立泳吧。"

"是的。"

阿智一脸满足地眯起了眼睛。通过"泳姿"这样一个意外的话题,自己与达树之间有了某种共通点,他似乎对此感到很是高兴。

阿智离开后,阿正一脸震惊地对达树说:"这太稀奇了,父亲几乎从来没跟我提起过地球上的事。就算我问,他也只是耸耸肩,不说话。为什么他偏偏要跟你说这些?"

"或许,他是想从我这儿打听到我父亲讲过哪些地球上的事。"达树说出了自己的猜测,"其实我的父亲平时也不怎么跟我聊那些东西。但是如果他和你见了面，说不定也跟你父亲见到我一样。"

"是吗……"听达树这么说，阿正似乎有些开心。

"毕竟你跟我父亲是同名嘛。"

阿正点了点头，似乎觉得达树说得有道理。

之后没过多久，阿智突然向达树传达了交涉结果："我们会与你们社区进行非正式接触，这需要你的协助。"

看样子，阿智一个人和村长交涉这么久，终于取得了某种程度上的许可。

"双方在通路会面。名义是我方在通路另一边发现了被恶鬼压迫、不得不东躲西藏的同胞，无法坐视不管，于是决定先以通路为中心收集信息。这就是目前讨论的结果。"

这不过是达树到村子来之后一直被灌输的那套逻辑的延伸罢了。这些东西是村子的领导阶层自说自话搞出来的，达树自己并未把它挂在嘴边。不过，他也并没有公开对其表示肯定或否定，只是一直坚持向阿智和阿正传达自己所知道的真相。

"这次我终于取得了村长和管理层的许可。虽然议会觉得为时尚早，不考虑正式接触，不过我已经私下找议员打点好了。"

达树没有想到阿智竟然做到了这个地步。取得这个结果，他应该花了不少精力。阿智还补充道，有很多议员表示自己不会赞成，但会装作没有听到过这件事。

"下次自卫团换班的时候，我会和你一起跟过去。"阿智说。

"明白了！"达树激动地答道。现在他感到喜不自胜。

虽然不知道能不能回到社区，但应该能够让家人得知自己的下落。现在他们肯定担心得不得了。

"我也去，父亲。一开始把达树带过来的是我，我有这个责任。"阿正一脸认真地说。

阿智考虑了一会儿，问："养殖场那边不会没人管吧？"

"没事，我去拜托奥尔和希波帮我顶一下。"阿正说了他两个朋友的名字。

阿智点了点头，"好，那你也一起来吧。"

出发的前夜，达树激动不已，无论如何都静不下心来。一想到很快就能和社区的人重逢，他就兴奋得睡不着。他从床上爬起来，走到屋外，在一根突出的圆木上坐下来。其实他到外面来也无事可做，只是安静地发着呆，等待睡意的来临。

现在，屋外一片黑暗。最近完全没听说过夜行怪再次出现的传闻。据阿智说，当时是把夜行怪的信息作为"社区的智慧结晶"提供给了村子，所以才有了如今的成果。或许正是由于有这些事情做铺垫，那些人才许可了明天的接触？因为他们觉得，达树对这个村子做出了贡献。

达树坐在圆木上晃着脚，神情恍惚地想着这些有的没的。

他完全没有察觉到有人走过来。

"你还没睡啊。"

听到有人叫自己,达树吓得一激灵。一瞬间,他还以为那是父亲的声音。

达树回过头去一看,发现阿智就站在背后。既然是自己的伯父,那声音和父亲相似也是理所当然。

"是的,怎么也睡不着。"

阿智似乎也睡不着。他在达树旁边的一根圆木上坐了下来。

"我现在脑子里全是正广,只要一回忆从前,脑海里就总浮现出小时候的他。"

"我刚才差点儿以为是我父亲在叫我。您和他的声音太像了。"

阿智发出了几声干笑,"其实我有话想对正广说。本来这些话应该是对我们的父亲说的,有些事情得跟他老人家道歉。现在已经没法实现了,只能说给弟弟听。在离开地球之前我就一直有些话压在心底。我觉得那些话我必须得说出来,我应该传达自己的真实想法。"

到底是什么话?达树想问,但又感觉很难问出口。

"当然,我也很想见一见正广,毕竟我们已经几十年没见了。我现在都还有些担心,不知道与通路另一边的人见面之后能不能与他们顺畅交流。如果一切顺利当然好,但一想到可能会发生预料之外的状况……我脑子里就一团乱。"

这些应该是阿智叔父的心里话。就在此时,达树脑海里突然闪过父亲曾经说过的一句话。

几年前，田里的糯薯苗刚长出来不久，就被附近不知道是什么的野兽吃得一干二净。

达树一家陷入了绝望，彻底无心劳作。那时达树的父亲说了一句话，现在达树把这句话复述了出来："随缘嘛！"

"嗯？你刚才说什么？"阿智不由得反问了一句。他似乎怀疑自己听错了。

"我说……'随缘嘛！'"

"正广说过这话？"

"是的。碰上麻烦事的时候，父亲经常这么说。其实我不是很懂这句话的意思，感觉像是一句什么咒语。"

阿智笑了起来，还使劲儿拍打自己的膝盖，发出巨大的声音。他看起来非常高兴的样子，在那里笑了好一会儿，肩膀都一直在抖。

"哎，没想到在这种状况下，居然能够从你口中听到那句话。"

"这句话是什么意思？"

"这是地球上的……地域特色很强的一种说法。意思大概是，别想太多，顺其自然。以前家里人很喜欢说这句话，尤其是父亲。"

"是我的父亲吗？"

"不，是我和正广的父亲。这句话算是我们家乡那一块儿的方言。现在听着既觉得怀念，又觉得好笑。它让我再次意识到，我跟你是骨肉相连的亲人。哎，或许真的就像你说的这样，还是别想太多,随缘嘛……明天还得走很远的路,那可是个体力活儿,今晚就好好休息吧。"

说完,阿智就回到了屋内。但是达树却仍然全无睡意。

第二天早上,太阳刚刚升起,十名自卫团团员就已经在村务所前集合完毕。接下来,他们将前往岛壁下方的通路,监视恶鬼的动向,而阿智、达树和阿正将会与他们同行。

队长是一个身材壮硕、脸色泛红的白人,他似乎已经知道了阿智等人此次一同前去的目的,但他对此是何态度就不得而知了。这个男人总是一副昏昏欲睡的表情,几乎不会表露出任何情感波动。十个人里面,七个人手上拿着长枪,三个人肩上挂着石弓。当然,对他们而言,这些只不过是遭遇恶鬼时的自卫之物,但仍然让达树感到一阵生理上的不适。在他眼里,这些东西都是用来杀伤对方的武器。

阿智、达树和阿正并不是作为自卫团团员同行,所以三人都没有携带任何武器。

村长的训话结束后,自卫团一行人就朝着通路出发了。

达树和阿正一起走在队列的最后。队伍穿过稻田,进入森林,来到了河流边上。看到眼前这些风景,达树刚被带到这个村子时的情形又在脑海里复苏。当时的达树心里满是不安。而现在,他走在这些地方,却感到自己肩负着重大的使命。

刚被带往村子的时候,不知是因为周遭都是陌生的风景还是因为不清楚目的地还有多远，达树总觉得这条路特别长。现在不一样了。到处都是熟悉的景色，能够借此准确地把握自己的位置。而走到石堆旁边的时候，达树马上就知道了，接下来的这段路会每隔一段固定距离就有作为标识的小石堆出现。

周围都是熟悉的景色，所以感觉距离也近了不少。但是，实际距离的确很远，达树明白这是一次耗费大量时间的远征。走到中途的时候，甚至不得不停下来吃顿饭。

走着走着，和阿正聊天的话题也用完了。这时，达树开始在脑海里想象之后的情景。

到达木门附近的通路之后，自己应当怎样行动？自卫团的人应该不会在通路上现身，他们只会在暗处偷偷观察情况。如果阿智或者阿正与自己一同出现，恐怕只会增加伊甸一方的警戒心。

也就是说，到时候出现在通路上的，只有自己一个人？

那时有没有可能引发意外状况的不安定因素？

想到这里达树突然意识到，自己应该穿着之前那身在伊甸穿的衣服到这里来。现在他身上穿着的绿色茧猫毛衣是平时他在村子里穿的那件。是阿正的母亲给他的，跟伊甸的服装样式完全不同。

在村子里完全没有机会穿那件从伊甸穿过来的衣服。说起来，最近达树完全没有见过那件衣服，或许早已经被秋日扔掉了。

自己能顺利与伊甸的人接触吗？自己的声音会不会被波浪声掩盖，根本传不到门那里去？

伊甸的人会不会把自己当成食人魔,对自己发动攻击?

负面的想象逐渐占据了达树的大脑。

这时,路边开始接二连三地出现人偶。这些人偶不是用来驱鬼,而应该是为了供养从地球"跳跃"过来时不幸死去的那些人。既然看到人偶了,就说明离通路已经很近了。

这一带离伊甸应该也不太远。达树想,当时从地球"跳跃"过来的那些人,大概都集中在这一区域到门对面的社区这个范围内。在门那一边的人们建立了社区,而通路这边的人们则跋涉了一段距离,建立了那个村子。

两群人的着陆地点其实只有很小的差别。应该说,在这个范围内着陆的人们已经非常幸运了。或许当时有相当一部分人"跳跃"到了海里,直接溺死了。

这个可能性相当大。

如果当时自己的父母着陆地点是海里,那自己就不会存在了。想到这里,达树感到一阵让人头晕的后怕。

大概,人类能在这个星球上活下去,本身就是个奇迹了。

就在这时,阿正突然说道:"是鬼冢!"

刚遇见阿正的时候,达树就听他讲起过鬼冢。鬼冢缘于双方一次极其不幸的接触。

据说,悲剧就发生在村子里的人沿着通路朝岛壁攀登的时候。这些人突然遭到了恶鬼的攻击。最先动手的是哪一方现在已经无从得知，就结果而言，村自卫团以八个人死亡为代价，杀光了追过来的所有恶鬼。那些恶鬼的尸体就埋葬在这鬼冢里。

那些恶鬼在伊甸都是什么身份的人？达树想破头也想象不出来恶鬼一般的人是什么模样。恐怕是双方都用最深的恶意去揣测对方才酿成了那场悲剧。

虽然达树之前已经听说了鬼冢，但还是第一次亲眼所见。

阿正手指着的地方不是路边，而是一处毫不起眼的灌木丛。达树停下脚步仔细看了好一会儿，还是没发现鬼冢在什么地方。阿正有些不耐烦了，于是补充道："离灌木丛几米处的地方不是有个空地吗？那里堆着石头，是为了不让鬼从下面爬出来。那就是鬼冢。因为这种东西不太吉利，所以特意设置在了平时没有什么人来的地方。现在看到了吗？"

的确，在灌木丛的另一边没有树木。达树试着拨开灌木丛看了看。

前方有一块两米见方，长满杂草的空地。空地中央有一个土堆，而土堆上压着一块至少也要几个人合力才能勉强搬动的大石头。看来正如阿正所说，石头放在这里是为了镇住下面的恶鬼。在一旁的土地上插着六把长枪，达树觉得长枪的式样看着很眼熟。他感觉，从这些长枪受腐蚀的程度应该能够推测出那起事件距离现在究竟有多久了。从那些腐烂的长枪柄来看，那次冲突很可能已经化为了遥远的传说，而村里的人早已把这个"污秽之地"抛在了脑后。

"喂，达树，我们落在后面了。"

听到阿正叫自己，达树急忙钻出了灌木丛。

达树和阿正加快脚步朝着队伍追了上去。途中，他们与在通路旁的森林里担任守卫的队伍擦肩而过。看来这支队伍执行任务的时候一切顺利，现在重任已卸，一行人一直在轻轻松松地说笑。

"你们两个怎么回事，空着手去？要不要把长枪借给你们？"不知是队伍里的谁对两人这么喊道。旁边有人笑出了声。似乎在这些人眼里，达树和阿正算是自卫团的两个见习生。

两人慌慌张张地继续往前跑，进入了一片熟悉的森林。达树想起，在木门下被拖走之后，自己应该就是在这片森林里醒过来的。

追上队伍的时候，达树和阿正发现众人正在森林里的空地上围坐成一圈。在更前方是一个很陡的下坡道，从那里下去应该就到通路了。

"那个肥鸟好厉害，繁殖了这么多。"有人这么说道。

"那种体型居然还能飞上天。"

众人七嘴八舌地交谈着。他们的视线正投向通路和伊甸的木门。

达树好奇他们谈论的是什么，于是也朝岛壁的方向望去。有光亮从树林的另一边透过来，能看到每隔几秒就有几个小小的黑影从地上斜着闪过。

看到那些影子，达树突然反应过来。那是灌木鸟群。天上飞的都有这么多,难以想象附近到底还有多少灌木鸟。灌木鸟平时几乎从不飞行,一般都是带着幼鸟在灌木丛里跑来跑去。

"你们是在说那些灌木鸟吗?"达树问。

众人面面相觑,问:"那种鸟叫灌木鸟?"

"嗯,我们那边是这么叫的。"

看来,村子里的人一直把这灌木鸟当作一种无名鸟。这或许是因为他们对这种生物并没有什么兴趣。

灌木丛的另一边传来一阵沙沙声。不一会儿,五六只灌木鸟排成一列跑远了。

"这种场景我们以前可没见过。"

难道说,灌木鸟只在伊甸这一带出没?

"灌木鸟这种动物应该没那么稀奇吧?"达树问阿智。

"以前倒是见过几只在天上飞的,不过这么多确实是头一次碰到。在那边……伊甸的社区那边,这种鸟很多吗?"

"不,只是在木门附近经常见到。"

这时自卫团的队长走了回来,看来已经和上一任队长交接完毕了。

"好,现在开始执行任务。防守队形跟以往一样,我来分配每个人把守的位置。"

队长开始指示每个人的防守地点。似乎队伍里所有人事先都知道自己在哪个位置了。

"至于随队前来的达树,这次你不参加守卫任务,而是去与通路另一边的被压迫的同胞接触。接触任务由你独自完成,其他人和往常一样,在自己的位置进行监视。阿智和阿正是达树的随行人,所以无须与我们一同行动。"

没有谁提出异议。看样子,全队人事先都已了解并默认了这些事项。

这个时刻太阳还高高地挂在天上。队长指示完毕后,众人就各自前往自己的位置,开始执行监视任务。说是监视任务,其实也不过是藏起来不让对方发现,避免刺激到对方。

"听说卒塔婆①竹今年开花了,还结了果。那个——叫什么来着——灌木鸟,大量繁殖应该就是这个原因。"阿智说,他是从上一任队长那里听说这些的。"卒塔婆竹"好像是哪个从日本"跳跃"过来的人取的名字。据传,之所以如此命名,是因为当时"跳跃"失败的尸体堆旁边生长着很多这种竹子。

不过,地球人"跳跃"到这里已经过了几十年,卒塔婆竹从未开过花。没想到在今年,所有的卒塔婆竹突然开出花,并且结了大量的果实,紧随而来的便是灌木鸟数量的急速增长。估计是那些果实提供的丰富食物使得灌木鸟能够大量繁殖。

而这对于人类而言——至少对伊甸的人而言——是一件求之

---

① 梵语stūpa的音译,指设置在墓碑后方用于供养死者的细长木牌,在日本常见。

不得的事，因为这样一来，食物来源就有了保障。在地上行走的灌木鸟速度并不太快，而且也不会伤人。

达树一边发着呆一边想，这似乎也不是什么值得担心的事。

三个人走到了自卫团其中一名团员放哨的位置。

"情况怎么样？"阿智问躲藏在岩石背后的那个人。

"哎，不得了，这种场面我还是第一次见。"男人用惊奇的口吻答道，"这样子根本看不到什么恶鬼了。"

男人动作夸张地用右手指了指前方。

"——啊！"达树不由得叫出了声。只用靠近岩石一步，就能将通路、岛壁和木门这一带尽收眼底。而眼下，从通路到木门上方，全部被密密麻麻的灌木鸟群覆盖得严严实实，连海岸边的岩石都看不见了。而且，在空中也有无数的灌木鸟在如弹丸般滑翔。

大爆发。

这是卒塔婆竹初次开花造成的结果？虽然灌木鸟确实不会伤害人，但数量多到这个地步，整个海岸线都被鸟群覆盖，看起来就仿佛地面本身在蠕动一般，难免让人感到毛骨悚然。一万只，不，恐怕有十万只？这副样子，根本不可能数得清。

"……有点儿恐怖。"阿智皱着眉头说道。

"没关系。灌木鸟不会袭击人的。"

虽然达树这么说，阿智还是摇了摇头。

"我不是这个意思。我是在想，这个现象会给我们带来怎样的影响。眼下我们能看到的灌木鸟都有这么多，那我们看不到的地方又会有多少……你能想象出来吗？"

阿智又把目光移向空中。天上有无数黑点在不停重复着布朗运动，一眼就能看出其数量也极为庞大。

这时，阿智问了个出乎达树意料的问题："你见过卒塔婆竹的果实吗？"

达树摇摇头。在听说"卒塔婆竹"这个名字之后，他特地观察过这种竹子。这种植物长得跟达树差不多高，很细，分为若干节。但是，达树的确没见过它们结果的样子。

"我猜也是。本来应该会有些果实落到地上，但我们没在地上见到过一个果子。也就是说，十有八九是全都被那些灌木鸟吃光了。没果子吃之后它们又会去哪里找食物呢……嗯，希望我的想法是错的吧。"

达树凝视着岛壁到木门中间这一片区域。这时，他有了一个意外发现。

岛壁的绝大部分都被鸟群覆盖得严严实实，但有几块岩石附近没有灌木鸟，能清楚看到裸露的黑色岩石表面。

达树知道这意味着什么。在那几个位置藏着伊甸的守卫，所以灌木鸟才不会靠近。这种生物就是如此胆小。

达树当初担任守卫时把守的位置也能清楚分辨。他数了数岩石露出来的几个位置。一行人当初执行任务时，共有三个人在门下方的口袋状岩石滩负责警戒。

而现在,有六个位置没有被鸟群覆盖。

其中有的位置离通路非常近。看样子,达树被掠走之后,伊甸又加强了警备。

"现在怎么办?"阿智谨慎地询问道。

达树自然是想尽快将自己平安无事的消息告知伊甸的人。

"还是要趁天还没黑的时候行动。至于那些灌木鸟,我觉得应该不会造成什么影响。"

"是嘛……"

于是阿智做出了最终的决定。找队长商量后,几个人明确了行动步骤:阿智与一个叫兰道尔的男人随达树一起下到悬崖下面,阿正则在崖上待命;接下来按照事先的安排,达树要一个人走到通路的中央,尝试与对方接触。兰道尔善使弓,安排他到崖下来是考虑到有个万一的时候能够用弓箭应对。

一直到达树等人即将走下悬崖的时候,阿正都是一副愁眉苦脸的样子。一方面他觉得自己之前把达树掠走,所以对现在这个状况负有责任;另一方面他又担心让达树一个人返回通路会不会出什么问题。

"我真的不用跟去吗?"阿正反复这么问道。他似乎觉得非常不甘心。

"没关系,你就在这里等着就行了。"

即使达树这么说了，阿正还是放不下心来。

三个人缓缓往乱石坡下走去。时不时脚下会踢到人头那么大的石头，石头滚落下坡发出干硬的碰撞声，每次都吓得人一身冷汗。整个坡道上根本没有一个地方能踏踏实实站稳脚的。

难以想象，当时那些人竟然扛着失去意识的达树从这里爬了上去。

又有一块石头滚落下去。一些灌木鸟受到惊吓，跳了起来。

之前在森林里的时候还几乎听不到灌木鸟的叫声，但现在，铺天盖地的鸟叫声如大地鸣动一般席卷而来。

惊起了这么多灌木鸟，伊甸一方的守卫无论如何也该发现达树了。但是，岛壁那边仍然没有任何的动静。

达树走下悬崖，来到了海岸边。这里能清晰地听到海浪声。达树深切地感受到，自己已经来到了伊甸的门口。

"现在我就一个人过去。放心，我不会逃跑的。"达树回过头去对阿智说道。

阿智重重地点了点头，"我们就在岩石后面。祝你好运。"

不过，兰道尔把弓从肩上拿了下来，这让达树有些不开心。达树只好安慰自己说，那把弓只是以防万一，并不会真的用上。

如果不走到岛壁附近，就算大叫，声音多半也会被海浪声和鸟叫声掩盖。

"我去了。"

说完,达树就沿着通路走了过去。地上的灌木鸟慌忙让开了路。

顺着岩石滩往上爬。路的两侧都是海。强烈的海风拍打着达树的右边脸颊。

差不多走到通路的中间位置了。如果再往前走,就会进入岛壁一方的视野死角,守卫们就看不到达树了。灌木鸟群在达树周围空出了一个直径一米左右的圆,现在那些守卫应该能清楚看到他的位置。

但是此刻达树身着茧猫毛衣,会不会被对方当成食人魔?毕竟这个距离多半是看不清脸的。

"站住!"

隐约能听到有人这么喊了一句。那是达树很熟悉的社区里的公用语。

达树原地站定,抬头望向岛壁,然而没有看到任何人。

"是谁!食人魔吗?"

如果不竖起耳朵仔细听,那微弱的声音就几乎被海浪声掩盖掉了。不过,这声音还有回声。达树知道,对方是在对自己喊叫。

他把两手举到嘴边,大声喊道:"我是达树!田边达树!我回来了!"

没有人回答。等了一会儿之后,达树又重复喊了一遍。依然无人应答。

岛壁那边再也没有声音传来。这之后不知道又过了多久。十分钟？还是十五分钟？

然而达树只能呆呆地站在原地等待。

一阵岩石滚落的声音传了过来。石头滚过之处，鸟群受惊跳起，形成了一条从岛壁延伸而来的"裂缝"。

紧接着，一个清晰的男声传来："是达树吗？真的是达树吗？"

是熟悉的声音。达树感到自己的眼眶湿润了。为什么……父亲会在这里？

"父亲！"达树用尽毕生力气喊了出来。

对方马上有了回应，"我马上过来！你等我一下！"

能看到某个地方的灌木鸟在胡乱跳动。父亲应该就在那里。不仅仅是父亲。

还有两个达树不认识的守卫，手里都拿着长枪。他们把长枪当作手杖拄着，朝着坡下走了过来。

达树想，应该是最初让自己"站住"的那个守卫返回去叫了父亲，所以才花了不少时间。

伊甸一方的三个人此时已经来到了岛壁下方的通路。两个守卫随正广一起过来，似乎是因为担心他会遭到随时可能出现的食人魔的袭击。

正广从那里快步跑了过来。一个守卫留在了原地，跟着他一起跑过来的只有一个人。

正广跑近的时候，达树下意识地回头看了一眼。他很在意阿智现在怎么样了。

这时，正广和那名守卫突然停下了脚步。

"达树，到底是怎么回事？你不是一个人来的？这是个陷阱？你后面还藏着什么人？"

"不，父亲，这不是陷阱。根本没有什么食人魔。我后面……是你的哥哥。"

"别撒谎。我哥哥不可能还活着，而且你怎么会知道他的事？"

"父亲你才是！你为什么会在门这里？你不是应该在社区里等着吗？"

正广仍然充满警戒地凝视着达树的背后，试图识破那人的真身。

他保持视线不动，对达树说道："听说你在门的另一边失踪之后，我到这里来了不知道多少次。只要有可能，我都尽量跟着执行守卫任务的人一起过来。因为我相信你平安无事。今天我也是碰巧来了这边。我一直坚信你迟早会回来。"

"那人真的是你的哥哥啊，父亲。他的名字叫田边智广，弟弟叫正广……不就是你吗？"

"这怎么可能……"正广喃喃道，"但是我是一直相信你还活着的。到这边来，其他的我们之后再聊。"

"不。"达树说，"先跟阿智见一面吧，他不是你哥哥吗？"

"或许吧，不过……"

达树不知道父亲为何如此犹豫。

这时，达树的背后传来了阿智的声音："正广！"

达树又一次回过头。

阿智离开了藏身处，径直朝着这边走过来。他已经确定了眼前这个人就是自己的弟弟？还是说，他再也等不下去了？

阿智就像被什么东西附身了一般，直直地往这边走。

他不是该在岩石背后等着吗？

正广旁边的守卫连忙举起了长枪。看来他是把突然出现的阿智当成了危险的食人魔。

"请把长枪放下……"达树说。

但是对方似乎并不打算听从达树的话。

正广望着达树的背后，一脸惊讶地喊了声："哥哥！"

阿智逐渐靠近，后面还跟着拉紧了弓弦的兰道尔。或许是从兰道尔身上感觉到了杀气，正广停下了脚步。

这时阿智已经离达树很近了。但是，他或许是发觉正广背后的守卫正用长枪对着自己，于是也停了下来。

"哎？怎么了？"达树的头转来转去，看看阿智，又看看父亲。

空气仿佛凝固了。一种深深的猜疑笼罩着在场的每个人。

"把长枪放下。"正广对一旁的守卫说。

但是，不知道守卫是没听到还是没当一回事，他仍然举着长枪，纹丝不动。

"恶鬼"遇见"食人魔"

所有的人都紧张地站在原地一动不动。达树也不知道该如何打破这个僵持不下的局面。他一开始就漏算了这种情况,他没想到父亲竟然会带人过来。而且他也没想到兰道尔竟然拉着弓跟了上来。

那名守卫和兰道尔,到底是哪一边先拿起武器的?现在这情况……就是双方的恐惧造成的对峙。

数秒之后,僵局以一种意料之外的方式被打破了。

意料之外的景象让达树睁大了双眼。

轻易不上天的灌木鸟突然成群地飞了起来。所有人的视野里都充斥着灌木鸟体表的茶褐色。

为什么?

充塞双耳的振翅声。

紧接着,是手拿长枪的守卫的惨叫。

达树完全不知道到底发生了什么。

灌木鸟飞走后,他终于明白了守卫惨叫的原因。

举着长枪的守卫被不知来自何种生物的巨大紫色触手卷住了身体,正在发出恐惧的尖叫。

触手是从海里伸出来的。

这是一种达树从没见过的怪物。他顺着触手看过去,终于发现了怪物的真身。

有一个湿漉漉的半球状物体漂浮在海面上。这是一只巨大的生物。仅仅是露出海面的部分，直径就有数十米。看起来这个生物并没有眼睛，只在半球状的部位生长着七八个黑色突起。其身躯靠近海面部位的左面和右面正像风箱一样时鼓时缩。

它和蛇鲨不同，是一种新的怪物。

正广跳了起来，一边朝着附近最大的一块岩石跑去一边叫道："达树，到这边来！"达树立刻跟了上去。

触手的直径约有两米，表面还分泌着一种黏着力极强的液体。不只是那个守卫，还有无数的灌木鸟也被粘在了触手上，完全无法动弹。

这时又传来另一个人的惨叫声。

达树惊诧地朝着声音传来的方向望过去，发现怪物的触手也伸到了那边。兰道尔的两只手——一只手握着弓，一只手捏着箭——都被紧紧地粘在触手上，整个人被吊在空中，正在大声地哭号。

触手每次摆动，就会有一些四处乱跳的灌木鸟以一种很滑稽的姿态粘在上面。阿智也朝正广父子藏身的岩石跑去。但这里毕竟是岩石滩，脚下踩不稳，就算跑也不可能跑得了多快。

"快一点儿！"达树大叫。

看到越跑越近的阿智，正广终于低声说了一句："没错，真的是哥哥！"

两条触手仍然在通路的陆地部分四处徘徊，试图寻找新的猎物。

"那到底是什么东西?"达树问父亲。

"不知道。我也是第一次见,估计平时都在深海里待着吧。灌木鸟异常繁殖了这么多,它估计是想来饱餐一顿。你看它现在就在捕捉灌木鸟。"正广一边说着,一边把视线投向跑过来的阿智。

卷着守卫的那条触手从岩石上扫过。被紧紧粘在触手表面的守卫似乎已经失去了意识。

"哥哥,小心!"正广大叫道。巨大的触手在迅速朝着阿智的方向移动。

阿智急忙伏下身子,但还是晚了一步。他的右腿似乎接触到了触手的表面,整个人就那样被拉扯到了空中。

阿智发出了惨叫。

"——哥哥!"正广大喊。

达树也绝望了,他想不出来有什么办法能救下阿智。

就在这时,奇迹发生了。

一团火焰突然涌向那条触手。

触手开始往海中缩,但火焰仍然紧追不舍。在炙烤之下,触手的表面开始急速干燥,浮现出了无数的皱纹。

达树朝火焰的源头望过去。

那是在崖底待命的另一个守卫。现在,他的手里拿着一个达树从未见过的工具,火焰就从那工具之中放射出来。

燃烧的触手散发出一阵恶臭。火还没有烧到阿智和另一个守卫被粘住的部位，但能看出那些部位的表面也开始干燥了。触手的表皮脱落，守卫和阿智落到了通路上。

"太险了，就差一点儿。"正广叫道，"那边的触手也解决掉！"

手持火器的守卫从达树和正广旁边跑过，沿着通路接近另一条触手。他的背上背着一个金属笼子，似乎是一个手动泵。靠近触手之后他把金属笼子从背上放下来，按压了几次上面的把手，然后用两手举起一根乐器似的金属筒，再一次朝着触手喷射出了火焰。他可能调整了喷口的大小，这次喷出的火焰变细了，能更高效地灼烧触手。

攻击比先前更有效了。

即使守卫一时中断攻击，触手上被火焰喷射到的部位仍然在继续燃烧，同时冒出黑烟和令人掩鼻的臭气。但被火焰烧灼到的同时，触手也反射性地做出反应，以极快的速度往海里缩去。

达树紧张得屏住了呼吸。这样下去的话，无法动弹的兰道尔一定会被触手拉入海中。这个真身不明的怪物从海面上露出了一部分躯体，半球状部位两侧看起来像是耳朵的突起正在激烈地不断膨胀和收缩着。收缩的时候，有呈雾状的体液从那个部位喷出来。这么看来，或许这突起并不是什么耳朵。不管怎么说，看这个怪物的样子就能知道，触手被灼烧的疼痛的确已经传到了它的躯干上。

不知道触手表面发生了什么变化，总之，兰道尔和触手的表皮一起掉了下来。想来应该是触手表皮干燥后剥落了。兰道尔落下的位置离水边已经只有几米远。

而那条触手则以极快的速度缩回了海里。

兰道尔捡回了一条命,总算是有惊无险。

达树终于松了口气,两腿一软,一屁股坐在了地上。他感觉自己刚才仿佛做了一场噩梦。

虽然兰道尔没有被拖到海里去,但达树看到他刚才有一次被触手拍到海岸上,不知现在他怎么样了?

达树就这么呆在原地,好一会儿之后他看见兰道尔晃晃悠悠地站了起来。他应该没什么事,达树想。只不过两臂还附着有怪物的皮,暂时没法自由活动。达树长舒了一口气。还好,所有人都平安无事。

落在几米外的阿智也终于站了起来。达树看向父亲,发现他仍然是一脸恍惚。现在在这里已经没有谁还拿着武器了。

正广突然用右手抱住了达树的头,说:"我一直相信你还活着。你知不知道我有多担心你!"

这或许就是正广对达树的父爱表现吧。被父亲抱着头的达树一遍又一遍地叫喊着"对不起,父亲"。正广松开手之后,达树看到父亲的脸上露出了笑容。

"正广。"

听到阿智在叫自己,正广脸上的笑容消失了。

"哥哥。"他率直地回应道。

之后，两人陷入了沉默。或许双方都不知道这种场合下该说些什么。最后，阿智先开了口："刚才第一眼看到你，就觉得你跟老爹长得一模一样。"

"我真的没想到竟然还能跟你见面，哥哥。"

阿智和正广互相点了点头，再一次沉默了。从心底涌出的情绪过于复杂，他们似乎都不知道该如何用语言表达。之后两人走近，自然而然地握住了对方的手，相顾无言，只是默默点头。眼泪顺着脸颊流下来，但两个人谁也没有松开手去擦。达树感到自己完全没法插话。

这时，周围又发生了变化。

一阵震耳欲聋的振翅声响起。如果是一只鸟飞起，恐怕根本不会有人察觉到，然而遮天蔽日般的灌木鸟群一齐飞起的时候，甚至可以卷起一阵狂风。达树想，平时几乎不飞的灌木鸟突然飞上了天，会不会是感觉到了什么危机？莫非有什么比刚才那个怪物更加危险的东西……

整片天空都被灌木鸟群所覆盖，仿佛黑夜来临一般。正广与阿智二人令人感动的重逢场面也不得不中止。

但是看眼前这个样子，海里应该不会再有什么东西出来了。达树一头雾水，不知道这是怎么回事。

因为这些飞上天的鸟，刚才一直沉浸在重逢惊喜之中的正广和阿智终于平静了下来。两人坐在一只鸟都不剩的海岸边，聊起了天。

达树能听懂他们在聊什么，但是随行而来的兰道尔和两个守卫似乎听不懂日语。

阿智把手放在正广肩头，又哭了起来。等他哭得小声些之后，正广说："老爹已经原谅你了。之后他什么都没说，而且那时你也还年轻。"

阿智点点头，仍然没有停止哭泣。达树知道这和自己之前听说的阿智心中的内疚有关，不过他并不打算去了解其中细节。那应该是一家人以前在地球上发生的事，达树觉得自己还是别插足比较好。

"我们来讨论一下交流的方法吧。"正广对阿智说。

阿智点了点头，说道："看到刚才的火焰喷射器我真的吓了一跳。你们那边还有石油？"

"嗯。最近刚发现了油砂和油页岩的石油矿脉。其实只要有采掘技术就可以直接挖原油，但无奈没有设备，目前只好暂时从油砂里提炼石油。"

这时达树才知道，原来守卫使用的那个可以射出火焰的工具叫"火焰喷射器"。那的确是一个威力惊人的武器。

"我们这边虽然有矿石，但目前还没有高效的精炼方法。如果有石油的话，精炼矿石应该会简单不少。至今为止，我们的主要精力都放在稳定供给食物的事情上，之后该考虑考虑文明发展了。这需要我们双方互相提供有用的信息。"

这时达树插话了:"他们那边有稻米。"

正广显得很吃惊,"这怎么可能?"

"不,这是真的。我们现在就在种植水稻。还可以分些稻米给你们。"

"那真是太好了。"

两人就这么有一茬没一茬地聊了许久。正广说,达树失踪之后自己只要一有机会,就会跟守卫队伍一同到木门这里来。

"因为我相信达树肯定还活着。"

跟着正广过来的两个守卫和捡回一条命的兰道尔虽然听不懂二人的对话,还是一直默默地站在旁边听着。兰道尔和其中一个守卫的身上仍然粘着一些怪物的皮。

不只是这些人,另外几个守卫也从门那边下来,聚集到了通路。达树回头看了看,自卫团的人也跟着阿正爬下了悬崖,正朝这边走来。

"可以把达树还给我吗?"正广问。

"这我还得找村长谈谈。因为这涉及今后双方交流的途径。双方接触的时候如果有达树在我们这边,交流起来或许也会顺畅一些。"

达树本人当然想回到伊甸,但同时他也明白,正如阿智所说,自己还是在村子那边再待一段时间比较好,因为现在只有自己才能胜任村子和社区之间的联络人这个角色。

"达树,你自己怎么想?"阿智问。

达树说出了自己的想法,阿智显得有些意外。

"原来如此。"他重重地点了点头。

"千万别把达树放在你那边要不回来了啊。不过,知道有你在那边,达树过去我也放心了不少。你也成长了很多啊,达树。"

之后阿智和正广又交换了一些信息。而两人谈话的时候,守卫和自卫团的人一直围在一旁。容貌并无分别的食人魔和恶鬼凑到一起,互相都用好奇又带有一丝难为情的眼光望着对方。

阿正拍了拍达树的背,笑道:"太好了,这次行动大获成功啊。"

达树点了点头,想着,至少通路两边的紧张关系是一下子缓和了。他甚至有种预感,这条通路迟早要成为双方之间的友好象征。

"我会跟你母亲好好说这件事的。"正广给了达树一个告别的拥抱,"你是我的骄傲。"

父亲的这句话让达树非常开心。但是达树并不知道,自己是不是真的做了值得父亲感到骄傲的事情。

达树、阿智和阿正三人同自卫团一起离开通路,回到崖上,在那里等天亮。

成功和父亲见面这件事仍然让达树激动不已。

阿智的心情看起来同样非常愉快。或许也因为他终于从内心的自责之中解放了出来。可是第二天早上,阿智的表情又变了。三个人比自卫团更早出发,而在路上的时候,阿智的脸上明显有一抹不安。

首先对此提出疑问的是阿正,"父亲,怎么了?今天你有点儿奇怪,好像不太开心的样子。"

阿智似乎没有意识到自己无意识中露出了那种表情,"是吗……都写在脸上了啊……"

达树单纯地以为阿智是在担心之后双方的交流可能会不太顺利,但阿智担心的其实是另一件更紧迫的事。

"到底怎么了?"阿正又一次问道。

"有件事让我放不下心。"

"什么事。"

"通路上的那些灌木鸟。数量那么多的灌木鸟一下子就全部消失了,只要一去推测这件事的原因我就老是要想到一些不好的东西。灌木鸟平时几乎不飞,但这次却受本能驱使飞了起来,这到底是怎么一回事?"

"是为了躲避海里出现的怪物吧?"

"恐怕不是。那个鸟群这么大,怪物根本吃不了多少,这对灌木鸟的整个种群来说应该没有多大影响。"

达树没有想到现在会有一件事比村子与伊甸之间的交流更让人感到担忧。这种不伤人畜,一看到人靠近就躲得远远的鸟竟然会让人如此不安。

"但愿是我想太多了。"阿智说到这里就打住了。对于自己具体在担忧什么并没有提到更多。或许他觉得,就算把自己的猜测说出来,也只是徒增不安罢了。

走到河边的时候,阿智的神情突然变了。

先前经过这里的时候并没有看到灌木鸟,而此时有几只灌木鸟正排成一列往沙沙作响的灌木丛中里钻。

"难道……"阿智低声呻吟道。看来他的某种不好的想象成了现实。

而此时达树仍然是一头雾水。难道……难道怎么了吗?

一行人停下来用河水润了润嗓子。而阿智在一旁神色慌张地催促道:"赶紧赶路吧。"

森林各处似乎也出现了灌木鸟。能看到大量的鸟粪,而且树丛中也有一大群什么东西跑来跑去的动静。可见那些灌木鸟刚才都还在那里。

有一件事可以确定了。

从通路那一带完全"消失"的灌木鸟,全都朝这边飞过来了。

看来阿智的担忧即将变为现实。

"通路那边已经没有足够的食物维持灌木鸟生存了。之前那么多的卒塔婆竹果实被它们吃得一干二净,现在它们发现了新的食物来源,本能驱使它们飞到这里,因为这里有类似卒塔婆竹果实的食物。"

这时,达树终于明白了这一切意味着什么。

"类似于卒塔婆竹果实的食物……"

"就是稻米。卒塔婆竹的果实和稻米很像。"

"——啊。"

达树想起先前离开村子的时候看到的田园风光,成熟的水稻垂下一束束稻穗,丰收在望。

"那是灌木鸟搞出来的吗?"阿正指了指树丛附近的地面,那里有一个直径四十厘米左右的洞,"我们出发的时候还没有这洞。看,那儿也有。"

据达树所知,灌木鸟并没有挖这种洞的习性。但是出发的时候确实没有看到这些洞,而那不过是昨天的事。

"灌木鸟不会挖洞。"

"那这些洞是怎么回事?"

"不知道。"

阿智也说这些洞他是头一回看见。既然是这样,把这些洞与平时并不会出现在这一带的灌木鸟联系起来也就比较合理了。

三个人提心吊胆地朝村子里赶去。

最担心的事终究还是变成了现实。

刚穿过森林,他们就感觉到气氛有些不对劲。

能听到人的叫喊声,还有连森林里都清晰可闻的灌木鸟的叫声。

森林外面有一大片稻田。

而现在,稻田里挤满了无数的灌木鸟。

灌木鸟群在田中飞来飞去,而村子里的人则在后面追。但是灌木鸟实在是太多了。仿佛无限延伸的稻田里满是袭来的灌木鸟,每一块田都被鸟群遮盖得严严实实。

人们像疯了似的拿着树枝或镰刀驱赶灌木鸟,但这无疑是杯水车薪。似乎村子里所有的人都被动员过来保卫稻田了。

说到底,充塞视野的灌木鸟群不过是想来填饱肚子,而它们寻求的食物则是类似于卒塔婆竹果实的稻米。

先是一只灌木鸟发现了稻米。然后经由种群内部某种未知的传达方式,所有的灌木鸟都知道了这一点。

灌木鸟不过是遵从了自身的生存本能,然而这些水稻也是村里人辛辛苦苦培育的成果。

三个人加快速度朝村子跑过去,而途中映入眼帘的也一直是相同的景象。人们像疯了一样扑杀灌木鸟,而这根本阻挡不了一心抢掠食物的鸟群。

一些人束手无策地坐在地上,想凭喊声把鸟吓走;还有的人试图用小网覆盖住水稻以阻止鸟群。至于到底能有多大效果,那就不好说了。

此时的村子里空荡荡的,已经看不到什么人了。只有村长独自一人像丢了魂似的坐在村务所前的广场上。

"阿智……"村长发出无力的声音,缓缓站起身来,"我们根本束手无策……谁能想到会发生这种事？接下来这一年会很难了……"

"来这里的路上我一直在思考怎么把这些鸟赶走。我拼命回想地球上是怎么驱赶害鸟的，但就是想不起来。唯一浮现在脑海里的就是稻草人，但现在做也来不及了。"

"稻、草、人？"

"啊，就是用作吓鸟的假人。"

"现在确实来不及了，之前完全没有预想到这种情况。"

"不可能保得住所有的米，只能尽量保住足够明年重新播种的量。如果卒塔婆竹不再次开花，那些鸟的数量应该会减少，现在只有赌明年有足够的稻米产出了。"

"该怎么做？"

"灌木鸟非常胆小，不敢靠近人。目前只有用人海战术守住那些受损害还不是很大的稻田，让它们不敢靠近，这样的话至少能够防止稻米被它们一粒不剩全部吃光。"

村长沉默了好一会儿。看得出他的大脑一时还转不过来。

这时，远处又传来了什么东西的叫声。达树朝声音传来的方向望去。这不是灌木鸟的叫声，但达树也不知道到底是什么生物。声音仿佛在腹腔里回响，连绵不断。

声音从森林方向传来，而且声源不止一个。两个、三个……无数叫声交叠重合，仿佛某种尖利的警报音。

"那是什么声音……似乎是虫叫?"阿智注视着远处,试图找到发出声音的东西。

"虫叫?"达树问。

"嗯,记得小时候在地球上经常听到这种叫声。"

当然,阿智并不知道现在这个声音是什么虫发出来的。

接着,他又对村长说:"总之尽量把能保住的稻米保下来吧。一定要留下足够的种子。"

"啊……嗯。"村长那空洞的眼神终于恢复了正常,"村子近处的田地相对而言受害较少,就分头去守住那些田吧。尽可能多找一些人来。"

一些人垂头丧气地回了村子。阿智与村长前去说服他们配合这个计划,人们知道除此以外已经别无他法,也就答应了下来。

村子附近的每块稻田各分配了几十个人守卫。这样虽然多少能牵制一下胆小的灌木鸟,但是茶褐色绒毯一般的大群仍然向村子方向袭来。

达树和阿正也一起进到了田里。

到现在达树还是感到难以置信。那么胆小的灌木鸟,居然也能造成这么大的危害。

两人在相隔几米的位置站定。达树没想到,刚刚回来还没来得及报告伊甸那边的情况,就又不得不应对这么麻烦的局面。

前来守卫稻田的人越来越多。众人以等间隔排开,守卫的范围也越来越大。

"可是这也不是个长久之计啊。"阿正说。

到了夜晚，灌木鸟应该也不便活动。但问题是不知道它们会在这里待到什么时候。如果它们不离开，人们就得一直在这个地方守下去？想到这一点，达树就感到一阵晕眩。

不止如此，他还产生了更可怕的联想。

现在那些鸟是因为胆小压制了食欲所以才不敢靠近人，但如果它们继续饿下去，最后不管三七二十一，所有的鸟一齐朝着人袭击过来的话……

还是先别想这些吧，达树在心里对自己说。

"那个叫声到底是什么……"

达树听到旁边的男人在小声嘟囔。现在已经不仅是森林了，村子周边所有方向都有那个叫声传来，而那叫声明显与灌木鸟的叫声不同。

"——哇！"

一个刚走进田里的男人突然消失了。

"怎么了？"周围的人问。

"脚被绊到了。哪个家伙竟然在这种地方挖洞，真是可恶。"男人站起身来怒骂道，"这么大一个洞！"他用两只手比画了一个圆。

一旁的人都笑了起来。

"真的啊，你们怎么不信呢？"

这时达树想到了先前从通路返回的时候在森林看到的无数的洞。那些洞就是男人比画的这个大小。达树觉得这并不是偶然。

没过一会儿，那个男人又叫了起来。

"这……到底是什么东西？"

男人用双手把一个褐色不明物体举过头顶。那东西看起来很轻，达树觉得可能是什么动物的尸体。

"这玩意儿……看起来像是什么大虫子蜕下来的壳……是从地底下冒出来的。刚才那洞肯定就是这家伙挖的。你们有谁知道这到底是什么吗？"

他把这个空壳拿给旁边的人看，但没人认识这是什么。这时，有一个老人说："这看起来和地球上的蝉蜕差不多，只不过大小不同。蝉的幼虫阶段也是在地下的。"

"蝉？"

"有这么大个儿的蝉吗？以前可从没见过。"

众人七嘴八舌地议论了起来。

"这么说，村子周围响个不停的那个奇怪的叫声，就是这东西发出来的？"人群中不知是谁这么说了一句。

听到这句话，所有人都沉默了。众人举目眺望远处，试图看清在鸟群的背后还有什么东西。

不知是不是偶然，刚才一直争鸣不已的两种叫声突然一齐消失了。

刹那间,四周变得一片寂静。

达树这才知道,原本听惯了的噪声突然消失竟然也会让人如此不安。这时,他听到一阵低沉的轰鸣声从远处的大地逐渐腾空而起。

原来,刚才仿佛在腹腔里回响的声音,是从一大片黑云发出来的。

不,那不是云。云不会发出这种声音。那是无数黑点的集合体。它们看起来既像云,又像一个形状不定的巨大怪物。

啪。有什么东西落进了灌木鸟群里。鸟群很快散开,但有一只灌木鸟仍停留在原处——那只灌木鸟被一只比它大一圈的虫子攫住。虽然它一开始还在激烈挣扎,但很快就安静了下来。虫子的细针状口器插入了灌木鸟的身体,正在吸吮后者的体液。

达树感到一阵毛骨悚然。如果那虫子落到自己的背上……如果那虫子像子弹一样从空中俯冲下来,用尖锐的针管刺进自己的背……那样的话根本无处可逃。

达树开始浑身发抖。

他意识到,那一片黑云正是由大群的巨虫组成的。一想到那么多的巨虫都是从地下爬出来,变成现在这个样子,他就感到恐惧不已。

啪。啪。

外形似蝉的巨虫开始向灌木鸟群发起攻击。很快,黑云已经来到了达树的头顶。

巨虫的俯冲攻击还是零零星星的,就像刚开始落下的阵雨一样。

达树不知道现在到底该逃走还是该留下来死守。但是,周围没有一个人临阵脱逃。

这时,状况突然急转直下。

"虫子冲下来了!"不知是谁用近乎惨叫的声音这么喊了一句。

紧接着,随着低沉的振翅音,虫群如黑色暴雨一般从空中落下。

已经完了。达树想。

可是,巨虫并没有落到田地里来。

宛如黑色幕布一般的虫群只是冲进了灌木鸟群。

灌木鸟发出了尖利的惨叫声。而巨虫一边吸吮着鸟的血液一边振动着尾部,同时开始发出先前那种刺耳的虫鸣。

稻田四周刚才还被鸟群覆盖成一片褐色,现在却已经被大片漆黑的虫群所遮盖。

"为什么……"

阿正呆呆地站在原地,问出了这个达树也想问的问题。

这些巨虫只对灌木鸟感兴趣,根本就没有冲到田里来袭击人类。就算偶尔降下来一只,也会马上飞往鸟群的方向。

灌木鸟动作再敏捷,也无法从巨虫的俯冲攻击下逃脱。

"这简直是奇迹!灌木鸟被驱散了!"

在场的某个人把眼下的状况理解为巨虫善意行为的结果。不过正如此人所说，残存下来的灌木鸟群正在拼死逃命，朝远处飞走。

而小小的黑云仍然在继续追赶飞走的鸟群。巨虫们依旧不打算放过这些食物。

现在，村子终于摆脱了灌木鸟的威胁。只不过，损失比预想的要大得多。

正如人们所担忧的，作为村子居民主食的稻米，其预定生产量的九成都进了灌木鸟的肚子，甚至连水稻的茎都被啃得乱七八糟，可见这些鸟的食欲有多可怕。

村子里的人舍身守护的水稻还剩下一成已经近乎奇迹。

一周后，巨虫的尸体在村子附近堆积如山。所有的虫子就像约好了似的，几乎在同一时间寿命终结。

后来调查发现，这种巨虫无论在身体构造还是在习性上，果真都和地球上的蝉极为相近。

它们的幼虫在地下发育，到了成虫阶段则会来到地面交尾、产卵，直到死亡。据说在地球上，某些种类的蝉的幼虫期甚至长达十余年。人类来到这颗星球之后，可能还没有遇到过这种巨虫的成虫季节。或许这是一种数十年甚至数百年才出现一次的蝉……

之后，阿智以"这些也是我听来的"作为开场白，讲了这样一段话："这种现象在这颗星球上可能几十年才发生一次。卒塔婆竹结果造成灌木鸟异常繁殖，这个信号不知通过什么方式传递给了地下的百年蝉，于是这些蝉就成虫化了。这些现象背后应该是有这么一个联系。"

目前通行的说法似乎就是这样。另外，那些现在已经死得一只不剩的巨虫被人们命名为"百年蝉"。

至于达树，他怎么也没有想到这次危机会对村子与伊甸的交流起到莫大的推进作用。

水稻大减产带来的饥荒因伊甸方面送来的糯薯而缓解，双方的关系因此迅速接近。

这一年，伊甸的块根作物糯薯获得了前所未有的大丰收。

当所有人都呆呆地望着被灌木鸟啃食得面目全非的稻田时，阿智冷不丁冒出来一句："随缘嘛！"

就这样，伊甸与村子之间终于开始了交流，融合的时代拉开了序幕。

闭塞时代

迈克尔将培养液注入塑胶水田之中。田里的绿色植物已经长得很高,顶端几乎触到了约五米高的天花板。它们的枝丫下垂排着数不清的青番茄。看样子,还得等上个两百小时这个区域才能够开始收获作业。

邻区的番茄在下次当班的时候应该就能收获了。迈克尔负责的区域能够生产供两千人食用的番茄。

自打记事起,迈克尔每一天都在这宇宙农场的舱室里培育番茄。

田里的培养液灌满后,迈克尔把软管收回墙壁之中,然后走到已进入阶段三的番茄田,开始进行番茄花的授粉作业。

舱室并不太大，只有一百平方米左右。平日，迈克尔的大部分时间都是在这里度过。

飞船"诺亚方舟号"内部没有季节变化，在这里经过的时间长度是按地球标准计算，年、月、日、小时这些单位都沿用了下来。

按这个计算方法，迈克尔·沃克的年龄是二十九岁零三个月。

他在这艘飞船上出生，在这艘飞船上长大，也在这艘飞船上工作。

对迈克尔而言，飞船"诺亚方舟号"就是整个世界。他听说，自己的父母和祖先曾在一颗名为"地球"的星球上生活。他在照片或影像中看到过这颗星球，不过，那也只是因为戴在手上的 N-phone 的待机画面中设置有地球上的风景。他听说，地球已经毁灭，而现在世代飞船"诺亚方舟号"正在飞往一颗名为"应许之地"的行星。

同时迈克尔也知道，飞船抵达目的地之时，他早已不在人世。

人的一生毕竟过于短暂。能够活着到达应许之地的是下一代人？又或者是再下一代人？

生于"诺亚方舟号"，死于"诺亚方舟号"，自己的整个世界只有"诺亚方舟号"——这就是迈克尔的一生。在这样的一生中，他将日复一日地在这个舱室里培育那些番茄。

他既不知道这艘飞船是凭借什么原理在宇宙中航行，也不知道船内的各种规则是怎么制订的。目前的制度是以亚当斯总统为核心的政府发布决议，区划长和各厅负责人把决议传达下来，下面的人只要服从就行。

要说迈克尔知道的事情,也只有"怎样高效率地在舱室中生产出更多的番茄"。

这时,迈克尔左腕上的 N-phone 响了起来。他停下手中的活,开始操作 N-phone。

"在忙?"

正如迈克尔所料,对方是在旁边区域培育番茄的斯科特·贝尔。他的脸占满了 N-phone 的整个屏幕。

"在授粉呢。"

飞船内部没有昆虫。因此,授粉作业需要全人工进行。

"啊,不好意思,打扰到你了。"

斯科特和迈克尔同龄,他们又是同时接手了培育番茄的工作,所以两人关系还算不错。

"没什么。有事找我?"

"亚当斯总统的演讲马上就要开始了,想不想去大屏幕那边看?大家都去了。"

迈克尔把这事忘得一干二净。不过,他也的确对这种东西没有兴趣。

"我在 N-phone 上看就行。再说了,演讲的内容大致都能猜到,肯定是公布'诺亚方舟号'人口超过四万人的消息。"

"应该是吧。"

"然后，就是催我们这些未婚的人赶快结婚，早点生出下一代。演讲还不就是这些东西。"

"没错。"

"我也不是不想生，但是也没人和我生啊。就算有，我积分也不够。"

"嗯……"

将番茄上交之后，会有积分作为报酬充值到 N-phone 里，用积分可以交换食物或者其他想要的东西。

"说到底都没什么意义。"迈克尔说。

"你那边预计几点结束？"斯科特问。

"十九点。"

"一起吃个饭吧？好久没一起吃饭了。"

"可以啊，等我把分配的食物取消掉。"

"我会带个有意思的家伙过来。不过也是个男的。"斯科特又补了一句。

十九点二十分的时候迈克尔就到了飞船中央附近的第一饮食广场门口，比预定时间早了五分钟左右。这里是所有区域的交叉地带，所以便于等人，坐环线也不需要换乘。从迈克尔的农场过来，十分钟就够了。

而这时一脸贱笑的斯科特已经在饮食广场入口处等着了。他穿着短裤和夏威夷衬衫，显得非常随意。不过迈克尔也差不多——

他只是把农场的工作服换成了居家服,所以现在穿的是T恤和牛仔裤。

这个时间段,饮食广场里绝大部分都是年轻人,整个广场完全成了一个聊天的场所。其他年龄段的人此时通常都在各自的居住区内和家人在一起。只不过在这宽敞的广场里,长久以来也形成了好几个不同的区域。多人聚会的团体都集中在饮食广场中央;左手边的深处是年轻女性的聚集地;右手边深处灯光频繁闪烁变化的地方看起来没什么人;而类似于迈克尔和斯科特这种男人找男人聊天的群体则扎堆在大门附近的角落。

到二十一点为止,广场里播放的音乐都是和缓的古典乐。

"你不是说还有一个人要来吗?"

"嗯,看来是迟到了。我们先吃吧。"

斯科特说完,两人就排到了厨房前的队列中。广场中央,一堆像是刚开完工作会议过来的人正聚在一块儿有说有笑。这种场合跟迈克尔没有任何关系——他的工作地点就只有他一个人。

两人用托盘端着酒和轻食,找了张空桌子坐了下来。

"别看那帮人现在活跃得很,工作的时候多半都是气氛冰冷,屁都不放一个。"斯科特朝那边瞟了一眼,酸溜溜地说,"这副样子就是因为平时压力太大。你可以过去听听,他们聊的话题要多低端有多低端。"

"但是那边年轻女孩挺多的。"

听迈克尔这么说，斯科特又酸溜溜地反驳道："只可惜都是些俗不可耐的女人，反正我没兴趣。"说着，斯科特又环视了一下四周，"最近这儿的人又多了不少啊。"

"嗯，我也有一阵子没来了。"迈克尔说。

大约二十天前，这里发生了一起事件。就在那天的这个时间点，一个二十五岁的年轻人在饮食广场的大门口引爆炸弹自杀了。事件发生后第一饮食广场关闭了三天。除了自杀者以外，还有三个人因爆炸身亡，另有七人重伤。据说自杀的人是Ⅳ区一个负责管理空气调节的年轻人，他利用自己的知识和手上碰巧有的药剂，自制了一个炸弹，引发了此次事件。自杀者这么做的动机始终不明，和他住在一起的父母虽然发现了一封遗书，但上面也只是用很潦草的字迹写着：这个世界太荒唐了，我要多拉几个人跟我一起死。

人们对此议论纷纷，有人说那人"估计是疯了"，还有人认为是那人"想引起别人的注意"。但不管怎么说，当事人已经死了，真相到底如何也就永远不得而知了。

只不过，如果不到饮食广场来，其实也不会突然想起这件事。实际上迈克尔在今天到这里来之前也把那起事件忘得一干二净了。现在广场的修复已经彻底完成，来来去去的人们看起来也一如往常，仿佛那场惨剧完全没有发生过一般。

"我感觉，我稍微能够理解那个用炸弹自杀的人的心情了。"斯科特嘴里一下子冒出一句让人吃惊的话来。

"啊?"

"他这是得了名叫'绝望'的不治之症。他意识到了自己的人生毫无意义。这跟他干什么工作毫无关系。我们所有人都一样,都不过是这艘飞船上的一个零件,从出生起就生活在这艘飞船上,直到死也看不到目的地。我们唯一像是人类的地方,只在于我们必须繁衍子孙,这也是为了让我们的后代能够踏上'诺亚方舟号'驶向的那颗星球。换句话说,如果找不到人和你繁衍后代,你就连作为人的价值都没有。我们连人都算不上——不管是你、我,还是那个自杀的,都一样。"斯科特露出牙齿笑了起来,"你是不是对女人不感兴趣?"

迈克尔表示否认:"倒也不是。只是我比较挑剔,选择的范围比较窄。"

"那你到底喜欢哪种?"

"这个……"

迈克尔一时不知该怎么说才好。他不知道那个女孩的名字,只是曾和她擦肩而过了两次。迈克尔是在乘坐环线时遇到她的,当时她正和朋友们开心地说笑。虽然不知道她的名字,但那白金色瞳仁的大眼睛让迈克尔印象深刻。之前每次在环线上碰到女孩,她都是在迈克尔面前一闪而过。当然,迈克尔并不知道女孩叫什么,也不知道她出身何处。

"……现在这个生活状态,实在是没有闲心去考虑那些。"迈克尔决定把这个话题搪塞过去。这件事他还没有对任何人说过。

斯科特点点头,似乎终于打算说正题了,"没办法,现在我们忙着伺候番茄,确实没时间考虑那些东西。工作结束之后再回房间打打游戏然后睡觉,这样就已经把每天的时间占满了。我们都是这么过来的。所以呢,我一直在想,能不能把我们的工作再优化一下,想办法挤出更多的空闲时间。"

实际上,如今番茄长到天花板那么高,已经是在狭窄空间内对栽培作业进行最大优化的结果了。

"你想,撒激素很花时间的吧?"

斯科特试图求得迈克尔的赞同。他所说的"撒激素"指的就是授粉作业的工序,也就是将激素撒到花上。如果误撒到了番茄的茎上,会导致茎的枯萎。

"是没错。但是在'诺亚方舟号'上也没办法吧?资料上说地球上是靠熊蜂授粉,但是这艘飞船当初可是禁止携带昆虫进入的。"

"是啊,什么虫都不行。"

"那些培育玉米的人肯定轻松不少,毕竟玉米的花是风媒花。"

"如果不用去撒激素,你想想是不是会省很多事?"

这一点迈克尔也只有点头同意。现在的授粉作业实在是人费事了。

"诺亚方舟号"从地球起航之时,虽然允许乘客携带小动物,但除此以外的一切生物全部被禁止。按理说,本来自然循环就可以产出食物，但人类急着逃离地球，为了将航行中的风险降到最低，才不得不做出了那样的决定。正因如此，那些在地球上不需要人工授粉的虫媒花植物，拿到飞船上培育之后也不得不多上一道工序。

"那是当然。难不成可以代替虫子的纳米机器人问世了？这种东西之前听说开发过几个型号，但用起来不太方便，后来就被淘汰了，现在应该没人用。"

"不，不是纳米机器人。"

据说上一代人曾经在某一时期大力提倡使用虫型纳米机器人授粉，但后来发现这种东西续航时间短，需要经常充电而且故障频发，根本不实用。总之一句话，纳米机器人授粉的效率还不如人工授粉。

之后，似乎就再也没有人使用纳米机器人了。

"那你又想到了什么法了——"

反问的话刚说到一半，迈克尔就呆呆地张开嘴僵在那里，连表情都仿佛凝固了。

他不敢相信。

那个女孩竟然出现了。

那个只见过两回面却让迈克尔久久难以忘怀的女孩，现在正从他们餐桌旁边走过。一边走，还一边在和身旁的两个女性朋友有说有笑地聊着天。她的身材偏瘦，但举止优雅，看起来就像是漫步于云间的仙女。时不时，她还用手拨动自己那一头长长的白金头发。

"怎么了？"斯科特问了一遍之后发现迈克尔没有反应，于是又问了一遍，"到底怎么了？"

迈克尔不知道自己此时是一副什么表情，他只感觉自己整张脸的肌肉都舒缓了下来。

斯科特回过头一看，"哦，原来如此——"他似乎明白了什么，"看来你已经有意中人了啊。"

那个女孩缓缓走向右手边深处的一张桌子。那一片的桌子平时几乎没有什么人坐。

"就是那个身材苗条的长发女孩吧？倒确实挺引人注目的。"

"啊……对……"迈克尔并没有否认。

斯科特一副钦佩不已的样子，不住地点头，"怪不得不见你去找女朋友，原来你眼光这么高啊。只可惜，人家是坐在那种地方的人……你是没戏喽。"

"嗯？"迈克尔怀疑自己听错了，"你怎么看一眼就知道我没戏了？那个女孩到底是谁？"

"是谁我不知道，但是我知道一些其他的东西。你也看到了那边的座位平时都没人坐吧？知道为什么吗？那边是兰伯特家族的专用席，能够优哉游哉地坐在那儿，就说明她也是兰伯特家的人。他们家族可是这艘飞船上的大功臣，托了他们的福，我们现在才能坐在这里。"

兰伯特家族。

关于这个家族的事，迈克尔之前也听说过。首任总统弗雷德里克·艾迪森逃离地球的时候，为他提供全面资金援助的就是兰伯特家族之长——格雷厄姆·兰伯特。从"诺亚方舟号"的建造到成员筛选、搭载货物的提供和搬运，都是由兰伯特家族秘密实行的。而作为回报，兰伯特家族的三十五名成员都被安排上了"诺亚方舟号"。

虽然一族之长格雷厄姆·兰伯特已经在这艘世代飞船中寿终正寝，但直至今日，兰伯特家族在船内的势力仍然如日中天。这一家族的后代如今已经开始分散，但无一例外都拥有着区划长以上的地位。

而那个女孩正坐在兰伯特家族专用的席位上有说有笑，看起来非常自在。

"那个地方又没有写'此处是兰伯特家族专用席'。"

"是没写，但这早都是惯例了。"斯科特似乎觉得这是一个常识。

接着，他又补了一句："喂，你别一直盯着她看，小心被当成变态。"

"啊——"

迈克尔急忙低下头。那个女孩刚好是面朝这一边坐着，迈克尔的目光总是会不自觉地被她吸引过去。

要怎样才能认识那个女孩呢？明明对方已经出现在了眼前，迈克尔却没有胆量上前搭讪。哪怕只是搞清楚对方姓甚名谁也好啊。

那个女孩好不容易才出现。

迈克尔的脑海里全是那个女孩,然而此时的他却没有任何行动。

"等了很久了?"

听到旁边有人说话,迈克尔终于回过神来。一个身材高大的亚洲男性站在了他和斯科特中间。

斯科特连忙站了起来。迈克尔也立刻跟着站起了身。

男人三十五岁左右,眼睛小,脸很长。

"这是我朋友迈克尔·沃克,也在培育番茄。"斯科特介绍道,"这位是蓬田先生,在船长室工作。"

一听到对方是在船长室工作,迈克尔一下子紧张起来。

"你好。"蓬田伸出手来。迈克尔急忙在裤子上擦了擦掌心的汗,然后和蓬田握了手。

据说斯科特和蓬田两人是在网络游戏中组队时偶然认识的。可是迈克尔很疑惑,他想不出来这两人除了游戏以外还能有什么其他共通点。

"您在船长室工作……具体都做些什么呢?"

迈克尔一时想不出更好的聊天话题,只好扔了个不痛不痒的问题出来。

蓬田挺直身子在椅子上坐下,"嗯,其实就是帮船长处理一些杂务。比如帮船长安排日程表,或者对各个区划送过来的数据进行分析。船长和副船长不当班的时候我一个人可能得干几个人的活。总之并不算轻松。迈克尔……你跟斯科特一样，负责番茄栽培？挺好的，整天都跟绿色植物在一块儿，应该很舒服吧。"

听到对方这么说，迈克尔觉得心情很复杂。

"咱们今天不是来聊这个的。我把蓬田先生请过来，是想聊一些个人爱好方面的东西，跟蓬田先生的工作没什么关系。"

"个人爱好？"迈克尔想，难道指的是游戏？

"对。和蓬田先生聊过之后我才知道，他是一个昆虫爱好者。"

蓬田那双本来读不出情绪变化的眼睛微微眯了眯。看样子他有些不悦。

"请小声一点儿，这种事情在飞船上是被禁止的。"

迈克尔有些怀疑自己听错了。他看看斯科特，又看看蓬田，发现这两个人并不像是在开玩笑。听他们刚才说的话，只能认为蓬田现在在养虫。

"您那儿……有虫吗？"迈克尔只在书上看到过虫。

这时，斯科特压低声音说道："有啊，蓬田先生现在就养着虫呢。"

蓬田一边点头一边在嘴里不断重复着"真是难办啊"。到这时，迈克尔终于明白了斯科特到底想干什么。

他想让虫来给番茄授粉！

"你们想看看吗？"蓬田挠了挠脸颊，"很可爱的。"

不等两人回答,蓬田就把自己带过来的一个茶色的包放在了桌子上。他迅速朝四周看了看,然后打开了包的拉链。接着,他注视着迈克尔,一脸陶醉地低声道:"很可爱的……"

虫……昆虫。

迈克尔只在图片上看到过虫,所以对活着的虫并没有一个清晰的概念。这到底是怎样的一种生物?

包里能看到一个容器,蓬田似乎并不打算把它取出来,他用右手做了一个"靠近一点"的手势。

斯科特与迈克尔小心翼翼地把脸凑了过去。

里面传来了沙沙沙的声音。

那容器是一个直径三十厘米左右的广口瓶,上面部分是玻璃,能清楚看到瓶子内部。的确,有十多只长度四五厘米的茶褐色生物在里面动来动去。这就是虫吗?

迈克尔感到一阵不适。

"可爱吧?"蓬田拉上拉链,然后又麻利地把包放到了地板上。

"您是怎么弄到这些虫的?它们叫什么名字?"

对于迈克尔的提问,蓬田却像是要故意卖关子似的,脸上露出了意味深长的微笑。

"这种虫叫'蟑螂'。大一些的是'美洲大蠊',小一些的是'德国小蠊'。美洲大蠊平时比较活跃一些。"

"这还有两种?"迈克尔惊讶地问。

"对。所有昆虫本来都是被禁止带上飞船的,但是这两种蟑螂的卵当时可能是附着在了人们带上船的衣服上。某一天有人打开俄克拉何马Ⅱ区的仓库,结果发现了大量繁殖的蟑螂,于是就搞了一次秘密驱虫。然后我就把活下来的蟑螂养起来,让它们繁殖。"

"繁殖……"迈克尔又发出了震惊的声音。这么说,蟑螂还不止这么一点儿。

蓬田严肃地点点头,"我现在养着四百只以上的蟑螂。"

"都养在什么地方?"

"我父亲去世之后,我就腾了一整个房间出来养蟑螂。我自己做了个饲育机,就在里面养。"

亲眼看到蟑螂——不,虫子——对迈克尔来说还是头一遭。现在他感觉自己在止不住地发抖。他想,或许自己真的没法儿喜欢上虫子。这种生物实在是让人感到恶心。平坦的身躯反射着诡异的光;竖起耳朵仔细听,还能听到它们发出的令人不适的沙沙声。

这种东西到底哪里可爱了?斯科特又为什么会把有如此古怪兴趣的人介绍给自己?

难道说……迈克尔连忙把不好的想象从自己的脑海里赶了出去。

"我就想起来,曾经看到资料上说,在地球上的温室里会养殖熊蜂来给番茄授粉。熊蜂是四片翅膀,蟑螂也是四片翅膀,而且它们都是六条腿,也都属于昆虫。那熊蜂能够办到的事,蟑螂也该能办到才对。授粉作业平时花了我们不少时间。如果有了这些蟑螂，是不是就能省下不少时间？"

迈克尔呆住了。看来，他心里那个最坏的预感成了现实。虽然他对生物学并不了解，但他起码知道，即使同为昆虫，不同种类的习性却完全不同。不能仅仅因为蟑螂是昆虫就认为它们能授粉。这种想法太荒唐了。

"你觉得怎么样！"斯科特激动地问。

迈克尔显得有些为难，"这种想法是否有可行性，我们还是请教一下蓬田先生吧。"

迈克尔想，既然蓬田自称昆虫爱好者，他总该能做出符合常识的判断。

蓬田抿了抿嘴，然后说了一句完全出乎迈克尔意料的话："我正在训练它们授粉。"

正在训练！

昆虫可以训练？

"也不是说所有的个体都能做到。有的个体会从大群里脱离出来独自行动，这些个体身上就蕴藏着全新的可能性。蟑螂本来是杂食性的，但是'变种蟑螂'会有几个新的特征，比如喜欢某种气味，在一段时间内食欲降低，而且还爱干净。"

"干净的蟑螂？"

"对，而且它们还会对人声有反应。"

听到昆虫会对人声有反应，迈克尔就觉得对方是在信口雌黄。现在他越发觉得蓬田此人可疑了。

"我送了些淘汰下来的番茄给蓬田先生，他现在就在用那些番茄训练蟑螂授粉。"斯科特不无得意地插了一嘴，"下次我们要不要到蓬田先生家去看看？"

迈克尔想深深地叹一口气。在他看来，这种计划根本不可能成功。先不说这些，在"诺亚方舟号"上养虫本来就是被严格禁止的。迈克尔似乎听到脑海里有个天使模样的自己在大声喊道：不要跟这种人扯上关系！

"如果不再需要授粉作业，那我们能够自由支配的时间就更多了。可以干点儿别的活儿赚积分，也可以趁此机会去找个女朋友。"

"但是……"

迈克尔刚想说什么，突然被一个女性的声音打断了："蓬田，晚上好。"

蓬田一下子表情僵硬地站了起来，"大小姐，您怎么在这里……"

"今天和朋友过来玩。"

迈克尔漫不经心地转过头去看，下一秒却如遭雷击一般从座椅上弹起。

为什么？

站在旁边的，正是那个金发女孩。

迈克尔感觉眼前的女孩似乎在闪闪发光。她的身高大概到迈克尔眼睛的位置，头发上散发出一阵诱人的芳香。

看来蓬田和她认识。至于两人是什么关系，迈克尔并不清楚。只不过能看出蓬田在女孩面前极其紧张。

她好奇地望了望迈克尔和斯科特，大眼睛转来转去，问道："二位是蓬田的朋友？"

女孩的声音简直就像银铃在空中鸣响一般。迈克尔的膝盖开始颤抖。

"——呃，是的……我叫斯科特，是培育番茄的。他叫——"

"我叫迈克尔。"虽然迈克尔此时已经喉咙干得快冒烟了，但他还是强撑着张开了嘴。

女孩微微偏了偏头，说道："我叫塞西莉亚。你们好。"

塞西莉亚。塞西莉亚。原来她叫塞西莉亚。多么美的名字。迈克尔还想和她多聊几句，但却不知道说什么好。

这时蓬田在一旁补充道："她是菲利普·安德森船长的千金。"

安德森船长的年纪应该已经非常大了。迈克尔还记得，自己小时候曾听说这位船长在飞船里举行了婚礼，新娘是兰伯特家族的某位成员。原来这个女孩就是他的女儿。

如果蓬田是在船长室工作，平时自然也会接触到船长的私人事务。既然如此，他与塞西莉亚有交流也并不奇怪。

"我最喜欢吃番茄了。餐桌上能够有番茄，都是托你们的福。"

塞西莉亚说话的腔调宛如歌唱一般。

"荣幸之至。"斯科特挠了挠头。

啊，如果时间就停止在此时此刻该有多好。迈克尔在心中拼命祈愿。

"今天你们聚在这里是什么事？"塞西莉亚问蓬田。

这时，蓬田放在地上的包里发出了微弱的沙沙声。

于是，塞西莉亚恍然大悟般地眯起了眼睛，"我知道了！他们是你的虫友，对吧？"

蓬田畏畏缩缩地低下了头，"请不要这么大声……"

一旁的迈克尔与斯科特面面相觑。两人的眼神都表达出了同一个意思：为什么她知道蓬田在养虫？

"我懂，我懂。下次再让我好好看看。"

这时，远处有人叫道："塞西莉亚，该走了！"

是之前与塞西莉亚一起过来的两个女孩，应该是她的朋友吧。

"不好意思，我马上来！"

临别之际，塞西莉亚向迈克尔和斯科特伸出了手。

迈克尔感觉自己仿佛在做梦。塞西莉亚竟然要和自己握手！他慌忙在裤子上擦了擦手心的汗，然后握住了塞西莉亚的手。他觉得自己像是握住了什么脆弱易碎的东西似的。

她压低声音对蓬田说："下次要再让我看看罗奇先生哦。"然后，她就挥了挥手，走过去与朋友会合了。

塞西莉亚离开之后，三个人还一直站在原地，呆呆地张着嘴，说不出话。直到塞西莉亚的身影彻底从视野里消失，他们才又重新坐了下来。但是，此刻迈克尔心中又接二连三冒出了好几个疑问。

塞西莉亚的出现把之前的状况完全改变了。

迈克尔现在仍然护着那只与塞西莉亚握过手的手。

"为什么说我们是'虫友'？

"罗奇先生是谁？

"下次再让她看看是什么意思？"

蓬田还没有回答上一个问题，迈克尔又连珠炮般地扔出下一个问题。

蓬田坦言，在塞西莉亚小时候，他曾应船长的要求当过她的玩伴。

据蓬田讲，塞西莉亚是一个"爱虫公主"。至于她为什么会变成这样，蓬田也不知道。

在蓬田故乡的民间传说里，有一个很喜欢虫的公主，而塞西莉亚简直就跟那位公主一模一样。为了满足她的愿望，蓬田就把自己私藏的虫给她看——当然，前提是她要保守秘密。

塞西莉亚非常高兴。同时，她也和蓬田有了共同的秘密。

迈克尔觉得这实在让人难以相信。那种扁扁的，四处乱跑，还发出沙沙怪声的恶心生物，居然有女性会喜欢？更让他没想到的是，喜欢这种虫子的居然是自己一见钟情的女孩。

所谓"罗奇先生",指的一定就是蟑螂①吧。

人真的是一种很现实的生物。这次会面之后,迈克尔对蟑螂的态度发生了一百八十度的转变。

所以,斯科特的那个怎么都像是一拍脑袋想出来的方案,迈克尔也是当场就同意了。

"那,我们什么时候到蓬田先生家里去看看?"

"嗯,就最近吧。"

蓬田又恢复了一脸严肃的表情,告诫两人对此事一定要保密。

从第二天开始。迈克尔感到自己原本一成不变的生活中仿佛出现了一丝光芒。有时他会低声念叨塞西莉亚的名字,与她握过手的右手也一直没有洗。他还会时不时闻一闻这只右手,看上面是否还残留有她的香气。将营养液注入青番茄的培养田中的时候,想到这些果实最终会摆上塞西莉亚的餐桌,迈克尔就下定决心一定要种出更好吃的番茄。

迈克尔一直觉得,至今为止发生的种种,其实可以说是一个奇迹。自己现在居然与那个原本只是擦肩而过的塞西莉亚有了交流,而且她还对可能给番茄培育带来技术革新的蟑螂有兴趣。

这简直像是深不可测的命运在和自己开玩笑。

可是,自己真的还有机会再见到塞西莉亚吗?一想到这一点,迈克尔就感到胸中涌出一股空虚和孤独。

---

① Roach(罗奇)也有"蟑螂"的意思。

迈克尔的生活又回到了之前那种一成不变的状态。授粉、替换日光灯灯泡、修剪多余的叶片、配制营养液、调节温度、收获果实。然后，就是在装运时把这些番茄打好包。一切结束之后再把空空如也的培养田清扫一遍。

然后，再处理下一块田。将那种已经不会结果的又老又粗的植株连根拔起，并废弃掉。

总之，都是一些重复了无数遍的单调工作。舱室里还一直播放着对番茄生长有促进作用的莫扎特的曲子，天天听着同样的旋律，迈克尔也早都听腻烦了。

又过了几天，正在工作中的迈克尔突然听到自己的 N-phone 响了起来。

从 N-phone 发光的颜色和铃声，迈克尔一下子就辨别出对方是斯科特。迈克尔心中一阵激动，因为通过斯科特就能联想到蓬田，进而联想到塞西莉亚。

"在忙？"斯科特直接问道。

"对。"

"今天下班之后有事吗？"

怎么可能会有事。

"蓬田先生刚才联系我说，今天他不值班，我们可以过去看他的虫。"

瞬间，迈克尔脑子里想的只剩下一个问题：塞西莉亚会不会来?

"之所以今天叫我们过去,是因为之前那位塞西莉亚·安德森小姐也要过来看虫,所以蓬田先生心想不如把我们也叫上。"

对此,迈克尔当然求之不得。

"噢,我去。要不要带点伴手礼过去?"

"我打算带些没法儿交货的番茄过去,可以用来喂虫。"

"明白了,那我这边也适当带点儿。"

之后斯科特就到迈克尔的农场来了,两人一同去拜访蓬田。斯科特似乎也是第一次去蓬田的家。

看样子,他们两人在网络游戏中认识后,也只是在饮食广场中聊过些私人话题。斯科特寻找目的地只能依靠一张写着蓬田家门牌号的纸。

斯科特和迈克尔在饮食广场外换乘了环线。两人各自带了一个装有淘汰番茄的盒子,不过迈克尔的盒子里还装着三个试制品——"迈克尔特制番茄"。这三个番茄很小,但含糖量比普通番茄高得多。迈克尔想把这几个特制的番茄送给塞西莉亚。

塞西莉亚会收下吗?她会喜欢这个礼物吗?

迈克尔回想起塞西莉亚的笑脸。这时他意识到自己脸上露出了猥琐的笑容,连忙换上了一副一本正经的表情。

一旁的斯科特皱了皱眉,"喂,你可别有什么非分之想。"

"什么非分之想啊!"

"我知道那个叫塞西莉亚的女孩是你喜欢的类型,但你和她八竿子打不着关系。她可是兰伯特家族的人,和我们完全不是一个阶层的。你不能把这一点想清楚,到时候也只能竹篮打水一场空。我跟你说这些是为你好,种番茄的男人和船长的女儿根本就是门不当户不对。"

"你说的这些我知道!"迈克尔听了也有些火大。

两人在加利福尼亚Ⅱ区下了车。这个区的舱壁颜色和设置有太空农场的俄克拉何马Ⅲ区相比有一些差别。俄克拉何马是统一的淡绿色,加利福尼亚则是浅褐色。华盛顿给人的印象一般是高级住宅区,住着兰伯特家族和总统一家;加利福尼亚的居民则多是高级技术人员。

迈克尔曾经听说过,飞船上各个区划的名称来源于美国的州名。虽然脑海里对每个州的模样并没有一个明确的概念,但是他想,加利福尼亚州大概跟这种浅褐色很相配吧。

跟着标牌一路找过去,很快就找到了蓬田的住处。

蓬田的屋门上挂着一个写有汉字的牌子,旁边还贴着好几张绿叶外形的纸片。屋子的大门式样和内部的配置应该是整个区统一的,所以要在这上面体现出自己的独特性,大概也只能这么做了。

两人对着门铃电话自报家门之后,门立刻就开了。

穿着短裤的蓬田热情地把两人迎了进去。

房间一角的安乐椅上坐着一个老妇人,似乎是蓬田的母亲。她没有说话,只是客客气气地向来客点头致意,似乎完全不打算干涉蓬田交友。

"请到这边来。塞西莉亚已经到了,现在正在看罗奇先生。"

这个房间整体给人一种异样的感觉。四面墙的旁边都堆放着许多——或许说是无数更为合适——透明小箱子。

房间内没有什么声音。因此,他们能清楚听到箱子中的某种东西在移动时发出的沙沙声。

而那个女孩,塞西莉亚·安德森,现在就坐在房间的中央。

她撩了撩自己白金色的长发。虽然房间里光线很暗,但在迈克尔看来,她的身姿仿佛笼罩在光芒之中。迈克尔想,这或许是因为她自身的气场吧。

而"无数的小箱子与塞西莉亚"这样一个组合,正是这个房间让人感觉有些奇异的原因。

"你们好。"塞西莉亚保持着右手手背平举到眼睛前的姿势,大大方方地向二人打了招呼,"我正在和罗奇先生玩。"

当眼睛逐渐适应黑暗,看清了眼前的景象之后,迈克尔惊呆了。

他明白了塞西莉亚为什么一直抬着右手。

塞西莉亚的右手手背上有一只蟑螂,而她正在自言自语——不对,不是自言自语,她在和手上的这只蟑螂说话:"别怕哦,只是客人来了而已,他们不会欺负你的哦。"

塞西莉亚手上这只蟑螂体型很大,身长大概有五厘米,背上还有一条黄色的纹路。它的身躯一动不动,只是触须一直在不停旋转。

"还是害怕吗?觉得紧张?没事,我送你回箱子里去哦。"

塞西莉亚的右手逐渐靠近桌上的小箱子。然后,那只蟑螂一下子就溜进了箱子里面。

箱子上贴着一张纸条,纸条上面写着"罗奇先生"。

此前迈克尔还以为塞西莉亚把所有蟑螂都叫作"罗奇先生",现在他明白自己搞错了。"罗奇先生"只是这一只蟑螂的名字。

"对不起,我擅自把罗奇先生放出来玩了。"

"没什么,大小姐您不必在意。"蓬田慌忙说,"今天能把他们叫来,也是托了您的福。"

"是吗?"塞西莉亚似乎放下了心。

迈克尔和斯科特把带过来的淘汰番茄交给了蓬田。

"有好东西。这些家伙一定会开心的。"

然后,迈克尔把三个特制番茄交给了塞西莉亚。塞西莉亚瞪大了双眼,似乎有些意外,但看起来也很开心,问:"这是给我的吗?"

"当然。虽然只是试制品,但对它们的味道我还是有自信的。"

"我可以现在就吃一个吗?"

这下子轮到迈克尔惊讶了。塞西莉亚立刻用蓬田的小刀把番茄切成四瓣,拿起一瓣放入了嘴里。看到她一脸惊奇地说出"好吃"的时候,迈克尔别提有多高兴了。在塞西莉亚的强烈推荐下,斯科特和蓬田也各自吃了一块。

"为什么这种番茄这么甜?"

"我看到资料上说,海岸边的番茄甜度会比较高。我就想,会不会生长条件恶劣一些就会结出很甜的果子来。于是就反反复复尝试了很多遍。"

塞西莉亚点点头,然后把最后一瓣番茄喂给了罗奇先生,"这个给你吃哦。"

在塞西莉亚陶醉地观赏罗奇先生进食的时候,迈克尔则趁机四处张望。每一个透明箱子里都有数十只蟑螂爬来爬去。之前蓬田曾说过自己养着数百只蟑螂,现在看来远远不止这个数目,搞不好有数千只。迈克尔靠近那些箱子仔细看了看,能看到一群蟑螂在箱子角落挤作一团。在迈克尔看来,这种场景只能用可怕来形容。虽然他对塞西莉亚手上那只蟑螂并没有特别的厌恶感,但如果数量多到这个地步……

不过,他不能把厌恶表现在脸上。

四个人在房间中央的桌子旁坐了下来,那个装着罗奇先生的小箱子则放在面前的桌上。

"二位觉得怎么样?"蓬田问迈克尔和斯科特。

"哎呀,真的了不得。实在是太厉害了。"

"对吧?对吧?非常可爱吧?"

"……"

迈克尔不知该如何作答，于是干脆反问回去："之前您说您在训练特殊的蟑螂，那指的就是罗奇先生吗？"

蓬田看看迈克尔，又看看塞西莉亚，然后答道："没错，其实另外也有几只勉强算达到要求，但最好的就只有罗奇先生。之前我没有跟二位说，其实我没办法训练蟑螂，是塞西莉亚大小姐能够让罗奇先生敞开心扉，产生一种类似心灵感应的东西。除了它之外还有几只能够用心灵感应交流的蟑螂。"

塞西莉亚抬起脸，点了点头，"我小时候就特别喜欢昆虫，但是没机会见到活的，只能在资料上看看。后来有了蓬田这个玩伴，他把他的这个秘密告诉了我。之后，我就一直跟蟑螂说话。其中有好几只似乎是真的能听懂我说什么。罗奇先生就是它们的后代——罗奇先生！"

塞西莉亚这么叫了一句后，小箱子中的蟑螂便一下子停住了。

"一次吃太多会吃坏肚子的哦，这次就先吃这么多吧。好了，到这边来。"

罗奇先生摆动着触须，似乎思考了几秒钟，之后，它便快速朝塞西莉亚跑了过来。当它爬到透明箱壁顶端的时候，塞西莉亚伸出了手。

与此同时，罗奇先生张开翅膀，滑翔到塞西莉亚的手背上并停了下来。

"罗奇先生真了不起！来，我来给你介绍：这位是迈克尔，这位是斯科特。"

于是,蟑螂在塞西莉亚的手背上转了个身,面对两人做了一个前肢相互摩擦的姿势。

迈克尔和斯科特面面相觑。

"它听得懂啊……"

"看起来像是搓着手打招呼的样子。"

"没错,它在跟你们打招呼。"塞西莉亚得意地歪了歪头。

"你好,罗奇先生,我是迈克尔·沃克。"

"我是斯科特·贝尔。握手……似乎是不行。"

塞西莉亚一下子笑了出来,说:"它好像明白了你们不是坏人,看,它又在搓手了。"

就在这时,罗奇先生又一次张开翅膀,飞到了空中。一旁的四个人呆住了,所有人都不知道它到底想干什么。

然后,这只黑黑的蟑螂径直飞到了斯科特的鼻子上。

"啊啊啊啊啊——"斯科特吓得仰倒在地翻了个身。

"罗奇先生,这样不行!赶快回来!"

紧紧贴在斯科特鼻子上的蟑螂又挥动翅膀,朝塞西莉亚飞了过去。

斯科特坐在地上大口喘着粗气,肩膀也剧烈地一起一伏。

"对不起,斯科特,吓到你了吧?罗奇先生好像很喜欢你。"

塞西莉亚连忙道了歉,而斯科特吓得眼泪都出来了。

"不、不行……我现在才知道,我生理上还是没办法接受蟑螂……要是授粉的时候发生刚才这种事……只是想一下就能起一身鸡皮疙瘩……我不用蟑螂给番茄授粉了……"

蓬田和塞西莉亚略显失望地耸了耸肩。

"那,我来试试。"迈克尔想趁机在塞西莉亚面前表现一下,于是把自己的右手朝塞西莉亚伸了过去。

塞西莉亚的表情一下子明朗起来。她点点头,对蟑螂说道:"罗奇先生,再去跟迈克尔打个招呼吧。"

罗奇先生并没有飞向迈克尔伸出来的手,而是与刚才一样,直接朝着迈克尔的鼻子飞了过去。迈克尔看到一个黑色的东西在眼前沙沙沙地移动,还能感觉到蟑螂的六条腿在鼻子上爬来爬去。他很想大叫出声,但是强行忍住了。毕竟已经下定了决心,所以情况还是要比斯科特好不少。"一定要让塞西莉亚对自己刮目相看"的想法使迈克尔拼命保持着冷静,而罗奇先生则在他那露出僵硬笑容的嘴唇上反复爬来爬去。

"你没问题吧?"

"——啊,没问题,没问题。它真可爱啊。"

"不是吧……"斯科特惊呆了。

把罗奇先生放回箱子之后,四个人开始讨论利用蟑螂完成授粉作业的可行性。

蓬田说,自己虽然在饲养和观察昆虫方面有着不输于任何人的经验，但他从未想象过能和虫子进行沟通。

"我也不清楚是怎么一回事。究竟是塞西莉亚有超能力，还是罗奇先生有超能力但只对塞西莉亚有用。反正，罗奇先生的亲代里就已经出现了能且只能理解塞西莉亚的话的家伙。"说到这里，蓬田先生站起身，从靠里的墙角取来一个小箱子，"这里面全是上一代母蟑螂产下的后代，看起来有点儿像美洲大蠊的突变种，但美洲大蠊的特征是胸部有一个黄色的环，而这个变异种的黄色条纹则一直延伸到背上，就像围了一条围巾。另外，每个个体的花纹形状也有微妙的差异。"

这个透明箱子里有十多只大蟑螂，但它们的举动和其他蟑螂不太一样。所有的蟑螂都聚集到塞西莉亚所坐着的方向，一动不动地望着她。

的确如蓬田所说，每一只蟑螂身上的黄色纹路看起来都不一样。有的纹路很细，有的纹路断断续续，还有的整个头都是黄色。

"我给它们全部取了名字。"塞西莉亚笑着说，"小克、小黑、阿布、拉姆、小虫……"她用手指着，一只一只地念出它们的名字，但迈克尔还是不太分得清谁是谁。

"它们每一只的性格都不相同。最胆小谨慎的是靠里面的拉姆，最爱出风头的是阿布，最喜欢恶作剧的是小黑。"塞西莉亚详细地说明道。

"现在它们都会些什么？"

"听到我叫它们的名字,它们就会做出反应。"

"哦?"

"小黑、小虫、拉姆、阿布!"

每一只蟑螂在听到自己的名字之后都跳了一下。

"另外还会什么?"

"好,接下来排好队!"塞西莉亚旋转着两手的食指说道。紧接着,蟑螂们整整齐齐地排成了一列。迈克尔看得眼睛都瞪圆了。

"问题是——"蓬田插话道,"这些事情不是谁都能做得到的,只有塞西莉亚大小姐能够办到。至少我不行。"

"能训练它们授粉吗?"迈克尔直截了当地问道。

"具体打算让它们干些什么呢?"

"就是把……花粉从番茄花的……呃,那个,雄蕊移到雌蕊……"迈克尔整张脸都红了。明明干活的时候轻轻松松地哼着歌就把事情搞定了,但真要用语言描述出来,他还真不知道该怎么说,"在地球上,这种事似乎就是昆虫来做的。"

塞西莉亚连连点头,一脸敬佩地听着,"真好啊……我现在已经在想象无数小虫在花丛中飞舞的景色了。想必是美不胜收。"

"能办到吗?"

"总得试一下嘛。但是,让它们做了什么事之后最好给一些奖励,这样有利于它们把这些内容记住。"

"奖励是指什么?"

"刚才那个'迈克尔特制番茄'我看它们就很喜欢。"

"那没问题,交给我。只不过,接下来该怎么做?"

"我先看看花是什么样子再考虑具体方案。那之后我会和它们聊一聊。"

塞西莉亚要到农场来!迈克尔兴奋得难以自持。他看了一眼斯科特,发现后者的脸颊在抽搐,两手还拼命做着拒绝的手势。看样子,发生了刚才那件事后斯科特仍然惊魂未定。

这时,塞西莉亚的 N-phone 响了起来。她的表情瞬间变得阴郁。

她把左手举到耳边,说道:"啊,母亲。好的,好的。我知道。我立刻就回来。"

切断通信后,她一脸抱歉地对三人说道:"母亲让我赶快回去,加兰德副船长似乎到我们家里来了。"

然后她就站起了身。一旁的蓬田也只好无奈地点点头。

塞西莉亚说:"因为没多少时间了,所以我就早些来帮迈克尔办妥这件事吧。"

迈克尔其实并不明白"没多少时间了"是什么意思,但此时他也只有马上表示同意。把时间和农场的定位记录到 N-phone 上之后,塞西莉亚就急急忙忙地离开了这里。

仿佛燃烧的火焰被吹灭一般,整个房间的气氛一下子冷了下来。

"'没多少时间了'是什么意思?塞西莉亚小姐为什么这么着

急?"迈克尔提出了自己心中的疑问。

"噢——"蓬田第一次明显地表露出了自己的情绪,"这世上总是有些让人无法接受的事。大小姐马上就要结婚了。"

迈克尔并没有大叫出声。这个打击过于巨大,以至于他的脸和整个身体都僵住了。虽然他也知道自己和塞西莉亚结婚不太可能,但至少……

没想到,却听到这样一个晴天霹雳。

蓬田接着说道:"男方是约书亚·加兰德副船长。两年前奥托·加兰德副船长突然去世后,在船长室工作的约书亚就以世袭的方式坐上了这个位子,他的母亲是兰伯特家族的人也是原因之一。然后呢,他和塞西莉亚的父母就擅自把双方的婚事定了下来。顺带一提,塞西莉亚的母亲是那个蠢蛋约书亚的母亲的表姐。塞西莉亚从小就不喜欢约书亚,所以结婚的事也是一万个不情愿,不过她还是强行把自己的感情压在心底。她觉得,只要自己忍一忍,所有人都能获得幸福。确实,从船内的政治格局来看,约书亚·加兰德很可能成为下一任船长。但是周围的人全都一清二楚,不管约书亚这人血统怎么样,他的人格是极其低劣的,塞西莉亚和他结婚,不可能会幸福。"

现任船长菲利普·安德森年龄已经很大了,交接班也只是迟早的问题。但是,如果那个约书亚·加兰德当了船长……

看来蓬田相当厌恶约书亚,说了这么一长串话后嘴里还一直在念经似的咒骂他。按蓬田的说法，这位副船长优柔寡断，喜欢把责任推给别人，性格古怪乖僻，易怒还善妒。连迈克尔都十分惊讶，蓬田竟然会说一个人的坏话到这个地步。

对迈克尔而言，这是双重的打击：塞西莉亚将不得不承受悲哀的命运，而现在，没有一个人能够将她从这样的命运中拯救出来。

按照约定的时间，塞西莉亚一个人来到了迈克尔的农场。

她说蓬田在上班，抽不开身，于是就由她把之前蓬田带到饮食广场的那个容器拿了过来。

"你是一个人在这里吗？"塞西莉亚的声音听起来很轻快，之前离开蓬田家时那种表情上的阴霾也消散无踪了。

"嗯，斯科特那边好像是有些急事，来不了，所以只有我一个人在，不好意思。"

斯科特说，他再也不想看到蟑螂了。与其跟那种恶心的生物打交道，还不如自己一个人把授粉的活干了。

所以迈克尔也不算是在说谎。

走进农场，塞西莉亚欢呼了起来："有草的气味！还有番茄的气味！这地方真棒！番茄就是这么种出来的吗？"

她似乎掩盖不住内心的好奇，不停地四处张望。或许是觉得自己要在农场干活，今天她穿的是一身银色的工装。

看到塞西莉亚那天真烂漫的反应，迈克尔很是高兴。他的心里又一次涌出对这位女性的赞叹。

可是,塞西莉亚已经有了未婚夫。一想到这一点,迈克尔就心情复杂。当然,他也知道自己从一开始就和塞西莉亚不是一个世界的人。

"这种白色的花就是番茄花吧?它可以结出那么甜的番茄?"

"不,我们其实是调整了溶液的渗透压,提高了番茄的含糖度。温度管理也花了不少心思。另外,灌水量也要注意不能太多也不能太少。"这时迈克尔意识到,自己因为过于兴奋而一直在说个没完没了,他慌忙说了声,"抱歉。"

之后,迈克尔拿起一朵花,给塞西莉亚实际演示了一遍。

"虫子只要在这个地方动一下身体,就可以完成授粉了。人工授粉的话是用一根棒子这样弄。"

塞西莉亚放下并打开容器,六只蟑螂接二连三地从里面爬了出来。迈克尔认出其中那只带黄色纹路的就是罗奇先生。这一只蟑螂刚从容器里爬出来,就直接飞到了迈克尔的肩膀上。

"嗨,罗奇先生,你还记得我吗?"

这时,又一只蟑螂飞了起来。

"小黑!不许到处乱飞!给我回去!"

小黑并没有立刻对塞西莉亚的命令做出反应,又在周围飞了两三圈之后,才在容器旁边着陆了。

授粉作业基本上算是顺利。因为是初次尝试,迈克尔一开始都没有想到居然能这么顺畅地进行。不知道是塞西莉亚对蟑螂的指示非常到位,还是它们本来就很适合授粉。虽然舱室空间不算大,但是有的花的位置已经到了天花板,所以工作量也相当大。尽管如此,进度还是很快,一朵花授粉完毕后蟑螂们又立刻飞向下一朵花。

"像这样就行吗?"塞西莉亚担心地望着忙碌中的蟑螂。

"当然。我都没想到居然能这么顺利。"

"那就好。"塞西莉亚露出了如释重负般的笑容,"我太开心了。没想到居然能够看到它们在这种明亮的地方努力工作的样子。"

"嗯,我也很开心。"

迈克尔切了一个特制番茄,准备犒劳几只蟑螂。

"授粉差不多要完成了。"

"迈克尔,这次要不你叫一下它们试试?"塞西莉亚提议道。

其实迈克尔也是这么打算的。

"罗奇先生!各位!非常感谢!来吃番茄吧!"

蟑螂毫无反应。

"看来不行啊。"

然后,轮到塞西莉亚了,"大家辛苦了!到这边来吧!"

瞬间,所有蟑螂同时朝着塞西莉亚飞了过来。这群贪心的家伙很快就围到了番茄的汁液旁边。

迈克尔走过去确认花的受粉状况。完美。雌蕊的柱头上都附着有花粉。迈克尔没想到居然能这么顺利。

"这简直太棒了!"

"它们帮到你了吧?那就好。"

但是,还有一个最大的问题没有解决。

"可是塞西莉亚,它们只听你的话,我的话根本没用啊。"

"还剩下一些时间……之后我可能就见不到它们了,我会利用这段时间让它们和你建立信赖关系。"

迈克尔横下心问出了一直想问的问题:"听说你要结婚了?"

塞西莉亚紧咬嘴唇,重重地点了点头。看起来,她对婚事是不情不愿的。

"总之,在那之前我会尽力让它们和你熟悉起来。"

之后,塞西莉亚就经常到迈克尔的农场来。她上午似乎要做家务和学习,所以只有下午过来。有时,塞西莉亚也会带一些她自己烤的曲奇过来。

除了罗奇先生,塞西莉亚的这群蟑螂却并没有和迈克尔变得更加亲近。但是,和它们亲近之后,塞西莉亚就没有到这里来的理由了。所以迈克尔还是想继续享受现在这种短暂而美好的时光。

中途休息的时候,两个人会聊一些无关紧要的话题。每到这时,迈克尔都十分开心。

"要是能一直在这种农场生活下去,该有多开心。"塞西莉亚小声说道。

听到这句感叹,迈克尔倒是很意外。对他而言,在这里不过是日复一日地培育番茄,毫无乐趣可言。听了塞西莉亚这句话,他突然觉得自己的工作是有价值的——即使作为报酬的积分少之又少。

某一天,迈克尔在环线上遇到了从反方向来的塞西莉亚。在她的旁边有一个很高的男人,男人长相英俊,但眼神凶恶。塞西莉亚低着头,表情落寞。那个男人似乎在没完没了地责骂她,所以迈克尔也不敢上去搭话。

当天,在训练蟑螂的过程中,塞西莉亚的 N-phone 响了起来。塞西莉亚站起身,表情变得十分僵硬。发信息过来的是那个在环线上看到的男人,也就是塞西莉亚的未婚夫——约书亚·加兰德副船长。他说接下来要商量婚宴的相关事宜,叫塞西莉亚赶快到饮食广场去。

"你总不能把蟑螂带过去,放在这儿下次再过来拿吧。"迈克尔建议道。

毫无疑问,要是把装着蟑螂的容器带到饮食广场去,对方肯定会问东问西的。还是暂且把它们寄放到迈克尔的农场里比较合适。

塞西莉亚同意了,然后立刻匆匆地朝约定的广场去了。

塞西莉亚离开之后,迈克尔又尝试呼叫蟑螂,让他们回到容器里。在罗奇先生的帮助下,总算是让它们聚起来好好地待在了一个地方。

可是，本来的六只蟑螂现在只剩下五只。迈克尔无论怎么找都找不见那只喜欢恶作剧的小黑。

几个小时后，迈克尔听到外面一阵骚动，但他想那应该跟自己没关系。此时的他还在一心寻找小黑的下落。农场的各种设备背后和培养田周边他都找了个遍，但还是没找到。

之后不久，塞西莉亚就回来了。看着默默无语的塞西莉亚，迈克尔努力思索该怎么把小黑失踪这件事告诉她。没想到，塞西莉亚的行动却完全出乎迈克尔的预料。

"那个人太可恶了！"

说完，塞西莉亚就一把抱住迈克尔，像小孩子一样号啕大哭起来。完全搞不清楚状况的迈克尔只好等着她冷静下来。

恢复平静之后，塞西莉亚开始慢慢讲述刚才到底发生了什么。

接到加兰德副船长的电话，塞西莉亚就去了饮食广场和他商量婚宴的事。就在两人和店长一起讨论日程安排的时候，事情发生了——

农场里当然无论如何找都找不到小黑，因为它藏在了塞西莉亚的衣袋里。

而在三人讨论婚宴事宜的时候，小黑突然冒了出来，想跟加兰德副船长"亲近"一下。

副船长惊慌之下，狠狠地一脚踩下去，把小黑踩成了一摊泥。

这一切就发生在塞西莉亚眼前。

塞西莉亚发出了尖叫。只不过，在场的众人都以为她是被蟑螂惊吓到了。

老店长坚称这个小怪物是蟑螂，他还说，在地球上，只要看到一只蟑螂，就说明哪里还藏着十只蟑螂。

现在，整个区的卫生维持队员都被紧急召集，展开了一场以饮食广场为中心的蟑螂驱除作战。

如此心爱的蟑螂在眼前被未婚夫踏成一摊泥，塞西莉亚受到的冲击可想而知。

"那个人……他踩扁小黑时的表情……他竟然在笑，还露着牙笑……像疯了一样踩了无数脚……我之前知道他讨人厌，但没想到他竟然是这么一个施虐狂。"

看来外面的骚动是卫生维持队出动了。

迈克尔把 N-phone 调到了广播频道。

——船内发现蟑螂。

广播里在反复播放这条新闻和应对策略。另外还提到了饮食广场被封锁与出现蟑螂的可能原因，以及对接下来将要开展的船内地毯式驱除作战的说明。

迈克尔关掉了广播。

"如果你自己不想结这个婚，还是拒绝掉为好。没必要牺牲自己到这种地步。"迈克尔对塞西莉亚说。

"可是，那样的话会让身边的人失望的。这件事早都已经决定下来了。"

"婚礼是什么时候?"

塞西莉亚支支吾吾了半天,终于开口道:"下周。"

迈克尔这才清楚明白了她所说的"没有时间了"是什么意思。

饮食广场解除封锁后,婚礼会以派对的形式在广场举行。婚礼形式不像一般在教堂举行的那样,而是由新郎新娘在宾客面前切开婚礼蛋糕,立下终身誓言。之所以采取这种形式,似乎是因为兰伯特家族并不是基督教的信徒。

婚礼形式对迈克尔来说无关紧要,现在他也并非是一心想着把塞西莉亚据为己有。他只是觉得,如果这场婚礼会给塞西莉亚带来不幸,那就要设法阻止。

毕竟,把自己从待在飞船中里的闭塞感中解放出来的,就是塞西莉亚。

塞西莉亚平静下来之后,把蟑螂放进容器,离开了农场。

走的时候,她与迈克尔握了手。

这是为什么?

她说,之后自己可能没有机会再到农场来,所以请求迈克尔把蟑螂从蓬田那里接收过来,继续教它们。

独自一人留在农场中的迈克尔万念俱灰,他不停地流泪,提不起干劲做任何事。

不只是塞西莉亚,连自己的人生也完了。他想。

干脆整艘"诺亚方舟号"都一起毁灭算了。在这种没有梦想和希望的地方，活着又有什么意思呢？

迈克尔停止了手上的全部农活，垂头丧气地待在农场的角落，连时间过去了多久都不知道。

就算听到 N-phone 在响，他也丝毫没有回应的欲望。

斯科特直接找上门来，看到颓废得不成人样的迈克尔之后大吃一惊。

"喂，你吃东西了吗？你这一脸乱糟糟的胡子是怎么回事？"

迈克尔只是无力地摇摇头。

"塞西莉亚走了你就变成这样了？蓬田先生那边联络我，说怎么也联系不上你，我就过来看看。蟑螂的训练是不是也中断了？"

斯科特一把握住颓丧不堪的迈克尔的手臂，说："走，跟我出门。"

迈克尔还是无力地摇头。

斯科特又继续说道："蓬田先生说，这样下去塞西莉亚会陷入不幸。我们得阻止这场婚礼。"

"……怎么阻止？"

"这就是接下来我们三个人需要讨论的问题。婚礼可是后天就要举行了。"

迈克尔的目光终于恢复了正常。对，不能让塞西莉亚就这样陷入不幸。一定还有什么可以为她做的事！我不能再这样下去了……

最终，三人商定了一个计划。

他们无法预计，自己和塞西莉亚的未来会因为这个计划变得有多糟。但是不管坏到哪种程度，总比让塞西莉亚嫁给自己不想嫁的人要好。

终于，到了婚礼当天。

这次婚宴是饮食广场解除封锁之后首次举办的大型活动，应邀前来出席的六百名宾客把会场挤得满满当当。会场内部装饰已经全部换成婚礼式样，天花板上的灯光也充满了梦幻气息。另外，还有四人组成的管弦乐队正在现场演奏音乐。

迈克尔和斯科特都是第一次见到这种阵仗的婚礼。当然，他们并没有受到邀请。两个人现在不在会场里，而是在会场的地板下面。他们把角落地板的金属支架挪开，然后藏了进去。地板上铺着地毯，所以会场里的人根本发现不了下面有人。两人把一台极细的内窥镜伸到地板上面，观察着婚礼的整个过程。在出席者中能看到蓬田的身影。在宴席进行中，他时不时地就朝迈克尔和斯科特藏身的地方瞟。

看得出蓬田对约书亚·加兰德副船长的反感确实非同寻常。这位上司本来就一堆人格缺陷，平时肯定没少折磨蓬田。因此，迈克尔之前也没有想到，为毁掉这场婚礼出谋划策最多的竟然是蓬田。这次的计划，是蓬田众多提案中的一个。按蓬田的说法，这个计划既是为了保护塞西莉亚的幸福，也是对上司的庄严复仇。他甚至表示，这是一场"圣战"。

会场灯光转暗后，演奏的曲目换成了婚礼进行曲。婚礼差不多正式开始了。吵嚷的人群逐渐安静下来，穿着制服的加兰德副船长与其母格罗莉亚·加兰德从会场深处现身。紧接着，一身纯白婚纱的塞西莉亚与坐在轮椅上的菲利普·安德森船长一同从入口进入会场。

雷鸣般的掌声响起。

会场中央放着一个巨大的婚礼蛋糕。新郎和新娘从各自的方向沿着人群围出来的通道缓缓地朝着蛋糕走过去。天花板上有两盏聚光灯分别投向两人。蛋糕旁边则站着一身西装，面露和蔼微笑的伊恩二世·亚当斯总统。

两人在总统面前站定，注视着彼方。但是，迈克尔看不清此时他们脸上是什么表情。

总统致了祝词，然后宣布，新郎新娘会在仪式中以协作的方式切开蛋糕，以此向船内所有人宣布，两人已经结为夫妻。

"蓬田先生在挥手了！"斯科特说。

"好，现在按下开关。"迈克尔说。

塞西莉亚和约书亚从总统手中接过一把绑着缎带的大餐刀，然后两人共同握着那把刀，朝着蛋糕切了下去。

实际上这个婚礼蛋糕是特制的，中间已经被事先挖空，里面填充了奶油，切的时候就从这个位置下刀。

一刀切下，奶油的部分软绵绵地陷了下去。此时，沐浴在宾客留念的闪光灯中的约书亚无端感到一阵不安。到底是哪里不对劲？

蛋糕内部传来一阵沙沙声。到底是怎么回事？

然而，和约书亚相反，新娘塞西莉亚的脸上却露出了期待的表情。

切开的奶油内部冒出了某种黑乎乎的东西。它们沿着刀背迅速往上移动，转眼间就爬上了副船长的右手。

那是身上沾满奶油的蟑螂。而且，还不止一只。

蟑螂接二连三地从蛋糕中蹿出来，有七八只跳到了约书亚的衣服上。约书亚惊恐到了极点，一边拿着刀乱挥一边发出惨叫。

一只蟑螂钻出蛋糕后直直朝着约书亚的脸飞过去，然后着陆在了他因惨叫而大张着的嘴里。叫喊声戛然而止。

实际上，是蓬田把自己养的一部分蟑螂藏在了蛋糕之中。只要事先用加热器让信息素受热挥发，蟑螂就会安静地聚集在信息素旁边。而一旦切换开关使蛋糕内部的信息素失去活性，同时让设置在约书亚礼服领部的蟑螂信息素开始挥发，婚礼蛋糕中的蟑螂就会朝着新的信息素群集而去。

"很好，就是现在！"确认会场陷入混乱之后，迈克尔和斯科特一起抬起了地毯。谁也没有注意到会场角落突然出现了两个人。他们打开从蓬田住处带过来的透明小箱子，把蟑螂一只又一只放到地上。放完一个箱子，又拿出另一个箱子。

数秒后，整个会场化为了惨叫地狱，人们一边尖叫一边四处奔逃。蓬田养的所有蟑螂现在都已经被放入了会场，大群蟑螂正在四处乱窜。

"好，我们该撤了。"斯科特说。把小箱子折叠起来放入包中之后，两人就从地板下面逃到了环线附近的维护室的地下。

很快，迈克尔就从蓬田那里得知，婚礼终止，塞西莉亚与约书亚的婚事本身也彻底告吹。

"看样子他那副船长的位子也坐不下去了。这次事件给他留下了难以弥合的精神创伤，现在他得接受治疗。"

这次的蟑螂骚动让约书亚患上了创伤后应激障碍。宾客全都逃走之后，被扔在原地的约书亚全身都被蟑螂所覆盖，仿佛化成了一尊茶褐色的雕像。不过，对他冲击最大的还不是这个，而是亲眼见到那个即将成为自己妻子的女人竟然把几只蟑螂放在手上，不但毫无惧色，还面露微笑地和它们说话。

据说卫生维持队员赶过来的时候，蟑螂群已经完全从饮食广场里消失了。还留在现场的，就只剩下不住抽搐的约书亚和呆呆站在原地的塞西莉亚。

——只要看到一只蟑螂，就说明哪里还藏着十只蟑螂。现在，人们都在说这句话是骗人的。

实际上，只要看到一只，就说明还有几千只……

尽管没有查明蟑螂大爆发的原因，卫生维持队还是在船内所有区域展开了驱虫行动。然而,目前还没有取得明显成效。从这次骚动之后,蟑螂总是会定期出现,然后把人吓一大跳。渐渐地,人们看到蟑螂也不会惊慌失措了。

蟑螂成了飞船里"无可奈何的存在"。

一开始有传闻说约书亚·加兰德副船长当时吞下了蟑螂卵,孵化出来的蟑螂咬破了他的胃,他因此丧命。听说这件事的时候迈克尔还有些内疚。但后来迈克尔目击到约书亚在饮食广场附近的医院外面穿着睡衣,神情不安地四处游荡,这才知道那只不过是谣言,于是放下了心。自那之后,迈克尔一直没有与斯科特和蓬田接触,过了好久他才听说,副船长的职务现在是由蓬田代行。

迈克尔又回到农场,继续过起了从前那种单调的日子。

一天,他正要去拿培养液的导管,突然发现导管的背后有什么东西在动。是一只茶褐色的生物,脖子上有黄色的纹路。

"罗奇先生!"

迈克尔确实没有认错。罗奇先生飞起来,直接落在了迈克尔伸出的手背上。看来它也记得迈克尔。

"只有你吗?"

迈克尔话音刚落,又有十多只比罗奇先生小一圈的蟑螂从它刚才待的地方冒了出来。所有的蟑螂脖子位置都有黄色纹路。

"还有我。"迈克尔的背后传来一个声音。他回过头去一看,看到了她。

"我想,在这里和你一起生活应该才是最幸福的。"她歪了歪头,对迈克尔说。

"塞西莉亚……"

迈克尔对此当然没有任何异议。此时,他反倒以为自己是在做梦,不停地甩头试图让自己清醒过来。

迈克尔向塞西莉亚打听了一些在那之后蓬田的消息。同时,他也知道了,再也没有任何障碍能阻止自己和塞西莉亚走到一起。迈克尔很明白,自己生活在这个既看不到入口也看不到出口的闭塞时代。但是,只要能找到可以共度一生的伴侣,那就足以支撑自己怀着希望继续活下去。

迈克尔在塞西莉亚身边坐下来,看着罗奇先生的孩子们忙着授粉。而现在的他满脑子都在想,该怎么告诉整个飞船的人,罗奇先生和它的后代们为宇宙农业带来了一场技术革新。

后 记

梶尾真治

感谢您购买这本《怨仇星域Ⅰ：诺亚方舟》。从开始执笔到现在，已经度过了许多个春夏秋冬。回想起来真是令人感慨万千。

翻了翻备忘录，我开始撰写这部作品是在二〇〇五年，已经是十年以前的事。[①]也就是说，我整整花了十年时间在这套书上。

一开始早川书房的《科幻杂志》找我约稿连载小说的时候，我的脑海里就有了一个模糊的构想——是不是可以写一部类似于编年史的作品呢？

整部作品的基本设定都凝缩在了第一篇故事《应许之地》里面。

有权有势的人乘坐世代飞船"诺亚方舟号"试图逃离太阳系。

[①] 原作在日本出版的时间为二〇一五年五月。

而被遗弃在地球上的绝大多数人则打算利用设备"跳跃"到新世界。

两群人再一次相遇已是数百年后。

在漫长的岁月里,身处陌生世界的人们经历了哪些事件,双方各自形成了怎样的社会结构,后来又发生了怎样的变迁。

差不多就是这样一部编年史。

还在杂志上连载的时候,我曾在心里对自己说,连载是一个季度刊登一次,一年只有四次,不用太心急。而且说实话,当时我还隐隐觉得,这毕竟是描写人类数百年间经历的厚重故事,在我有生之年可能都未必能将其完成。

乘坐世代飞船逃走的人和被抛弃在地球上但奇迹般地"跳跃"到新世界的人,这两群人的后代最终是否会相遇?如果会,又将是怎样的相遇?

刚开始执笔的时候,对于这些东西我并没有什么明确构思。因为我当时的想法是,结局如何,最终还是要取决于双方的社会如何演变。